KB046052

타쿠 Taku
한 손 검과 경감옷을 장비하는 검사.
공략 일변도의 페인 게이머.
윤이 OSO를 시작하는 계기가 되었다.

마기 Magi
톱 생산직 중 한 명으로 손꼽히는
무기상인 누님.
윤에게 충고해주는 든든한 존재.

세이 Sei
수 속성을 다루는 순수 마법직.
뮤우와 마찬가지로 베타판에서
무적을 자랑했던 전설적 플레이어.

윤 Yun

수습 생산직으로 데뷔한 초보자 플레이어.
'못 써먹는다'고 꼽히는 아이템 생산이나,
부가 마법 같은 스킬을 구사하는 동안
어떤 가능성을 깨닫기 시작하는데……?

뮤우 Myu

한 손 검과 광 마법을 구사하는 성전사.
베타판에서는 전설로 꼽힐 정도의 치트급 플레이어.

"퀘스트의 끝,
크리스 동굴의 가장 안쪽──────
[수정나무]의 꽃밭."

"직접 함께 보기로 했어.
하지만 오빠의 전투 센스가 금방 성장을 하지 않아서
좀처럼 오질 못했지만──."

온리 센스 온라인
1

아로하자초 지음 ㅣ **유키상** 일러스트 ㅣ **한신남** 옮김

커버 그림, 본문 일러스트 | **유키상**

Only Sense Online
초보자의 마을과 활잡이

서장　베타테스터와 초보자

숲 속을 걷다보니 복수의 발소리가 지면의 나뭇잎을 짓밟으며 다가오는 것이 들렸다.

"언니, 백업 부탁해!"

"알았어. 〈인챈트〉 —— 어택, 스피드."

즉각 알아차린 우리는 전투에 대비하여 스테이터스 강화 주문을 걸고 다가오는 적을 기다렸다.

머지않아 나타난 것은 진갈색 털로 뒤덮인 기형적인 두 팔을 가진 원숭이 세 마리——매쉬 에이프의 무리였다. 팔은 미묘하게 길고, 그 주먹은 돌덩이처럼 딱딱한 원숭이. 그 눈동자에는 일체 지성이 없고, 광기 넘치는 표정인 채 날카로운 송곳니를 드러내고 팔을 휘두르며 기성을 내질렀다.

맨 앞의 한 마리가 뛰어들 듯이 공격해오자, 이어서 두 마리도 마찬가지로 공격해왔다.

"두 마리는 내가 맡을게! 한 마리를 붙들고 시간을 끌어줘!"

"알았어!"

그 지시에 내 무기인 활로 한 마리에게 조준을 맞추고 뒤에서 화살을 날렸다.

경질화된 것은 팔꿈치부터라서, 날아간 화살은 어깨에 깊이 꽂혔다. 꽂힌 화살은 날카로운 기성과 함께 잡아 뽑혔다.

9

나는 공격해오는 원숭이와의 거리를 유지하면서 정기적으로 화살을 날려 주의를 끌었다.

소녀가 상대하는 나머지 두 마리 원숭이는 기다란 앞다리를 채찍처럼 휘두르면서 공격했다. 소녀는 냉정하게 무기인 장검을 다루어 적과 상대하고 베고 흘려 넘겼다. 곁눈질로 확인했지만, 소녀는 두 마리가 동시라도 아무런 문제없이 버텼다. 항상 시야에 들어오도록 위치를 잡는 소녀의 기량에는 언제나 감탄하게 된다.

이쪽도 후방에서 견제 정도로 화살을 날리며 보조 스테이터스 강화를 걸었다.

"하압 ── 〈피프스 브레이커〉!"

두 마리 원숭이가 유인에 넘어가서 소녀의 공격범위에 들어간 순간 아츠가 발동했다.

검의 연속공격을 받은 원숭이는 일격마다 머리 위의 HP가 깎이다가 결국에는 소멸했다.

몇 번 봐도 날카로운 공격에 감탄했지만, 나는 나대로 나머지 한 마리를 상대하고 있음을 잊어버렸다.

접근한 원숭이의 해머 같은 팔을 재빨리 피했지만, 팔이 몸에 스친 충격만으로도 비틀거려서 그대로 엉덩방아를 찧었다.

쓰러진 상태에서 올려다본 원숭이는 나보다 훨씬 크게 느껴졌고, 또 단단해진 두 팔을 한데 모아 쥐고 당장이라도 내리칠 것만 같은 모습이었다. 그 모습에 질끈 눈을 감고 몸을 웅크렸지만, 아무리 기다려도 충격이 덮칠 낌새가 없었다.

"자, 끝."

어딘가 김빠진 소리에 조심조심 눈을 떴다. 거기에는 쓰러진 원숭이와 빛을 뿜으면서 검을 칼집에 수습하는 은색 소녀가 있었다.

"언니, 적절한 백업 고마워."

"아니, 이쪽이 무리하게 부탁했으니까. 이 정도밖에 일이 없잖아."

그렇게 말하면서도 고작 한 마리의 주의를 끄는데도 꼴사나운 모습을 보였다.

일단 주무기로 활을 사용하지만, 원숭이를 쓰러뜨리지 못한 걸 보면 쓰기 편하다고는 할 수 없다.

너무 생각에 잠기기 전에, 본래 목적인 주위 나무들의 뿌리 부근을 조사하여 아이템을 채취했다.

"이번 걸로 끝이야. 필요한 소재가 다 모였어."

"아, 그래. 언니 일이 다 끝나서 다행이야. 하지만 그걸로 뭘 만들게?"

"생산 분야는 약이니까. 소모품은 소재의 대량 확보가 중요해."

"전투는 쾅, 좌악이란 느낌인데. 윤 언니의 생산은 잘 그려지지 않네."

"아니, 의성어로 생산직을 표현하긴 어렵잖아. 게다가 뮤우──나를 언니라고 부르지 마."

그렇다. 일단 게임 캐릭터는 여성이지만, 현실에서는 남자다.

"됐으니까. 다음에는 언니 레벨을 올리자! 다음 사냥터로 렛츠 고!"

"야, 기다려. 뮤우!"

"아까는 꼴사나웠어! 센스 레벨은 올려두는 게 좋으니까! 자, 이번에는 더 센 몹을 상대하자!"

"참나."

그렇게 중얼거리면서 동생 뮤우에게 이끌려서 숲 안쪽으로 들어갔다.

이 숲은 방금 나왔던 기형의 원숭이를 시작으로 하는 수많은 몬스터가 출현하는 장소로, 지금 내게는 다소 짐이 무겁다.

무리한 레벨업에 쾌감을 얻는 플레이는 정신적으로 지치기 때문에 즐기지 않는다. 하지만 반대로 거기에서 즐거움을 얻는 뮤우에게 나는 한숨을 내쉬면서 그 뒤를 따랐다.

애초에 이 게임을 시작한 계기는 여름방학에 있었다.

●

[Only Sense Online]——통칭 [OSO]. 플레이어는 센스라고 불리는 재능을 장비하고 자신만의 생활방식, only one의 플레이 스타일을 구가하는 것으로 오픈베타판부터 화제를

모은 VRMMORPG인 모양이다.

발매원인 엡소니 사가 개발한 자율형 AI, 대형 서버의 물량적 연산 능력으로 표현되는 리얼한 가상현실. 세계관은 중세를 기반으로 한 검과 마법의 판타지라는 흔해빠진 세계관 속에서도 눈에 띄는 완성도……라는 모양이다.

센스를 기르는 방법은 저마다 다르다. 파생되는 센스는 이루 셀 수 없으며, 오픈베타 때부터 새롭게 추가된 센스도 존재한다는 모양이다.

──플레이스타일은 그야말로 only──라는 친구의 이야기.

그리고 나는 정식 오픈 전날, 왜? 대체 어째서?! 친구 집에 납치 감금, 다른 말로 여름방학 첫날에 숙제를 처리하는 걸 강제로 거들게 되었다.

그 상대는 바로 타쿠미였다.

"어이, 슌. 수학 답안 좀 보여주라."

사양 않고 내 노력을 빼앗아가는 타쿠미. 관자놀이에 핏대가 서고 경련을 시작하는 뺨. 그리고 부글부글 들끓는 분노를 억지로 억눌렀다.

"너, 뭐야? 나를 왜 여기로 데려와서 억지로 숙제를 보여달라는 건데?"

"괜찮잖아. 매년의 풍물시, 여름방학 종료 직전의 숙제 처리가 반복될 뿐이잖아."

아무렇지도 않다는 듯이 말하는 못된 친구 겸 불알친구인 카미야 타쿠미. 더군다나 올해 여름에는 게임만 하고 지내 겠다는 이유라는 것 같다. 정말이지 기가 찬다.

"후환을 끊기 위해서라도 필요해. 게다가 너랑 같이 이 게 임을 하고 싶고."

"아니, 넌 듣기기 싫은 내 과거를 빌미로 강요할 뿐이잖 아. 뭐, 좋아. 숙제를 일찍 끝낼 생각을 하는 건 나쁘지 않 아. 하지만 나한테 메리트가 없어."

"신경 쓸 것 없어. 나랑 같이 게임을 할 수 있으니까."

"왜 내가 너랑 게임을 해야 되는데. 게다가 숙제는 범위가 발표되는 그날부터 하고 있어. 나는 너랑 달리 바쁘다고. 가 사 같은 것도 해야 하니까……."

우리 집은 양친이 맞벌이라서, 여름방학에는 아이들끼리 가사를 부담하고 있다. 하지만 실질적인 담당은 오빠인 나 뿐이다. 맏이인 누나는 먼 곳에 있는 대학으로 진학, 여동 생인 미우는 가사 능력이 괴멸 레벨. 그래서 필연적으로 내 가 가사를 전부 맡고 있다.

그렇기 때문에 언제까지고 여기에 납치되어 있을 순 없 다. 그렇게 생각했을 때 타쿠미의 입에서 예상하지 못한 말 이 튀어나왔다.

"너, 시즈카 누나랑 전화로만 이야기 하고 있지? 시즈카 누나도 이 게임 하고 있어. 그러니까 너도 이 게임을 해서 오래간만에 누나랑 동생이랑 셋이서 놀면 좋잖아?"

"그렇단 소리는 미우도 이 게임을 한다는 거?"

"그래, 베타판 때 이따금 둘이서 만났다나 봐."

아하, 과연. 시즈카 누나가 대학 진학 문제로 집에서 나간 다는 걸 알았을 때 그렇게나 야단법석을 떨어놓고서, 요즘 들어 그걸 잊어버린 것처럼 밝은 건 그런 이유인가.

"자, 숙제를 전부 놓고 가라! 대신 너를 해방하고 게임기를 주지."

"참나, 알았어. 나도 게임 할게. 하지만 폐인인 너희에게 페이스를 맞추긴 어려울 테니까."

그렇게 말하며 타쿠미가 내민 종이봉투를 받았다. 그 안에는 새 게임기인 VR 기어. 최신 VR 기기는 헤드 디스플레이형이 아니라 수면유도형인 모양이다.

엡소니 사가 개발한 최신형에 게임 중에 현재 대응하는 게임은 방금 말한 [OSO]뿐. 즉, 현재로선 그것 전용 게임기다.

수면유도형의 이점은 조작이 뇌파로 이루어진다는 점이다. 종래처럼 1인칭 시점 디스플레이를 보면서 손으로 컨트롤러를 조작하다보면 생기는 조작성의 갭, 그 오랜 과제가 해소되었다.

"어, 어이. 이거 TV에서 광고하는 최신형이잖아. 지금 없어서 못 판다는 그거. 이렇게 비싼 건 못 받아."

"신경 쓰지 마. 너랑 [OSO]를 하려고 경품 사이트를 돌며 엄청난 확률을 뚫고 손에 넣은 거긴 하지만, 나는 베타테스터니까 공짜로 받은 게 있어. 다만 고유 뇌파 검사네 뭐네

해서 설정에 시간이 걸리니까 얼른 집에 가. 모르는 게 있거든 미우한테라도 물으면 될 테니까."

"그, 그래⋯⋯."

나는 그걸 들고 친구네 집 현관 밖으로 쫓겨났다.

참나, 좀 더 괜찮게 대접해주면 안 되나. 무더운 아스팔트 길을 걸어서 집으로 돌아갔다. 중간에 편의점에 들러서 집에서 시원하게 먹을 아이스크림을 샀다.

"나 왔어."

"어서 와, 오빠. 타쿠미 오빠네 집 다녀왔지?"

한여름의 아지랑이가 피어오르는 아스팔트 길을 따라 땀을 뻘뻘 흘리면서 돌아온 내게 말을 미우가 건넸다. 게다가 히죽거리면서 뭔가 기대하는 듯한 시선. 네가 무슨 소릴 하려는지 알겠다.

"돌아오는 길에 아이스크림 사왔으니까 나중에 먹자."

"와아, 아이스크림이다. 내가 좋아하는 포리포리 군 있어? ⋯⋯아니, 그게 아니라! 아니, 포리포리 군도 좋아하지만⋯⋯. 내가 하고 싶은 말은 그거!"

그렇게 말하면서 내가 손에 든 VR 기어가 든 봉투를 가리켰다.

중학교 3학년치고 어린 티가 남은 얼굴과 씩씩한 느낌으로 귀여운 미소녀지만, 아쉽게도 '폐인' 소리를 들을 정도의 게이머라서 오빠인 나로서는 걱정이 끊이지 않는다.

시즈카 누나가 대학 진학을 위해 집을 나가고 요즘까지

다소 기운이 없었는데, [OSO]의 세계에서 이따금 만나면서 기운을 되찾았다고 들으니 나도 다소 흥미를 가졌다.

"알았어. 나도 시즈카 누나를 만나고 싶으니까 할게."

"정말?! 고마워. 내일이 정식 런칭일이니까 오늘 중에 설정 끝내자."

"그전에 아이스크림이라도 먹자."

내가 가진 VR 기어를 빼앗으려 했지만, 내가 슬쩍 몸을 틀어서 피하자 다른 쪽 손에 든 편의점 봉투를 불만스러운 표정으로 받았다.

하지만 곧 봉지에서 포리포리 군 아이스크림을 꺼내고 좋아하는 걸 보면 단순하다고 할까, 천진난만하다고 할까.

나도 사온 아이스크림으로 숨을 좀 돌린 뒤 미우의 지시에 따라서 VR 기어를 설정하기 위해 내 방의 컴퓨터를 켰다.

게임을 인스톨하고 VR 기어를 장착하여 침대에 누웠다.

"그럼 일단은 뇌파를 검출할까. 장치를 차고 자고 있으면 끝나니까."

미우의 목소리는 멀어지고, 무거워지는 눈꺼풀에 저항할 수 없어 눈을 감았다. 다음에 눈을 떴을 때 뇌파 설정은 끝나고, 자는 동안에 계정 등록 등의 필요 사항은 미우가 다 끝내준 듯했다.

하지만 저녁식사 준비까지는 하지 않았던 모양이다. 다급히 준비해야만 했기에 사소한 설정은 나중으로 미뤘다.

그리고 저녁식사 자리에서 나는 미우에게 질문했다.

"미우는 어떤 플레이 스타일이었어?"

"으음, 내 경우는 검과 마법을 쓰는 마법검사였어. 속성은 광 속성과 회복 센스를 가졌고. 뭐, 소지금 말고는 베타판의 데이터가 전부 초기화되었지만."

"광 마법 중에 회복 마법이 있을 것 같은데. RPG의 승려 같은 이미지로."

"승려는 아니야. 검으로 싸우고 갑옷으로 아군을 지켜!"

"어어, 네 경우는 씩씩하게 적에게 돌격하는 역할이겠지."

"아니야! 나는 팔라딘을 이미지했어!"

"그래서 시즈카 누나는 어떤 느낌?"

미우의 항의하는 듯한 목소리를 가로막듯이 강제로 그 화제를 끝마쳤다.

"으음……. 언니의 구성은 순수 마법직으로 지팡이랑 로브를 걸친 마법사야. 속성은 얼음이 메인이고 회복도 해. 아마 익숙하니까 같은 스타일로 싸울 거야."

"뭐, 성격적으로는 직접 칼부림하는 스타일은 아니겠고."

미우와 시즈카 누나의 방향성이 조금 보이기 시작하는군.

미우에게 가볍게 이야기를 들은 나는 둘과 겹치지 않도록 하자고 결정했다. 그리고 방으로 돌아가서 공략 사이트를 둘러보며 체크하였다.

[OSO]의 기본적인 개요는 다음과 같다.

[OSO]의 특징적인 시스템 중 하나로는 센스가 있다.

 센스란 통상적인 무기 장비와 별도로 존재하는 재능 장비 같은 것이다.

 재능 장비는 포인트를 소비하여 손에 넣고, 각 플레이어의 장비 칸에서 장비할 수 있다.

 센스에서는 장비 중에 항상 발동하는 능력이나 스킬을 익히거나 게임 중의 여러 행동에서 보정을 받을 수 있는 효과가 있다. 그리고 반복 행동으로 경험치를 쌓아 레벨을 올린다.

 센스는 최대 열 개까지 장비 가능하다.

 플레이어는 초기에 센스 포인트(이하 SP)를 10포인트 갖는다. 그 SP를 소비하여 자유롭게 센스를 취득할 수 있다. 센스는 가지고 있기만 해선 의미가 없다! 분명히 장비해야 한다!

 취득한 센스는 장비하지 않고 일단 가지고 있을 수도 있다. 자유롭게 교체 가능하다. 레벨이 오른 센스는 파생이나 성장을 하여 더욱 강해진다.

 플레이어가 설정하는 스테이터스는 HP와 MP. 물리공격의 ATK, 물리방어의 DEF, 마법공격의 INT, 마법방어의 MIND, 속도의 SPEED, 무기나 생산 쪽 기능에 보정이 걸리는 DEX, 그리고 드랍이나 크리티컬 확률과 관련된 LUK이 있다.

 이것들은 장비 중인 센스에 설정된 스테이터스의 합계로

산출된다.

일부 스테이터스가 플레이어 본인에게도 보이지 않는 것은 리얼성을 추구하기 위해서라고 추측된다.

특수기나 필살기는 아츠나 스킬 등으로 불린다.

[아츠]란 무기 계열의 특수공격. [스킬]은 마법 계열의 공격, 보조. 또 기타 [레시피]나 [EX스킬] 등, 센스에 따라 이름이 다르다.

[아츠]는 무기 공격에 보정이 걸리고 대미지가 잘 들어간다. 전투에 익숙하지 않은 사람은 아츠로 밀어붙이는 걸 추천.

[스킬]은 주문이나 기술명을 외치면 정해진 현상이 일어난다. MP 관리에 주의할 것.

[레시피]는 생산과 관련된 스킬이지만, 수작업이라도 아이템을 생산 가능.

아츠나 스킬에 필요한 MP를 얻기 위해선 플레이 초반에 [마력] 센스를 일단 취득해야만 한다. 이걸로 MP를 얻을 수 있지만, 마법 계열 플레이어는 또 다른 센스가 필요하다.

마법을 쓸 경우는 [마법재능] 센스와 마법의 [속성] 센스가 필요하다. 이런 센스들 자체는 마법을 쓸 때 필수 센스다. 이것들과는 또 달리 [속성] 센스에는 화, 수, 풍, 지, 암, 광의 여섯 속성의 타입이 있고, 이런 속성이 마법만이 아니라 플레이어에게도 부여된다. 이런 여섯 속성과는 별도로 회복이나 지원 쪽으로 특화된 마법 센스도 있다.

속성을 포함한 범용성 센스나 각종 행동에 특화된 마법

센스 등이 다수 존재한다. 마법에 속한 센스는 [마력], [마법재능], 그리고 [속성]까지 세 가지가 기본 세트라고 생각하자.

마법의 기본 세트와 마찬가지로 전사 계열 플레이어에게도 기본 세트가 있다.

무기 센스는 대응하는 무기로 공격할 수 있게 되고, 대미지에 보정이 들어가는 센스.

또 방어구 센스는 대응하는 종류의 방어구에 보정이 들어가는 센스다. 방어구 센스가 없더라도 장비 자체는 가능하다. 다만 무기 센스는 대응하는 센스를 장비하지 않으면 적에게 대미지를 줄 수 없기 때문에 필수 센스로 자리 잡았다.

무기와 방어구 센스 이외의 추천 센스로는 마법이나 스킬, 특수능력 같은 게 없는 대신 특정 스테이터스의 상승치가 높은 스테이터스 계열이 있다.

이러한 무기, 방어구, 그리고 스테이터스 상승 계열 센스는 스타일에 맞추어서 취득하는 것을 추천.

이 게임은 센스의 장착이나 조합으로 플레이 스타일이 크게 바뀐다. 상황에 맞춰서 센스를 장비하면서 모험을 즐긴다. 또 자기 플레이 스타일이 마음에 안 들 경우는 캐릭터를 삭제하지 않더라도 장비를 리셋하고 센스를 다시 정할 수 있다.

공략 사이트를 살피면서 간단한 개요를 주욱 읽어 보니

이런 느낌이었다.

　군데군데 어드바이스가 들어 있는 것은 대단히 고마워서, 일반적인 구성의 소개 등은 큰 참고가 되었다.

　하지만 플레이 초기에 취득 가능한 센스만 헤아려도 제법 많았다.

　나는 어떤 센스로 구성해야 할지 일단 고민했다. 남매가 함께 플레이하는데 나는 초보자다. 그리고 분명 누나와 여동생에게 짐이 되겠지.

　그럼 어떻게 해야 할까.

　──서포트에 전념하면 된다.

　그러면 취득 센스는 원거리 공격, 모험을 위한 생산, 그리고 공격마법이 아니라 편이성을 중시한 마법.

　그리고 그런 내 눈에 문득 공략 사이트의 앙케트가 들어왔다.

　앙케트 상위에는 메이저한 이름의 센스가 분명히 있었다. 화면을 내려 보니, 거기에는 반대로 인기 없는 센스가 줄이어 있었다.

　"이왕이면 틈새시장을 노리는 센스로 하자."

　센스 후보를 고르는 데도 시간이 걸렸다.

　최소한의 필수 센스와 추천 구성을 비교하면서 인기 없는 쪽으로 분류된 센스를 골라갔다. 다만 자기 전에 못 했던 것──[OSO]의 캐릭터 에디트는 미우가 끝낸 모양이다.

　캐릭터 배색 등은 시간이 많이 걸린다고 들어서 포기했다.

캐릭터 에디트에는 플레이어 본인의 리얼한 용모가 투영된다. 좌우의 몸 밸런스나 근육 형태 등에 자연스럽게 조정이 들어가는 모양이다.

딱히 건드릴 것 없이 그냥 있는 그대로의 캐릭터면 되겠거니 생각했다.

이렇게 내 모험 준비는 끝났다.

이제부터 온리 원의 게임이 시작된다.

1장   정식 오픈과 인기 없는 센스

아침 8시. 미우가 안절부절 못하는 기색으로 아침식사인 토스트를 먹었다.

"저기, 그렇게 서두르지 않아도 아침 11시에는 시작하잖아?"

"응. 그러니까 얼른 점심식사 부탁해. 안 쉬고 계속할 거니까."

"안 돼. 12시에는 밥 먹어. 그리고 게임은 그렇게 오랫동안 하지 마."

내 잔소리에도 여동생은 툴툴 불평을 늘어놓았다. 너는 여름방학 중에 가사를 거들지 않잖아! 그렇게 말할까 했지만, 그런 말로 억지로 돕게 하더라도 방해만 되니 입을 다물었다.

"참나. 알았어. 그럼 간단히 볶음밥이나 한다?"

"와아~, 오빠 고마워."

"정말이지 애라니까."

그렇게 중얼거렸다. 그 후에 집안일을 마치고 점심을 만들면서 저녁 메뉴를 생각했다.

오늘 저녁은 날도 더우니까 소면이면 될까. 그리고 물을 끓일 동안에 만들 만한 메뉴로 영양 밸런스를 맞추자. 삶은 닭이나 튀김, 가지 절임 같은 걸 곁들이면 되겠지. 튀김은 미우가 좋아하는 메뉴니까 준비하면 2층에서 내려오겠지. 바삭바삭한 튀김을 소스에 찍어먹으면 최고다. 튀김이 딱 완성되는 타이밍에 게임을 중단하겠지. 미우도 얼른 먹을 수 있겠고.

문득 나는 여동생에게 약하구나, 하는 생각이 들었다.

그리고 11시. 나는 VR 기어를 착용하고 침대에 누웠다. 기동과 함께 수면유도가 시작된다. 감각적으로는 몸은 자는데 정신은 깨어 있는 느낌이다. 그리고 시야가 트이면서 새하얀 공간으로 나갔다.

[이름을 말씀해주세요.]

기계적인 여자 목소리가 시키는 대로 눈앞에 나타난 반투명한 키보드에 이름을 입력했다. VR에 익숙하지 않은 가운데 천천히 내 이름인 [SYUN]을 입력했다. 그러자 반투명한 화면이 전환되며 튜토리얼 선택지가 나왔다. 나는 조작 이외에는 공략사이트에서 사전에 정보를 얻어놓았다. 필요하다면 시즈카 누나나 미우에게 물으면 되겠다 싶어서 스킵을 선택했다.

──그리고 펼쳐진 광경.

주위에는 넘쳐나는 사람들. 수많은 사람들이 로그인해서 온 모양이다. 그리고 나는 처음 보는 VR세계에 내려오긴 했지만 감각이 이상했다. 뭐, VR 특유의 위화감이라고 생각하고 싶은데……. 왜인지 머리가 길었고, 어쩐지 엉덩이도 둥글둥글하니……. 어떻게 된 거지?

그렇게 생각하는 때에 퐁, 퐁 하고 연속적인 소리가 들려서 황급히 주위를 둘러보았다.

시야 구석에 떠오른 아이콘을 다급히 눈으로 쫓고서 음성 입력으로 그걸 선택했다.

"채팅, 오픈."

[아, 오빠. 연결됐어?]

"뭐야, 미우? 놀랐잖아."

지금은 상황이 파악되지 않은 상태에서 사고가 중단된 꼴이다. 하지만 아는 사람의 목소리를 들은 것만으로도 꽤나 진정되었다.

[이쪽도 사람이 많아서 모르니까 언니랑 북쪽 대성당 앞에서 만나자. 거기서 기다려.]

"알았어. 금방 갈게."

나는 곧바로 그 장소로 이동했다. 사람이 북적대는 건 싫고, 무엇보다도 주위에서 날 보고 있다.

그렇게 도착한 대성당 앞은 수많은 사람들이 저마다 누군가를 기다리고 있었고, 그 가운데에서 미우를 찾았다.

[오빠. 도착했어?]

"그래, 도착했는데……. 어디야?"

[성당 앞 동상 아래. 하얀 머리야. 언니는 연청색.]

겨우 찾았다. 분명히 흰색이다. 그 옆에는 연청색 머리에 마법사 같은 로브를 입은 사람이 있었다. 다소 처진 눈 밑

에 눈물점이 있는 미녀는 배색의 차이는 있어도 내가 아는 사람이었다. 그 사람들에게 말을 걸었다.

"미우 맞지?"

"아, 예. 뮤우입니다. 그런데 누구신가요?"

"나야. 네 오빠 슌이야."

"어? 슌? 누나가 한동안 널 못 만나서 못 알아봤네. 어느 틈에 여자가 됐대?"

"아니, 언니, 그게 아니거든?! 이건 그런 문제가 아니야! 왜 오빠가 언니가 된 거야?!"

언니라는 말에 내 가슴에 손을 대고 가볍게 쓰다듬었다. 가슴의 기복은 거의 없지만, 그래도 부드러운 감촉이 손바닥에 전해졌다. 그 손을 스윽 아래로 내려 보니 가느다란 허리 근처의 부드러운 반응이 돌아왔다. 옷 위에도 가슴의 부드러운 탄력이 당혹스러웠다.

"아니, 생각하고 싶진 않은데 카메라로 투영한 모습을 수정 없이 캐릭터 에디트했을 때, 신체 보정이 들어간 걸지도 몰라. 주로 여성적인 방향으로."

생각하고 싶지 않았다. 분명히 여자 얼굴일지도 모르지만! 이건 너무하다. 시스템의 버그다. 왜 이렇게 되는데! 마음속으로 그렇게 외쳤다.

"게다가 오빠 목소리도 높아지지 않았어? 왠지 귀여운 목소리가 된 것 같은데."

분명히 내 목소리는 다소 높아졌다. 이른바 애니메이션

목소리에 가까워졌다.

의식해서 목소리를 만들면 현실에서도 같은 목소리를 낼 수 있기에 위화감은 약했다.

이 목소리 때문에 학교 축제에서 가장 콘테스트에 출장하기도 했다. 가장이라면 여장도 들어간다면서 유명 여자 성우가 연기한 캐릭터의 옷을 입고 억지로 스테이지에 세워져서……. 아무도 남자라고 알아주질 않아서 우승하는 걸로 끝났다.

그런 흑역사가 나라고 특정되면 이제 목을 맬 수밖에 없다. 참고로 이게 타쿠미의 숙제 처리를 거들게 된 협박거리다.

"으음, 완전히 미인이 돼서 누나는 기뻐. 슌, 아니, 지금은 윤인가?"

……예?

"아니, 이름이 윤이라고 되어 있어."

"어라, 아, 진짜다. 윤 언니?"

SYUN이라고 쳤을 텐데 VR 조작에 익숙지 않은 바람에 오타가 났나 보다. 제일 앞의 S가 빠져서 YUN——윤이라는 이름으로 결정되었다.

"제길, 이 캐릭터 지워버릴 거야!"

"자, 자, 이 게임은 기본적으로 성별을 속일 수 없으니까 좋은 경험이라고 생각하자. 윤 언니."

"그거 지우면——누나 권한으로 흑역사를 공개할 거야."

우왓, 시즈카 누나. 아니——지금은 세이 누나가 진심이다. 세이 누나가 진심일 때는 뒷일이 무섭다. 꽤나 끈질기단 말이지. 평소에 온후한 만큼 고집을 부릴 때는 철저하다.

"아, 알았어. 뭐, 나는 연기 같은 거 없이 대충 할 거야. 그런데 두 사람은 벌써 센스 획득했어?"

"응. 초기 센스를 획득하는 동시에 초기 무기도 받을 수 있으니까."

"그럼 나도 센스를 취득할까."

나는 두 사람에게 잠깐 기다려달라고 하고서 센스를 취득했다.

"그래서 윤 언니는 어떤 센스 구성?"

"응? 내 구성은 [활], [매의 눈], [마법재능], [마력], [연금], [부가], [조교], [합성], [조합], [생산의 소양]이야."

왠지 뮤우가 입을 쩌억 벌렸다. 그리고 세이 누나는 난처하다는 표정을 했다.

"저기, 윤 언니는 뭘 목표로 하려는 거야?"

"으음, 서포트일까? 게시판을 잘 보고서 아츠나 스킬에 필요한 [마력]과 마법을 쓰는 베이스인 [마법재능]. 그리고 대응하는 마법의 종류로 [부가]를——."

"……오, 빠, 바보! 그런 쓰레기 센스만 모아서!"

윽, 쓰레기라는 걸 알면서 일부러 틈새산업을 노리는 의미로 말이지! 그렇게 반론하려고 했지만——.

"알겠어?! [활]은 코스트 퍼포먼스가 최악이야! [매의 눈]은 멀리 있는 게 잘 보일 뿐이지, 전혀 유니크 센스가 아냐!

게다가 [연금]은 그냥 물질 변환 센스고 변환율이 안 좋아! [부가]는 어중간하고. [조교]는 몸의 조교 성공률이 별로라서 버려진 센스야. 쓸 만한 센스는 마법 계열이랑 생산 계열 센스뿐이잖아! 같이 모험할 수 있을 줄 알았는데!"

"저기, 직역하면 [활]은 소모품인 화살과 세트가 아니면 쓸 수 없고, [매의 눈]도 그냥 잘 보일 뿐이지 별로 편리한 센스가 아니야. [마법재능]은 [부가]나 [연금]으로도 다소 성장하지만 효율이 안 좋다, 정도가 될까?"

세이 누나가 친절하게 설명해주었다.

즉 나는 방해가 되지 않도록 서포트 센스를 고른다고 했는데, 완전히 방해만 될 뿐이지 서포트도 안 된다는 모양이다. 거기에 결정타가 나를 덮쳤다.

"[합성]이나 [조합]으로 만들 수 있는 아이템은 보통 가게에서 파는 거야. 그러니까 게임 초기에는 별로 중요하지 않을지도."

예이, 내 존재의의가 없어졌습니다. 그렇다고 해서 사람들이 많은 곳에서 풀 죽어 있을 수도 없다.

모든 플레이어의 초기 소지금은 1000G. 장비를 갖추기 위해 마을을 돌아다녔다.

취득한 센스 [활]을 위한 강철 화살이 30개 세트로 30G. 그걸 4세트 사서 120G. 그리고 [합성]과 [조합]의 초기 생산 키트로 300G씩 해서 600G. 초보자용 포션이 30개 150G. ──합계 870G. 잔금은 130G.

일반적인 정석 구성의 경우 센스 취득시의 초기장비를 헐값에 팔아 버리고 가게에서 파는 무기와 소모품을 갖추었다고 해도 500G는 남는다.

그리고 활의 코스트 퍼포먼스가 안 좋은 이유는 화살에 있다. 화살이란 1회용이다. 날린 화살은 회수할 수 없는 게 기본. 그리고 초기의 적을 화살만으로 사냥할 경우 세 발을 써서 한 마리를 잡는다. 그때의 드랍 아이템은 최대 3G, 최저 1G. 그건 100퍼센트 명중했을 경우고 빗나가면 당연히 벌이는 없다.

나는 생산 센스를 가지고 있으니 드랍 아이템을 다른 아이템으로 만들었다고 해도 큰 돈벌이는 안 되겠지.

"……즉 초기 코스트 퍼포먼스가 나쁜 게 원인이군."

"그래. 게다가 마법은 센스 자체의 레벨을 올리면 다소 유도 성능도 생기지만 활은 그런 게 전혀 없어. 화살의 궤도는 거의 직선. 그러니까 활만큼은 플레이어의 능력에 의존하게 돼."

"……으, 으음, 모션 어시스트도 있으니까 초보자라도 최소한은 할 수 있도록 되어 있어. 그러니까 실망하지 마, 윤."

"어, 어어……."

아까까지 같이 모험할 수 있다고 신이 났던 뮤우에게 설교를 들었다. 내가 쓰레기 센스를 취득한 게 그렇게 마음에 안 들었나. 뭐, 정석 구성을 알면서도 이걸 골랐으니 화를 내더라도 할 말은 없지만.

"됐으니까 사냥 가자. 전투 튜토리얼을 얼른 끝내야지. 난 오후에 친구들하고 사냥 갈 거니까."

"……그, 그래."

세이 누나, 살려줘. 그런 시선을 보냈지만 쓴웃음만 돌아 올 뿐이었다.

우리는 초기 마을──통칭 제1마을──의 외벽을 지나 바깥 평원 필드로 나갔다. 이 맵에서는 평원에 있는 몹이 모두 초보자 플레이어용이고, 또 동서남북으로 각각 길이 있다.

베타판에서는 동쪽 공략이 왕성하고 남북은 고레벨 지대였기 때문에 공략이 막혔다. 서쪽은 채집용 아이템이 풍부하지만 몹의 밸런스가 안 좋다고 한다.

"일단은 적을 쓰러뜨려 보자. 오빠는 활로 공격하고, 언니는 마법으로 부탁해."

"오케이."

"알았어."

그리고 한동안 사냥에 전념했는데, 동생은 검을 휘두르면서 초식동물이라는 이름에 딱 보기에도 초식계의 몹을 퍽퍽 쓰러뜨리고, 세이 누나가 물의 탄환을 쏘아댔다. 나는 화살을 날렸지만…….

"전혀 안 맞아!"

세이 누나는 마찬가지로 사정거리 2미터 정도에서 마법을 간단히 맞히는데 같은 원거리 공격 소유자인 나는 2미터에서도 빗나갔다. 그리고 빗나간 화살은 그걸로 끝. 큰일이다. 코스트 퍼포먼스가 지독하게 나쁘다.

그리고 무엇보다도 화살이 떨어지면 일일이 인벤토리에서 보충해야만 한다.

"귀찮아!"

조준도 하지 않고 화살을 마구 날려보았지만 맞을 기미가 없다. 맞히기 쉬운 위치로 자연스럽게 다리가 움직였다.

"언니, 그렇게 앞으로 나가면──."

"여기라면 맞──!"

화살을 날리는 나를 향해 달려온 초식동물에 놀라서 피하려고 반걸음 물러나다가 그대로 엉덩방아를 찧었다.

"──위험해! 〈아쿠아 배럿〉!"

내게 돌격하는 초식 동물을 향해 물의 탄환이 날아와서 적은 소멸했다.

"윤, 함부로 다가가면 안 되잖아. 괜찮아?"

세이 누나는 허리를 굽히고 주저앉은 나를 들여다보았다. 그때 몸에 두른 로브 사이로 새하얀 목덜미와 완만한 쇄골이 힐끗 보여서 슬쩍 시선을 돌렸다. 역시 대학생이 되면 다른 걸까? 세이 누나의 매력이 살짝 느껴졌다.

"으음, 쓰레기 스킬 같은 걸 고르니까 그래. 화살을 다 써 버렸잖아. 그럼 마지막으로 필살기──[아츠]. 마침 [검] 센스가 5가 됐으니까……."

나를 독촉하듯이 소리를 내어 일으켜 세웠다.

뮤우는 천천히 초식 동물에게 다가갔다. 다가가서 검을 정안세로 드나 싶더니 물 흐르는 듯한 삼연격을 날렸다. 그 검의 궤도는 희미한 은색 광채를 띤 것처럼 보였다.

"이게 [아츠]야. 윤 언니도 [활] 센스를 올리면 조만간 배우겠지만, 나는 얼른 센스를 교체하기를 권하겠어."

"참고로 센스는 10레벨마다 SP를 하나 받을 수 있어. 상위 센스는 레벨 30 정도에 발현되니까."

"알았어. 고마워."

남매 셋이서 사냥. 획득한 아이템은 화살 값에 아득히 미치지 못했다. 이래선 생산직으로 돈을 모으면서 센스를 죄다 바꾸거나 해야만 할 것 같은 느낌이다.

●

뮤우와 세이 누나와 헤어진 나는 스테이터스를 확인하면서 마을로 돌아갔다.

내 센스는 이런 느낌이다.

소지 SP 0
[활 Lv3] [매의 눈 Lv2] [마법재능 Lv1] [마력 Lv1] [연금 Lv1]
[부가 Lv1]
[조교 Lv1] [합성 Lv1] [조합 Lv1] [생산의 소양 Lv1]

사냥 결과, 전혀 성장하지 않았다. 뮤우는 [검]이 5, [갑옷]은 3. 때때로 회복이나 마법도 썼으니까 마법 계열 센스도 성장했겠지. 세이 누나는 [마법재능]이 3, [마력]도 3. 그리고 [수 속성] 5라는 조합이다. 그렇게 보면 내 종합 레벨이 얼마나 낮은지 실감이 갔다.

나는 마을 교외의 광장에 앉아서 이것저것 시험해보았다.

일단은 [연금] 센스부터.

이 센스의 특징은──물질 변환이다. 하지만 실제로는 이름과 달리 도움이 안 되는 쓰레기 센스 취급이었다. 지금 내게는 초식 동물에게서 입수한 담석, 모피, 뼈가 각각 50개 있다. 이건 누나, 동생에게 받은 것이다.

메뉴에서 스킬을 찾아보니 [물질 변환] 스킬이 존재했다. [물질 변환] 스킬을 선택하자, 이어서 대상 선택 화면으로 넘어갔다. 리스트에서 담석을 선택.

소비 화면에는 담석×10이라고 표시되었다. 이건 물질 변환으로 소비하는 아이템이겠지. 나는 주저하지 않고 실행했다.

그렇게 변환된 아이템은 약석이라는 것이었다. 그게 하나.

아니, 담석은 한약재이긴 했지. 응, 게임이니까 그런 쪽은 따지지 않도록 하자.

그 외에도 모피 열 개로 물질 변환했더니 커다란 모피가 하나. 뼈의 경우는 '열 개 소비해서 커다란 뼈'와 '하나 소비해서 뼛가루 둘'이라는 두 종류의 선택지가 있었다.

"왜 뼈는 더 다양하게 변하지? 센스 레벨이 올랐나?"

레벨이 올랐나 싶어서 스테이터스를 확인했지만 레벨은 여전히 1이었다.

"소비하는 아이템의 개수가 다르고. 뼛가루 열 개의 경우는——."

뼈를 뼛가루로 만들고 뼛가루에 다시금 [연금]을 해보았다. 그 결과 뼈로 돌아왔다.

[연금]의 물질 변환을 고찰한 결과는 두 종류. 상위와 하위 물질 변환으로 나뉜다. 상위 물질인 약석이나 커다란 모피를 생산하려면 아이템 열 개로 상위 한 개가 된다.

그리고 하위 물질인 뼛가루는 변환율 두 배.

센스를 성장시키면 변환율이 변하는지, 다른 변환이 가능해지는 건지는 모르겠다. 하지만 현재 [연금] 센스의 레벨 업에 사용할 수 있는 아이템이 적다.

"사냥으로 적을 못 잡는데 어떻게 아이템을 모으라고? 나중에 생각하자."

이건 나중으로 미루고 다음은 [부가]를 해보자.

[부가]를 보자면 RPG의 정석이라고 할 인챈트나 버퍼, 버프라고 불리는 스테이터스 상승 계열의 마법 센스인 듯하다.

시험 삼아 나를 대상으로 인챈트를 걸어보았다.

방식은 [물질 변환]과 달리 대상을 의식하고 스킬 리스트에 있는 마법 스킬을 말하기만 하면 된다.

MP가 거의 바닥나는 것과 달리 얻는 효과는 미미했다. 게다가 지속 시간이 60초로 짧기 때문에 실전에서 써먹을 수 있을지 의문이었다. 다만 MP 소비량이 크다는 소리는 [마력]도 성장한다는 뜻이다. MP 회복을 기다려서 다른 인챈트를 시험해보았다.

내 몸에 방어 인챈트나 속도 상승 인챈트를 걸었는데, 효과는 금방 끝났다. 그러던 중에 문득 안 것인데, 앉아서 쉬면 서 있을 때보다 MP가 다소 빨리 회복된다.

가만히 앉아서 스스로에게 계속 인챈트를 쓰다 보니 어느 틈에 [마법재능]이 2, [마력]이 4까지 성장했다.

인챈트 종류는 빨간색의 ATK, 파란색의 DEF, 노란색의 SPEED로 세 종류. 센스 레벨을 올리면 스테이터스 상승 효과의 증대, 효과 시간의 연장을 노릴 수 있을 것이다. 시간을 내어서 적당히 인챈트를 반복하면 레벨 10까지 성장하겠지.

[조교]는 완전히 글러먹은 센스다. 지금 내게는 몹을 쓰러뜨릴 자신이 없다.

그리고 [합성]과 [조합]에도 아이템이 필요한데 소재가 없다. 으음, 아이템이 없으면 어떻게 한다?

그때 포옹 하는 소리와 함께 채팅이 들어왔다. 내 메일 주소를 아는 사람이면 이 게임 안에서도 사전 등록만 해두면 채팅이 가능하다.

채팅을 걸어온 것은 타쿠미였다.

[여어, 로그인 했냐?]

"어, 그래. 하고 있어."

[그럼 지금 만날까? 친구 등록 좀 하게. 참고로 지금 내 이름은 타쿠야.]

"오케이. 그럼 장소는⋯⋯."

그리고 나는 타쿠미를 기다리는 동안에 인챈트를 계속했더니 레벨이 하나 더 올랐다.

[어이, 슌. 어디에 있어?]

"윤이란 이름의 캐릭터야. 흑발이고 지금 인챈트하고 있어. 지금은 붉은색으로 빛나는 중."

스스로 생각해도 이거 웃긴다 싶은 가운데 낯익은 소년과 시선이 마주쳤다. 그 상대는 나를 보자마자 대뜸 한마디.

"어, 어, 어, 윤이라면 너⋯⋯ 왜 여자 캐릭터야?"

"⋯⋯난들 알겠냐. 기계 문제야."

"아니, 마지막에 봤을 때보다 미녀도가 한층 올라서 미소녀잖아. 가슴이 없지만——"흡!""

나는 공격 인챈트 상태로 타쿠의 옆구리에 보디블로를 날렸다. 타쿠는 옆구리에 한 방 먹긴 했지만, 튼튼한 재질로 만들어진 갑옷은 내 주먹을 튕겨냈다. 오히려 내 손이 아프다.

"그냥 얌전히 맞아라. ⋯⋯나도 열 받는단 말이야. 이 페인아!"

"괜찮잖아. 그런데 이름은 또 왜 윤이야? 완전히 여자잖

아. 겉모습을 봐도······."

"입력 미스야."

알고 있어. 평소보다도 눈이 커서 누가 봐도 여자 얼굴이다. 체형도 여자의 그거랑 비슷하다.

"상상해봐. 내 여동생한테 언니라고 불리는 순간을. 등골에 한기가 들더라."

"그거 고생했군."

"게다가 일부러 틈새산업 쪽 센스를 취득했더니 센스를 바꾸라고 그러고."

"아니, 쓰레기 센스를 고른 쪽이 잘못했지."

큭, 이러니까 폐인들은 안 돼. 게임 효율을 중시한다니까.

"참고로 지금 센스는 어떤 식으로 했어?"

"대충 이런 느낌이야."

센스 스테이터스를 타쿠미——타쿠에게 보여주자 제일 첫 마디가 이거였다.

"우와, 쓰레기네."

"너무하잖아! 그렇게 심해?"

"[활]은 전투 센스 중에서도 비효율의 대명사고. 애초에 [연금] 같은 건 비효율 말고는 표현할 말도 없어. 일단 [조교]라든가······. 아무튼 얼른 뭐든 레벨을 10까지 올려서 바꿔라."

"윽······. 전투로는 돈이 안 벌리고, 지금 소지금이 130G."

"너 은근슬쩍 하드코어 플레이를 한다?"

결코 그렇지 않습니다. 애초에 그럴 생각도 없습니다.

"난리 났네. 여동생은 바꾸라고 닦달하지, 시즈카 누나는 쓴웃음을 짓지. 자신이 다 없어진다."

"애초에 게임을 이제 막 시작해놓고 자신이고 뭐고 있 겠냐."

"으음. 거기선 좀 위로라도 해주라. 평소 오빠로서의 존 엄 같은 게 있잖아."

무릎을 껴안고 주저앉아서 옆에 선 타쿠를 노려보듯이 올려다보았지만, 타쿠는 그저 얼굴을 긁적일 뿐이었다.

"위로라……. 미소녀라서 다행이군. 다소곳한 미인인 세이 누나에 기운찬 미소녀인 뮤우. 너는 말하자면 쿨한 미소녀?"

"시끄러. 아니, 애초에 전혀 위로가 아니니까."

"그렇지도 않거든?"

그 말에 주위로 고개를 돌려보니 주위 플레이어가 일제히 고개를 돌렸다. ……아니, 우연이야. 우연이다. 분명히 그 렇다.

"어이, 부탁인데 짤짤하게 버는 법 좀 없어?"

"으음. 그건 경험치 이야기? 아니면 돈 이야기?"

"양쪽 다. 뾰족한 수가 보이질 않아."

팔짱을 끼고 으음 신음하는 타쿠. 그때도 인챈트를 걸어서 파란색으로 빛나는 나. 생각해보면 왠지 기묘한 조합이다.

"있어. 전투를 하지 않을 거면 평원 서쪽에 있는 숲에서 아이템을 채취할 수 있지. [조합] 센스도 있으니까, 레벨업도 겸해서 가공해서 팔면 좋지 않을까?"

"그래, 고마워. 그래볼게. 그 외의 충고는?"

"낮에는 적의 출현율이 낮지만 밤이 되면 올라가. 그러니까 그 점은 조심해. 아니지, 어쩔까? 도와줄까?"

"아니, 충고해준 것만으로도 충분해. 고마워. 아마 혼자선 무리였어."

"이 정도는 별것도 아냐. 그럼 친구 등록. 한가해지면 레벨업 도와줄게. 내가 이 게임에 꼬셨으니까."

정말이지 현실에서는 나한테 민폐만 끼쳐대는데 게임이면 든든해지는군. 조금 불만이다.

"그럼, 네 활약을 기대하지."

"나는 뮤우나 너 같은 폐인이 아니니까 무리야."

서로 가벼운 농담을 주고받으며 헤어졌다. 방금 전보다도 가벼운 걸음걸이로 마을 서문을 지나 서쪽으로 향했다. 목표는 채취 아이템.

평원의 초식동물을 무시하고 전진했다. 아무래도 논액티브──다가가도 먼저 공격하지 않는 타입의 몹──인 모양이다.

그렇기 때문에 무시하고 평원을 나아갈 수 있었다.

때때로 속도 인챈트로 노란빛을 띠면서 걸어갔다. 그리고 평원은 넓기에, [매의 눈]의 성장을 위해서라도 다른 몹이나 풍경을 구경했다.

쭉쭉 레벨이 올랐다. 뮤우나 세이 누나와의 사냥은 대체 뭐였을까 싶을 정도로 센스 레벨이 올랐다.

길가에는 채취 아이템이 없는 모양이지만, 매의 눈으로 숲 안쪽을 주시하자 조금 떨어진 장소에 채취 포인트 같은 것이 보였다. 자, 채취다, 채취.

나무 밑동이나 지면에 아이템이 있다고 **느껴진다**. 자연스럽게 거기로 의식이 가는 신기한 감각. 이게 센스의 보정일까.

채취한 아이템은 나뭇가지를 시작으로 버섯, 약초, 돌, 들풀, 새의 깃털 등 다양한 종류였다. 대충 각각 열 개씩 정도. 그 외에는 특정 장소의 흙에서 회수할 수 있는——부엽토. 너무 말 그대로라서 무슨 용도인지는 불명.

상당한 종류의 아이템이 모였다. 이 정보를 가르쳐준 타쿠에게 뭐라 감사를 해야 할까. 그리고 나는 숲에 설정된 비전투 에어리어——세이프티 에어리어——에서 휴식을 취했다.

바로 [조합]에 들어가지 않고, 다시금 메뉴를 잡아먹을 듯이 들여다보았다.

스킬 칸을 보니 아직 전투기능의 [아츠]는 취득하지 않았다. 기타 [합성]이나 [조합] 스킬 칸에는 이미 [레시피]가 존재했다.

참고로 센스 스테이터스는 다음과 같다——.

소지 SP 0

[활 Lv3] [매의 눈 Lv5] [마법재능 Lv4] [마력 Lv7] [연금 LV1]
[부가 Lv6]
[조교 Lv1] [합성 Lv1] [조합 Lv1] [생산의 소양 Lv1]

순조롭다고 하긴 어렵지만, 처음에 고민하던 무렵보다는 낫다. 그럼 [조합]과 [합성]을 성장시켜볼까.

일단은 [조합]의 기본 세트를 꺼내어 늘어놓아 보았다.

밥그릇 크기의 사발과 막대기. 조그마한 가열용 쇠그릇과 그걸 놓는 삼발이, 가열용의 정체 모를 열원, 그리고 약을 싸는 용도인 듯한 종이와 유리용기가 담긴 상자였다.

유리용기는 상자 안에서 꺼내면 떠오르듯이 새로 보충되고, 손에 든 용기에 아무것도 넣지 않고 있으면 소멸한다.

"이런 면은 게임이네. 그야말로 판타지야."

무슨 중학생 화학 키트 같은 도구로 판타지에 나올 만한 약초를 달이거나 끓이거나 하였다. 공략 사이트에서도 수작업으로 가능하다고 하기에 실천해보았다.

그렇게 해서 나온 것이 초보자 포션. 공짜부터 개당 5G짜리 아이템까지가 나왔다.

약초 하나에서 초보자 포션이 만들어지는 식이다. [연금]보다 변환율이 좋다. 역시나 생산 계열.

뭐, 연금도 분류상으로는 생산이지만.

그 뒤에 스킬란에 변화가 생겼다. 초보자 포션의 [레시피]

가 추가된 것이다. 나는 그 [레시피]를 선택하여 초보자 포션을 만들었다.

물질 변환과 마찬가지로 화면 선택으로 실행하자, MP를 소비하여 초보자 포션이 하나 나왔다. 과연, 마력 센스가 반드시 필요한 건 이런 이유였다. 그 외에도 레시피 일람에는 약석이나 커다란 모피, 뼛가루 등 여태까지 생산한 것들이 분류되어 있었다.

[조합]을 시작으로 하는 생산 계열 센스의 법칙은 아이템을 일단 만들면 레시피가 자동으로 추가된다는 점이다. 그리고 다음부터는 스킬로 작성이 가능하다.

연금도 마찬가지니까 어떤 생산직에도 통하는 말일지도 모른다. 시험 삼아 초보자 포션을 몇 개 작성할 때 살짝 순서를 바꾸면서 해보았다. 하나 같이 이름은 초보자 포션이지만 회복량에 다소 차이가 나왔다.

그리고 레시피의 내용이 갱신되면서 여태까지 만든 것 중에서 가장 회복량이 높은 포션으로 고쳐졌다.

"즉 스킬로 획일적인 대량생산을 하느냐, 수작업으로 양질의 것을 만드느냐인가."

대충 이점은 그 정도겠지. 초보자 포션을 열 개 만들었을 때 조합 센스 레벨이 올랐다. 센스를 올리는 법은 알았고, 다음은 [합성]이다.

합성 센스는 소재와 소재로 새로운 소재, 아이템과 아이템으로 새로운 아이템을 만드는 센스. 이쪽은 처음부터 MP

45

를 소비하여 합성하는 모양이다. 일단 시험해보자.

꺼낸 합성 키트는 마법진이 그려진 시트 좌우에 물건을 놓는 장소가 지정되어 있는 듯했다.

"일단 기본인 포션과 포션의 조합이겠지."

방금 전에 만든 초보자 포션을 지정된 위치에 놓고 발동.

순간 하얀 빛을 내뿜은 뒤 두 개의 포션이 사라지고 뭔가…… 시커먼 포션이 생겨났다.

"뭐, 뭐야, 이건? 서, 성공인가?"

아니, 딱 보기론 실패겠지. 아이템 확인을 해보니 독약이었다. HP에 계속적인 대미지를 주는 상태 이상을 일으킨다.

뭐, 어딘가에 쓸모 있을지도 모르겠다는 생각에 인벤토리에 넣었다.

"생산 실패인가. 분명히 생산직 레벨이 낮으면 실패하는 거였지. 뭐, 경험치는 들어온 모양이니까 괜찮겠지."

스스로에게 그렇게 말하면서 다시금 초보자 포션을 두 개 선택하여 합성했다.

이번에는 초보자 포션보다 진한 녹색의 포션. 이름도 포션이다.

이번에는 성공. 레시피에도 추가되었다.

그대로 합성 레벨이 2가 될 때까지 포션을 합성했다.

문득 포션과 초보자 포션의 남은 양을 확인해보았다.

"뮤우와 세이 누나랑 같이 산 초보자 포션이 그대로 남았군."

초보자 포션을 산 건 좋은데, [회복]을 가진 두 사람이 센스 레벨업을 위해 솔선해서 회복했기에 손을 대지 않았다. 그 초보자 포션을 연금으로 상위 변환한 경우 어떻게 될까 싶어서 실험 삼아 해보았다.

변환한 결과──아쉽게도 또 독약이 되었다. 연금 실패.

"……50G가 독약이 됐군."

이 순간 [연금] 센스 레벨이 2로 올랐다. 마법 계열 센스도 하나씩 올랐으니 나쁘진 않다. 다만 지출이 아프다. 너무나도 아프다. 하지만 시작한 일을 중간에 접진 않는다.

끊임없이 계속 연금을 해본 결과──포션이 만들어졌다. 왠지 힘이 빠지는 느낌이……

"아, 헛일했네. 전부 합성해서 포션으로 바꿨으면 합성 센스가 올랐을 텐데."

하지만 확인해 보니 [합성]으로 만든 포션과 [연금]으로 만든 포션에는 성능 차이가 존재했다.

합성 포션은 [레시피]의 기본에 가깝지만, 연금 포션은 기본보다 1할 정도 회복량이 많다. 즉 연금으로 만드는 쪽이 더 품질이 좋다고 할 수 있다.

연금 〉합성 〉직접 조합 〉스킬 작성이란 느낌의 성능인 듯하다. 다만 효율로 말하자면 그 반대다. 또 직접 조합도 잘만 하면 간단히 연금이나 합성을 제칠 듯했다.

"이런 면도 밸런스가 괜찮게 잡혀있군. 그렇기는 해도 정말 기막힌 센스를 골랐군."

물론 안 좋은 의미로 한 말이다. 일반적으로 생각해서 효율이 안 좋다고 기피되는 [연금], 효율 좋은 [합성]과 [조합]으로 센스 장비 칸을 채운 나 자신이 이상한 거다. 다만 지금 목적은 센스의 레벨업이다.

약초는 주로 [조합] 센스에, 기타 아이템은 [연금]과 [합성]에 사용했다. 저녁을 준비할 시간까지 채집과 생산 센스 레벨업을 거듭한 결과 알아낸 바가 있다.

돌멩이는 연금에서는 아무래도 선택할 수 없었다. 결론을 말하자면 돌이라는 명칭의 미감정 아이템이다. 그리고 버섯이나 약초나 들풀은 건조 등의 공정을 거치면 소재의 이름 앞에 [말린]이 붙으면서 효과가 두 배가 된다는 게 크다.

다만 버섯은 식재료 아이템이라서 말리기만 해선 그 이상의 변화를 바랄 수 없었다.

마지막으로 나뭇가지와 새 깃털의 조합으로 합성하면 철 화살의 하위 호환──나무화살이 되었다.

놀랍게도 이건 나뭇가지 하나로 두 개가 만들어졌다. 지금 60개 두 세트만큼 화살을 만드니 화살 걱정이 사라져서 안심했다.

현재 센스는──.

소지 SP 0

[활 Lv3] [매의 눈 Lv7] [마법재능 Lv6] [마력 Lv9] [연금 Lv2] [부가 Lv6]

[조교 Lv1] [합성 Lv4] [조합 Lv4] [생산의 소양 Lv3]

마력이 조금만 더 있으면 10이 될 수 있을 것 같다. 어느 센스고 처음에는 비교적 잘 오르는 모양이니, 수정하기 쉬워서 다행이다. 일단은 [조교]를 빼고 새로운 센스를 취득하자.

시간도 슬슬 됐겠지. 현재 세이프티 에어리어로 재개 장소를 변경하고 로그아웃했다.

●

게임 세계에서는 해 질 녘 정도의 하늘이었는데, 한여름은 해가 높아서 아직도 밝았다.

그래도 저녁 6시 반 정도 되면 다소 선선한 바람이 분다. 소면을 먹으니 시원한 느낌도 들지만, 또 다른 이유로 자리가 얼어붙은 것처럼 추웠다.

시간이 되자 미우도 자기 방에서 나왔다.

"……."

저녁식사 자리, 말없이 소면을 후르륵거리는 미우. 시선이 날카롭고 분위기가 안 좋았다.

"왜, 왜 그래?"

"별로……."

평소에는 씩씩한 여동생인데 이따금씩 퉁명스러울 때가 있다. 뭐, 한창 사춘기인 중학교 3학년이니까 그렇다고 생각할 때도 있지만, 오늘은 짚이는 바가 있다.

─────내 센스 구성 때문이지.

"저기, 미안해."

"……왜 사과해?"

"게임 때문에…… 고생시켰잖아."

왠지 모르지만 일단 사과해두자. 그게 문제를 회피하는 방법이다.

미우는 크게 숨을 들이마시더니 성대하게 한숨을 내뱉었다.

"미안해, 오빠."

"오오, 지금은 오빠라고 불러주는구나."

"아니, 그런 거에 반응하지 마."

여동생에게 언니라고 불린 마음의 상처는 의외로 깊었던 모양이다.

"아냐, 게임에서 베타판 때부터 같이 했던 사람이 처음 하는 사람을 데려왔는데, 그 사람하고 좀 충돌이 생겨서…… 기분 상했으면 미안."

"그랬구나. 뭐, 푸념 정도는 들어줄게."

"응. 아무튼 눈에 띄고 싶어 하는 사람이라서, 우리가 회복하는 도중인데도 막 전진하다가 혼자 죽어서 마을로 돌아가. 그래놓고선 우리 서포트가 안 좋았다고 막 뭐라고 그러는 바람에 조금.”

“아, 그래. 그거……. 고생했네.”

“반대로 그 사람이 없는 편이 탐색도 훨씬 수월했으니까. 죽은 뒤에까지 파티에 들어오려고 하지 않은 것만 해도 고마워.”

“그러고 보면 게임에서 죽으면 어떻게 돼?”

“데스 페널티가 발생해. 그 효과는 한 시간 동안 스테이터스의 감소.”

“그거 아프네. 하지만 나는 생산직이니까, 그동안 아이템이라도 만들면 괜찮을까.”

“아앗, 벌써 방향성을 정했구나.”

미우가 그렇게 말했다.

“전투가 안 되니까. 지금은 생산 계열 센스를 올리는 중이야.”

“하지만 아쉬워. 윤 언니는 미인이니까 파티에 넣고 자랑하고 싶었는데.”

“제발 참아주라. 뭐, 전투라면 아이템 수집을 위해 혼자서 사냥할 거고, 활 센스도 다소 올리고 싶으니까.”

“흐응. 윤은 솔로로 할 거구나.”

당분간은 수수하게 채취와 사냥에 전념하자. 이렇게 느릿느릿한 행동에 남을 끌어들이고 싶지 않다. 화제를 바꾸는 의미로 다른 질문을 던졌다.

“미우의 지금 센스는 어떤 느낌이야?”

"으음, [검 Lv12], [갑옷 Lv11], [공격력 상승 Lv6], [방어력 상승 Lv6], [기합 Lv4], [마법재능 Lv10], [마력 Lv14], [마력 회복 Lv7], [광 속성 Lv5], [회복마법 Lv7]인가?"

"꽤나 성장했네. 벌써 SP도 4나 쌓았고."

"언니도 대충 이런 느낌이야. 그리고 오빠도 [공격력 상승] 같은 센스를 붙이면 화살 소비가 꽤 줄어들지 않을까? 얼른 센스를 싹 바꾸는 편이 낫지 않아?"

"그건 차츰차츰 할 일이야. 지금은 서쪽 숲에서 자급자족하고 있어."

"뭐, 나는 오빠랑 모험하고 싶으니까 얼른 싸울 만한 레벨까지 올려봐."

미우는 그렇게 주문했지만, 센스를 싹 바꿔서 싸울만한 레벨로 올리는 거랑 지금 센스로 싸울 만한 레벨까지 올리는 거랑 어느 쪽이 빠를까.

으음, 평소에는 똑 부러진 오빠인 내가 게임 속에선 꼴사납군.

저녁을 먹은 뒤 미우는 목욕을 하고, 나는 그동안 설거지와 귀가하신 부모님의 식사 준비를 했다. 나도 느긋하게 목욕을 한 뒤에 다시금 [OSO]에 로그인했다.

재개 장소를 숲의 세이프티 에어리어로 잡았기에 거기서 시작했다.

게임 안도 밤이라서 어두컴컴하다. 이 장소는 모닥불이

피워져서 희미한 빛이 확보가 되긴 했지만 다소 먼 곳을 바라보니 어두컴컴하고, 때때로 날아다니는 박쥐 같은 그림자가 얼핏 보이는 정도다.

으음, 밤하늘은 아름답군. 은하수 같은 별들이 잘 보인다. 그렇게 멍하니 하늘을 바라보았다. 의식하면 [매의 눈] 센스로 천체망원경처럼 클로즈업할 수 있다.

[매의 눈]이 성장하는 모양이지만, 지금은 이 게임 안의 자연을 즐겼다.

30분 정도 멍하니 있다가 센스를 확인했다. [매의 눈]의 레벨이 10이 되어 있었다. 해냈다는 기쁨과 함께, [마력]이 제일 먼저 레벨 10이 되리라는 예상을 배신하고 설마 [매의 눈]이 제일 먼저 10레벨에 도달했다니.

게다가 기분 탓인지 주위를 둘러보았을 때 암흑 속을 아까보다 더 멀리까지 볼 수 있는 듯했다.

나는 얼른 새로운 센스를 취득하기로 했다.

초기 센스라고 해도 숫자는 풍부했다. 이미 방향성을 생산직 쪽으로 정했으니까 그쪽이 괜찮을지도 모르겠다고 생각하며 생산 계열 센스를 찾았다.

[대장], [재봉], [목공]에 이어서 마지막으로 발견한 것은──[세공]이었다.

[세공]은 메인 대접을 받기보다는 [대장] 센스와 공통되는 항목이 있기 때문에 덤이라는 대접이 많다. 효과는 액세서리 작성 센스다. 전투에 활용되는 무기, 방어구를 만

드는 [대장], 가죽갑옷이나 마법직의 경장갑 방어구를 만드는 [재봉], 지팡이나 활을 만드는 [목공]과 달리 액세서리는 어디까지나 보조적인 위치다. 이것은 초기 방침——서포트에 매진하는 틈새 생산이구나 싶어서 결정. 좋은 걸 골랐다는 기분이었다.

그렇기는 해도 센스는 꽤 심오하구나 싶었다.

[매의 눈]은 단순히 멀리까지 보는 센스라고 생각했는데, 어둠 속을 보는 성능도 있었다. 1레벨당 1미터 정도 시야가 넓어진다. 활 센스의 레벨 보정만으로는 사정거리가 꽤나 짧다.

그러고 보면 화살이 있고 적도 없으니 활 연습을 하고 자기로 했다.

나무화살을 꺼내고 활을 당겼다. 휙 날아간 화살은 눈에 보이는 범위의 어둠 속으로 사라졌다. 일회용 화살을 마구 어둠 속으로 날려댔다. 활 센스는 활을 쏘면 성장하고, 적을 맞히면 성장률이 다소 오르는 걸지도 모르겠다.

한 발 한 발 정성을 들여서 활을 쏘았다. 활 연습이라곤 여태까지 해본 적 없는 나는 이렇게 반복하여 플레이어 자신의 명중률을 올릴 수밖에 없다. [매의 눈]은 멀리, 어둠 속을 보는 센스라서 조준한 나무에 맞았는지 쉽게 알 수 있다.

지금으로선 명중한 것은 열 대 중 두 대니까 아직 멀었다.

[활] 센스도 [매의 눈] 센스도 충분히 레벨이 올랐다. 궁금해져서 [활] 스킬을 보았더니, 확실히 [아츠]가 있었다. 〈원

거리 사격〉이라는 간단한 이름이었다.

시험 삼아서 〈원거리 사격〉 아츠를 써보았다.

시위를 당기는 시간이 길어지는 대신, 여태까지보다 강한 소리가 울리고 [매의 눈]으로도 보이지 않을 만큼 멀리까지 순식간에 날아갔다. 효과가 어느 정도인지는 아직 모르겠다.

"뮤우에게는 못 써먹네, 쓸모없네 하는 소리를 들었지만 제대로 확인해봐야겠어. 지금 그것도 제법 느낌이 좋았고. 어디, 시간도 이쯤 되었으니까 나머지는 내일 하고 이만 잘까."

내일도 생산 계열을 메인으로 성장시키자. 그렇게 생각하면서 나는 로그아웃했다.

2장   생산직과 인챈트

다음 날 나는 오후부터 로그인했다. 왜냐고? 그야 물론 식재료를 사오고 청소, 세탁, 식사 준비로 오전 시간을 썼기 때문이지.

나도 게임에 투자할 시간이 필요하기에 점심은 여름 야채 카레로 했다. 저녁식사도 같은 메뉴지만 불평은 인정하지 않겠다.

"오빠, 난 레벨이 올라서 [검] 센스를 [한 손 검]으로 파생시켰어!"

"헤에, 잘 됐네."

"그리고 새로운 친구도 생겼어. 이번 애는 예쁘고 예의 바른 애야."

"……그래."

너는 좋겠다. 집안일이 서툴다는 면죄부로 게임이나 하고. 그래도 되는 건가, 중학교 3학년. 우리 학교는 에스컬레이터 식이라고 해도 학업을 방치하는 건 좋지 않아. 그런 식으로 한마디 했지만 여동생은 귓등으로도 듣지 않았다.

취미에 전력투구. 그 이외에는 바보인 미우가 현실에서는 걱정이 되는데, 왜 게임 세계면 그리도 든든할까.

하지만 나는 서포트, 나는 서포트. 그런 식으로 스스로 되뇌었다.

그리고 나는 다시 윤으로서 로그인했다.

재개 장소는 서쪽의 세이프티 에어리어. 어제는 [조합]으로 포션이나 독약을 만들었지만, 재료가 부족하다. 그리고 어제 손에 넣은 센스 [세공] 말인데, 그건 최소한의 설비로 연마 세트와 휴대용 화로 세트가 필요하다.

연마 세트 300G, 휴대용 화로는 800G. 현재 소지금으로는 아무래도 부족하다. 아무튼 제대로 된 돈을 모아야만 한다.

부엽토 같은 건 어디에 쓰는 건지 모르겠고, 버섯이나 약초는 입수하자마자 [레시피]로 건조시켜서 [조합]과 [마력]을 성장시켰다.

지금 소지품은──나무화살×90, 포션×25, 초보자 포션×50, 돌멩이×75, 부엽토나 버섯을 시작으로 하는 잡스런 아이템이다.

"으음, 이만큼 있으면 300G 정도에 팔 수 있으려나? 보통 것보단 조금 효과가 높고."

나는 작은 자신감과 함께 숲을 빠져나와 제1마을로 돌아왔다. 도중에 있는 평원에서 활 연습을 하며 초식동물을 몇 마리 상대했다. 어제는 인챈트 없이 싸웠지만, 공격력 인챈트를 걸고 싸우면 나무화살로도 충분히 싸울 만했다.

아니, 제일 큰 요인은 아츠 〈원거리 사격〉이다. 최대 15미터 떨어진 거리에서 화살을 날리고, 적이 접근하는 동안 네 발을 날린다. 나무화살로는 쓰러뜨리려면 다섯 발 이상 써야하지만 어차피 공짜. 실패해도 코스트 퍼포먼스로선 아쉬울 게 없다. 오히려 팍팍 소비, 팍팍 생산해서 센스 레벨을 올려야겠지.

싱글벙글하는 얼굴로 마을에 들어오자 나에게 시선이 모인 듯했다. 아니, 뭐 초기장비인 것도 있고, 그 이전에 활을 쓰는 사람은 드무니까 주목하는 거겠지.

조금 이상한 시선을 느꼈기 때문에 살짝 속도를 올렸다.

"〈인챈트〉──스피드."

나는 그렇게 중얼거리고 서둘러서 서문 앞을 통과했다. 이따금 엇갈리는 사람들이 돌아보는 게 보였지만, 그런 성가신 시선은 무시하고 노점이 늘어선 광장에 도착했다.

방금 전의 사소한 일 따윈 잊고 어디다 팔아야 하나 하는 생각으로 주위 노점을 보고 다녔다.

사전에 조사한 것인데, 노점은 아무나 열 수 있는 것이 아니다. 노점용 아이템이 있고, 그걸 구입한 사람만이 열 수 있다. 또한 그 위에 점포라는 게 존재해서, 생산직은 그 점포를 자기 나름대로 커스터마이징을 한다는 모양이다.

뭐, 노점 개설 아이템이 1만G, 점포를 빌리는 게 한 달에 5만G, 구입이면 50만G. 내 소지금이 얼만지 알아? 130G라고.

노점에는 많은 사람들이 있었다. 포션을 팔거나 무기를 팔거나. 지금 단계에서 노점이나 점포를 가진 사람은 베타판의 소지금을 이어받은 사람들인 모양이지만.

"여어, 거기 너. 보고 갈래? 자, 무기나 액세서리야."

빨간색 머리에 살짝 연갈색 피부의 여자가 내게 말을 걸

어왔다. 아마도 호객하는 거겠지.

왠지 이야기를 나눌 수 있을 듯한 분위기. 잘만 하면 포션을 사줄지도 모르겠다 싶었다.

"나 말이야?"

"으음?! 왠지 남자 같은 말투?"

그러고 보면 나는 지금 여성형 아바타였다. 이런, 남들하고 같이 안 다니다보니까 그런 인식을 잊어버렸다.

"아니, 사실은 남자거든요."

"에이, 또 무슨 소리. 이 게임은 성별 못 속여."

"어어, 아마도 기계 문제인가 봐요. 그러니까 저기, 현실에서는."

"헤에. 기계가 실수할 만큼 여자답단 말이지. 좋아, 좋아, 롤플레잉이니까."

우와아, 이야기가 안 통해. 그냥 포기하자.

"자, 어서 오세요. 마기의 노점에 잘 오셨습니다. 무기나 액세서리, 뭐든지 있어요. 나는 주인인 마기야."

"헤에, 벌써 노점을 가졌다면 베타테스터?"

"그렇지. 너는, 으음……."

"윤이에요."

"그럼 윤 군도 그래?"

"아니, 친구랑 누나동생은 베타부터 했는데 정식판부터 같이 하자고 해서요."

"아하하하, 그럼 활잡이인 것도 이해가 돼."

메마른 웃음소리. 십중팔구 활이 인기 없다는 이야기겠지.

"그런데 여기에 활은 없는데? 액세서리는 기본적으로 방어력 상승이고."

"아니, 나도 생산직이에요."

"헤에, 전투 겸 생산이라. 좋겠다, 나도 싸우는 대장장이를 목표로 했는데, 싸우면 생산 계열 센스 성장이 느려지니까 정식판에서는 포기하고 대장 외길이야. 물론 전투는 재미 정도."

"알아요. 난 활을 쓰는 센스 구성이다 보니까 돈이 없어서."

"아, 알았다. 만든 아이템을 사달라는 거지? 누나가 사줄게."

"어, 그래도 괜찮나요? 고맙습니다!"

놀라면서도 웃으면서 그렇게 말하자, 마기 씨는 부끄러운 듯이 얼굴을 붉히며 모호한 미소를 띠었다. '큰일이네, 동성이라도 이건'이라고 작게 중얼거리는데, 동성이라니 누구 이야기지?

그건 그렇다고 하고, 이건 좋은 기회다. 마기 씨와 트레이드 화면을 열고, 지금 가지고 있는 것 중에서 팔릴 만한 아이템을 올려보았다. 마기 씨도 붉어진 얼굴이 진정이 되었는지 아이템 감정을 시작했다. 포션×25. 그게 내가 내놓은 아이템이다. 회복은 초보자 포션이 있으니까 지금은 그걸로 충분했다.

"헤에, 자작 포션인가. 회복량이 조금 많으니까, 넉넉히 쳐줘서 1개 30G? NPC라면 25G야."

"어어, 30의 25배면 750G?!"

"뭐, 숫자가 되니까. 최전선에서 뛰는 사람은 이미 초보자 포션을 졸업하고 NPC한테 포션을 사는데, NPC의 1일 공급량은 게임 안에서 한정되어 있어. 그러니까 매점매석꾼이 한꺼번에 사서 노점에서 파는 거야. 뭐, 플레이어 중에는 회복마법 메인인 사람도 있으니까 그런 사람들을 파티에 넣으면 되기도 하고. 그럼 윤 군, 또 뭐 있거든 부탁해."

그렇게 말하며 내 인벤토리 안의 소지금이 늘어나서 880G로.

……아니, 휴대용 화로 세트까지는 못 사나.

"저기, 마기 씨. 액세서리를 만든다고 했잖아요. 액세서리 성능은 화로의 종류에 따라 변하나요?"

"아니, 변하진 않아. 가공할 수 있는 금속의 종류가 변할 뿐이야. 휴대용 화로면 철까지던가~. 나는 강철까지밖에 본 적 없고. 음, 그럼 윤 군의 센스는 [조합]이나 [합성], 그리고 [세공]이구나."

아, 마기 씨는 꽤나 고레벨의 플레이어구나. 이 정도의 대화로 센스의 종류까지 꿰뚫어보다니.

"그렇게 세 종류 있어요."

"인기 없는 센스를 골랐네. 뭐, 게임은 즐기면서 하는 거지. 그러면 누나가 한 가지 충고. [세공]의 〈연마〉란 스킬 있잖아? 도구랑 [세공] 센스를 가지고 있으면 보통 돌멩이가 무슨 원석이나 광석이 될 수도 있어. 이건 통칭──감정안.

그러니까 스스로 감정할 수 있으면 액세서리의 재료는 회수할 수 있어."

"아, 고맙습니다. 얼른 시험해볼게요."

"그래, 그래, 그럼 친구 등록해줄래? 윤 군은 재미있을 거 같으니까."

이렇게 해서 나는 마을에서 마기 씨라는 선배 생산자와 알게 되고, 연마 세트를 구입했다. 지갑은 또 가벼워졌지만 580G. 다음에 포션을 만들어다 팔면 휴대용 화로를 살 수 있다.

흐뭇한 얼굴로 왔던 길을 되짚어서 사냥을 하며 세이프티 에어리어로 돌아왔다.

돌아온 나는 필사적으로 돌을 연마했다. 여태까지 주운 돌을 감정한 결과 절반 정도는 단순한 돌이었지만, 나머지 절반은 가치 있는 것이라고 판명. 주운 돌 중에 철광석이 스무 개 있었지만 화로가 없으니 주괴로 만들 수 없다.

그러니까 지금은 [세공] 레벨을 올리기 위해 연마 세트로 보석 원석을 다듬었다.

까득까득까득……. 조용한 숲에 소리가 울렸다. 살살 깎다 보니 표면에서 아름다운 보석이 보였다. 그대로 깎아내자 주먹 크기의 돌이 3센티미터 정도의 원석이 되었다. 그 이름도──[페리도트의 원석(중)].

이 근처에는 페리도트밖에 채취할 수 없는 모양인지, 어느 걸 깎아도 페리도트였다.

다른 지역을 찾아보면 다른 원석이 있을지도 모른다. 아니, 마을에서 돌을 파는 사람을 찾아서 사는 편이 나을까? 아니, 애초에 돌을 파는 사람이 있나? 없겠지.

그보다도 돈이 없으니까 무리다. 돈을 벌 길을 찾으려고 해도 돈이 필요하니까 세상 참 힘들다.

"즉 나는 그냥 얌전히 돌을 깎는 수밖에 없단 소린가."

뭐, [세공] 센스의 스킬 〈연마〉를 쓰면 순식간에 가공할 수 있지만 [페리도트의 보석(극소)]가 된다. 보통은 작아지면 가치도 내려간다. 그리고 스킬로만 하면 연마 실패로 깨질 가능성도 커진다. 센스 레벨이 낮으면 더더욱 그렇다.

그러니까 나는 십여 개의 원석을 하나하나 공들여서 연마했다. 그래도 깨지는 건 있었다. 그런 경우 아이템이 소멸하고 생산 실패.

그렇게 연마한 지 세 시간. 모든 돌을 다 연마하고 보니 중간 크기가 세 개, 작은 게 일곱 개. 나머지는 모두 세상을 뜨셨습니다.

이 이상 연마는 더 등급이 높은 연마 세트를 사야만 한다.

하지만 〈연마〉 덕분에 [세공] 센스는 5, [생산의 소양]도 5가 되었다.

센스 레벨은 하나 같이 낮지만, 느긋하게 마이페이스로 할 생각이니까 서두르지 않았다.

다음은 [합성]과 [연금]에서 검증해보고 싶은 게 있다.

수중에 있는 철광석. 이걸 화로를 거치지 않고 주괴로 만들 수 있을지도 모른다.

[연금]을 통한 상위 물질 변환을 이용하여 철광석을 주괴로 바꾸는 방법.

화로가 없기 때문에 주괴를 가질 의미는 없지만, 주괴로 만들 가능성을 무시할 순 없다. 그래도 모자라거든 돌을 또 주우면 될 뿐이다.

그래서 나는 수중에 있는 철광석을 모두 [연금]으로 변화시켰다.

"철광석×20으로 [연금]!"

순간 하얀빛을 내뿜은 뒤 나온 것은 예상 밖의 것이었다.

──질 좋은 철광석.

말 그대로 질 좋은 철광석이겠지. 그게 두 개. 왜 질 좋은 게 되었을까. 역시 주괴 제작은 [대장]이나 [세공]처럼 금속을 다루는 사람의 전매특허일지도 모른다. 이 질 좋은 철광석은 마기 씨에게 보여주고 의논해보자.

이어진 실험은 수중의 단순한 돌멩이가 대상이었다.

이걸 합성에 쓸 수 없을까? 지금 가지고 있는 아이템 중 쓸 만한 것과 조합해서 소비할 수 있으면 낭비 없이 굴릴 수 있다.

이미지에 불과하지만, 화살의 등급을 나무화살에서 돌화살로 올릴 수 있을지도 모른다.

화살 하나와 돌 하나로 시험해보았다. 빛이 생겨나고 나타난 것은 분명히 돌촉이 달린 화살이었다. 이 이론이 정확하다면 돌을 철이나 은으로 바꾸면 그만큼 화살의 등급을 올릴 수 있다. 일회용이니까 돈은 좀 나가겠지만, 돌화살 정도라면 비용과 공격력을 견주어볼 때 타협할 수 있을지도 모른다.

"그러면 양산, 양산."

나는 기분 좋게 [레시피]로 돌화살을 만들어보려 했지만 합성도 되지 않았다.

[레시피]에는 나뭇가지, 새 깃털, 그리고 돌, 이렇게 세 가지 재료가 든다. 하지만 현재 그 레시피는 사용할 수 없는 모양이다.

"왜 안 되지. 세 가지……. 아, 초보자 키트로는 두 개까지밖에 합성할 수 없나."

분명히 시트 위에 아이템을 내려놓기 위한 자리는 두 군데뿐. 즉, 상위 키트를 구입하지 않으면 [레시피]로 합성할 수 없다.

"또 지출인가! 에잇, 귀찮지만 나무화살을 경유해서라도 아이템을 만들 수 있다는 걸 알았어. 팍팍 합성해야지!"

반쯤 화풀이처럼 소리치면서 나무화살을 돌화살로 바꾸었다. 나무화살도 양산했으니 나무화살 두 세트와 돌화살 한 세트. 충분한 양을 확보하였다.

"하지만 화살이 일회용인 게 진짜로 아깝네. 설마 활잡이가 미스릴화살 같은 걸 마구 써대진 못하겠지. 이걸론 공격력이 부족한데, 합성할 때 나뭇가지 말고 목재를 써볼까?

하지만 목재는 비쌌지. 활이나 지팡이의 재료니까."

혼자 투덜거렸다. 아무래도 납득할 수 없었다.

"어쩌면 아까 철광석처럼 소재가 그대로라도 화살의 등급
이 오를지도?"

일단 시험해보자 싶어서 나무화살 한 세트를 통째로 연금
에 동원하였다.

화살더미는 빛에 휩싸였다.

그렇게 나온 것은 화살 세 대였다. 한 세트에 서른 발짜리
화살이 딱 세 발로 줄어들었다. 내 노력은 대체 뭐였지! 라
고 소리치고 싶은 걸 꾹 누르면서 아이템을 확인했다.

나무화살+10   [소모품]

이 표기는 뭐지? 공격력이 상승했다면 일회용이라도 기
쁘지만, 표기 이외의 변화는 없다. 시험 삼아서 화살을 쏴
보았다. 기본적인 동작을 의식하면서 시위를 당기고, 평소
와 다름없이 날아가는 화살.

표적으로 삼은 나무에 꽂힌 것을 확인했다. 딱히 공격력
은 오른 것 같지 않다.

다가가서 찬찬히 확인하는 사이에 화살이 사라졌다.

"하아~. 또 일회용인가. 활은 진짜 쓰기 어렵네."

그렇게 투덜거리는데 등에 멘 화살통에 화살이 하나 들어
있었다. 어라? 사라졌을 화살이 화살통에 들어있고 표기가

[+9]가 되어 있었다.

설마 싶어서 하나 손에 들고 다시금 쏘았다. 그리고 사라진 화살은 돌아왔다.

"활잡이도 답이 나왔구나!"

이건 대발견이다. 소모품은 숫자를 소비하여 돌아온다.

활잡이의 안 좋은 성능비! 그리고 화살을 가는 수고가 줄었어! 우오오오, 이걸로 이길 수 있다, 고 생각했지만 강철화살로 환산해보자.

강철화살+10을 한 세트 장비하기 위해 필요한 화살은 300발. G로 환산하면 300G. 초보자에게는 힘든데다가, [연금] 센스가 없으면 쓸 수 없어! 가령 다른 센스로 만들 수 있다고 해도 일부러 일회용 화살을 강화하는 사람은 거의 없겠지.

있다고 해도 공급은 소량이겠지.

즉——.

"여전히 활잡이는 인기 없나. 주위에서 생산직이 서포트하지 않으면 제대로 싸울 수 없잖아."

뭐, 나는 스스로 만들 수 있으니까 괜찮고, 센스 레벨업도 되니까 좋지만. 게다가 [활] 센스의 한 가지 숨겨진 능력을 판명했다. 화살의 귀환능력이다. 일부러 회수하지 않아도 되겠고, 이건 마법의 추적효과나 검사의 모션 어시스트 같은 부류라고 생각되었다. 이게 있는 것만으로 고맙다.

그야말로 판타지다.

"응, 이걸 알면 장기전에서 화살을 바꾸지 않아도 돼. 활잡이도 계속 연구해보면 재미있을지도 모르겠어."

숲 속에서 혼자 히죽 미소를 띠면서 스테이터스를 확인한 뒤 로그아웃했다.

소지 SP 1

[활 Lv7] [매의 눈 Lv13] [마법재능 Lv9] [마력 Lv10]

[연금 Lv4] [부가 Lv8]

[합성 Lv6] [조합 Lv6] [세공 Lv5] [생산의 소양 Lv5]

예비

[조교 Lv1]

●

게임에서 로그아웃한 나와 미우는 저녁식사로 카레를 먹으면서 서로 정보를 교환했다. 그렇다고는 해도, 주로 미우가 말하고 나는 거기에 맞장구를 쳤다.

"들어봐, 오빠."

"뭐야, 또 푸념이야?"

"응. 뭐, 대충 그런가? 매점매석꾼들이 포션을 싹 쓸어다가 노점에서 팔고 있어. 한 개 50G짜리 포션이 세 배인 150G야. 심하면 500G로도 팔릴 만큼 물건이 없으니까."

"알아. NPC한테 들어오는 포션량이 정해져 있다지?"

"그래. 아는구나."

"들었어. 나는 생산직이니까, 당분간은 포션 팔아서 돈을 벌까?"

"그렇게 돈이 없어?"

"[조교] 빼고 [세공]을 넣은 건 좋은데, 화로나 연마 도구를 사지 않으면 어떻게 안 되겠거든."

"왜 또 그렇게 돈 드는 방향성으로 가게?"

툴툴 불평을 하지만 마음대로 떠들라고 해라. 연마로 보석 원석이 무슨 원석인지 안 순간은 고생을 보답 받는 느낌이라고.

"그렇기는 해도 [연금], [합성], [조합], [세공]으로 멋지게 생산 계열 센스만 모았네. 보통은 다루는 소재의 계통별로 나뉘는데, 이래선 레벨업도 제각각이라서 효율이 안 좋지 않아?"

"아니, 그렇지도 않아. 서쪽에서 채취한 약초를 조합해서 초보자 포션을 만들고, [합성]으로 포션 제작. 돌은 [세공] 센스로 감정하면 보석 원석이나 철광이라고 알 수 있지. [연금]은 남은 소재를 변환해서 좍좍 성장시키거든?"

"우와, 벌써부터 하고 있구나."

그런 소리를 들었지만 아쉽군. 철광석은 남아서 연금 소재로 삼고 있고, 부엽토나 뼈, 담석 등의 용도 정도만 알면 된다.

그러고 보면 미우는 베타판 플레이어였지. 물어볼까.

"저기, 부엽토나 뼈 같은 건 게임 안에서 어디에 써?"

"농업 아니었나?"

"농업?"

"응. 마을 남쪽에 임대용 토지가 있고 플레이어는 거기에 식물 계열 아이템을 키워서 채취하는 건데, 그건 애초에 식물의 씨앗이 없으면 재배도 할 수 없어. 그러니까 일부 플레이어만 해."

"흐응. 그럼 담석이나 약석은?"

"오빠, [조합] 센스로 안 해봤어? 환약이라고 회복량이 초보자 포션 이상, 포션 미만인 아이템의 소재가 돼."

그렇다면 뼛가루는 뼈의 하위 호환인가? 그리고 환약은 포션의 상위 호환이나, 그와 다른 계통의 아이템이라고 생각해야 할까. 그리고 환약의 상위약에 약석을 쓰는 건가?

"흠흠. 도움이 됐어. 사냥할까 했는데, [조합]으로 시험해보고 싶은 게 생겼군."

"오빠가 게임에 열을 올리는 건 좋지만, 역시 동생으로서는 그 비효율에 한탄하고 싶어."

"게임은 즐기는 것이라고 네가 말했잖아. 그렇게 빨리빨리, 라고 몰아세우지 마."

여동생의 쓴소리도 무시. 집안일 짬짬이 생각했던 여러 가능성을 검증했다.

씨앗의 입수 방법. 딱 하나 시험하지 않은 방법이 있었기 때문이다.

로그인한 나는 일단 연금 화면을 열었다. 연금 화면에는 [연금]의 물질 변환에 [상위 변환]과 [하위 변환]이 있다.

물질 변환도 변환하는 물질별로 계열이 존재하는 것으로 여겨졌다.

연금이란 이름뿐이라서 철은 철에 불과하다. 다만 상위인 [질 좋은]이 될 뿐이다. 즉, 명칭 사기다.

그리고 화살처럼 동일물질의 강도를 올리는 [상위 변환]. 명칭 자체는 변하지 않고 강도나 사용횟수가 변한다.

마지막으로 식물도 상위 변환을 하더라도 다른 종류가 되지 않으리라는 가능성.

나는 열 개의 약초에 [연금]을 시험했다. 그렇게 생겨난 것은 예상대로 질 좋은 약초.

이게 결론이다. 그리고 이게 상위 변환이라면 하위 변환은 과연 어떤 것일까. 그것은 식물의 기원——씨앗으로 변하는 것.

질 좋은 약초를 변환하면 좋을까, 아니면 보통 약초를 변환하면 좋을까.

시험 삼아서 약초에서 변환했다. 변환율은 두 배. [연금]으로 탄생한 그것은 약초의 씨앗이었다.

이건 재배 전용이었기에 왠지 마음이 놓였다.

혹시 이것도 조합소재라면 나는 막대한 횟수만큼 조합을

해야 하기 때문이다.

그리고 질 좋은 약초도 변환 결과는 약초 두 개. 즉 식물에도 등급이 존재한다.

최하층이 씨앗이고 순서대로 올라갈수록 같은 계통이라도 효과가 커진다는 소리다. 다만 이건 결국 약초다.

대량으로 모아서 약초 스무 개를 소비하여 질 좋은 합성 포션 하나가 나와선 수지가 안 맞는다.

"그렇기는 해도 [연금]으로 식물의 씨앗을 만들다니 판타지로군. 아니, 금속 종류를 무시할 수 없는 시점에서 현실을 중시한 느낌도 들지만."

그리고 다음으로는 대량의 담석은 어디에 쓰냐 하는 건데, 약초와 섞으면 초보자 환약이 된다는 사실이 판명.

같은 법칙을 적용하면 두 개 합성으로 상위 호환. 또 담석의 상위 호환인 약석과 상위 호환인 약초, 혹은 질 좋은 약초로도 환약의 상위 호환이 생겨난다.

이 경우 전자는 시간을 들여 계급을 올리기 때문에 효과가 크고, 후자는 [레시피]로 작성할 수 있다.

"대충 법칙을 알면 아이템의 계통별로 [연금]에 대응할 수 있겠지. 씨앗도 입수했고, 내일이라도 밭을 보러 갈까. 그 전에 밤사냥 좀 해야지."

나는 활과 화살을 들고 나 자신에게 인챈트를 건 뒤 숲 속을 나아갔다. 아이템을 적극적으로 채취하면서 적을 찾았다. 낮에 그렇게나 돌아다녔던 숲의 어디서 솟아난 걸까 싶을 정도로 대량의 몹.

어둠 속을 파닥파닥 나는 박쥐나 들개지만, 내 [매의 눈]의 암시 능력으로 또렷하게 보였다. 게다가 원시 능력으로 멀리서부터 볼 수 있으니 적이 다가오기 전에 해치웠다.

박쥐나 들개는 약하다. 어둠 속에서 기습을 당해 대미지가 쌓이다가 쓰러지는 플레이어도 있겠지만, 내게는 별 고생 없는 간단한 사냥감이었다.

[광 속성]이라면 라이트 마법을 쓰고 싸워도 좋겠지만, 아무도 이런 곳에 오지 않겠지. 몹의 밸런스가 안 좋다는 타쿠의 말은 이런 환경 속의 싸움이란 의미겠지. 초보자에게는 매우 힘겨울 것이다.

애초에 밤에 사냥을 할 거면 밤낮 가리지 않고 똑같이 어두운 던전에 들어가고 만다.

박쥐에서는 독피와 피막이 드랍. 어이어이, 독이라면 이걸로 독약을 만들라는 소리 같잖아? 그렇게 생각했더니 [레시피]에 있었습니다. 독약은 독피와 약초로 만든다. 사실 포션 계열의 조합 실패로 만드는 게 아닌가 보다.

그리고 해독 포션도 있었습니다. 독피와 포션으로 만든다. 즉, 독을 이용하여 독을 제압한다? 뭐, 시스템상 그런 거겠지.

그리고 들개는 개의 모피와 이빨. 용도를 모르겠다.

이건 분명 다른 생산 계열용 아이템이겠지. 가죽갑옷 같은 데에 쓸 수 있겠고. 이빨은 무기의 장식으로 쓸 수 있겠고.

몹은 쓰러뜨려도 솟아난다. 그리고 혼자서 사냥하기 때문에 드랍률 같은 게 엄청 좋다. 나는 고생 않고 해치우지만, 익숙하지 않은 사람은 고생하겠지.

그리고 한창 사냥하는 도중에 안 건데, 인챈트의 빛은 어둠 속에서도 빛난다. 이건 적에게 자기 위치를 알려줄 수 있을 것 같다. 몹은 AI조작이니까 그렇다고 쳐도, 플레이어라면 금방 들키겠군.

어라? 왠지 어둠속에 섞인 활잡이라니 암살자 스타일로 돌진하는 기분이 들었다.

나는 생산직이고, 정면에서 싸워도 못 이기니까 기습 전법도 좋을지 모르겠다.

밤도 깊었으니 나머지는 내일 하기로 하고 그날은 그만 잤다.

다음 날 아침, 서둘러 땅을 빌리러 제1마을의 남부 지구로 왔는데, 그전에 군자금을 준비해야만 한다.

오늘은 포션×30, 환약×15, 그리고 시험 삼아서 해독 포션×5를 준비해보았다. 뭐, 포션만 사주더라도 감지덕지다.

오늘도 묘하게 주위의 시선을 느꼈지만, 인챈트로 얼른 지나쳐서 어제 마기 씨가 있던 장소로 향했다. 같은 자리에서 노점을 열던 마기 씨를 발견한 나는 말을 붙였다.

"마기 씨, 안녕하세요."

"윤 군! 어제 포션 팔아줘서 고마워!"

입을 열자마자 내 두 팔을 붙잡고 마구 흔들어대면서 감사부터 했다. 그렇기는 해도 여자한테 손을 잡히는 바람에 살짝 놀라는 동시에 조금 창피했다. 한바탕 손을 흔들어댄 뒤에야 놓아주었는데, 대체 무슨 일이지?

"윤 군이 팔아준 포션. 적정가격으로 팔았더니 최전선 사람들이 와서 같이 내 무기나 액세서리도 사줬거든. 어제는 틀렸구나~ 싶었는데 말이야."

"아, 그런 건가. 그럼 오늘도 사줄 건가요? 준비해왔는데요."

"응, 응. 누나 가게는 무기나 액세서리 가게지만, 이것저것 있는 것도 좋으니까 노점에서 같이 팔아줄게."

"그럼 부탁드립니다."

트레이드 화면에 물건들을 올렸다. 준비한 포션, 환약, 해독 포션을 보여주자 마기 씨는 기쁜 듯한, 놀란 듯한 표정을 보였다.

"와아, 이만큼 아이템이 많다니 고마워. 그리고 환약은 지금 이 마을에서 살 수 있는 제일 좋은 회복약이야. 게다가 회복량도 조금 많네. 해독 포션도 베타판에서는 [조합]이나 [합성] 센스를 가진 사람이 있었지만, 정식판에서는 소문이 짜한 바람에 그 방면으로 가는 사람이 없으니까 상태 이상 회복 포션이 부족하거든."

"그런가요. 그럼 잘 됐네요."

"응, 응. 그럼 포션 35G, 환약 70G, 해독 포션은 70G로

해서 2450G."

"아, 아니, 어제보다 포션 가격이 올랐잖아요. 30G였는데."

"어제는 60퍼센트 할인가로 샀는데, 오늘은 70퍼센트 할인가로 산 거야. 자, 이런 건 내 가게 선전도 되고 틀림없이 팔리니까 나는 적정가격이라고 생각해. 그리고 돈 필요하잖아?"

체셔 고양이처럼 이히히 웃는 마기 씨. 반론하려고 했지만 사실 돌려줄 말이 없다. 이제부터 농장을 보러 가고, 휴대용 화로를 사고, 상위 합성 키트를 살 것을 생각하면 이것만으로는 부족하다.

"뭐, 윤 군이 그렇게까지 말한다면 60퍼센트 할인가로……."

"죄송합니다! 그 가격으로 부탁드립니다!"

"그래, 그래. 솔직한 반응에 누나는 호감이 생겨요. 게다가 귀여운 애가 허둥지둥하는 모습도 재미있었고."

아니, 나 남자인데요. 역시 여자라고 생각하는 걸까. 하지만 처음에 내 손을 잡은 건 내가 부끄러워하는 모습을 보려는 거였나? 아니, 그런 건 아니겠지.

빙긋빙긋 즐거운 듯이 미소 짓는 마기 씨를 보니 그런 의심도 사라졌다.

"그럼 트레이드 부탁드립니다."

"그래, 그래. 자, 여기 돈. 또 센스 올리려고 만든 아이템 있으면 사줄게."

"그때는 부탁드리겠습니다. 아, 그렇지. 잊어버릴 뻔했다. 이 아이템 좀 봐주시겠어요?"

나는 트레이드 화면에 어제 만든 질 좋은 철광석과 보석 원석을 올렸다.

그걸 확인한 마기 씨의 표정이 순식간에 날카로워지고 목소리를 낮추어 말했다.

"……윤 군, 이거 어디서 입수했어?"

"어디서라니, 그냥 서쪽 숲 속에서."

"아니, 보석은 잘만 연마하면 이 사이즈가 되니까 갖고 있어도 이상할 것 없어. 센스를 더 올리면 파손율도 낮아지고, 중간 사이즈도 성공하니까 문제없어."

오, 좋은 이야기 들었다. 조만간 보석 연마도 [스킬]로 착착 처리할 수 있게 된다는 소리다.

"문제는 이 철광석. 질 좋은 철광석은 서쪽에서 채취할 거면 더 안쪽. 제3마을──통칭 광산촌──근처의 광산까지 가야 해. 게다가 그건 근처 채석장의 적인 샌드맨의 레어 드랍이든가, 그 상위 몹인 골렘의 통상 드랍품이야. 혼자서 쓰러뜨렸단 소린 농담으로도 하지 마? 샌드맨은 동쪽의 빅보어와 동급이니까."

아니, 빅보어가 뭔지도 모르니까.

"아니, 아니예요. [연금]으로 [상위 변환]했어요."

"……과연. [연금]으로 만들었다면 납득되네."

어라, 납득했다.

"그래서 어쩔 거야. 윤 군이 안 쓸 거면 내가 사줄게. 질 좋은 철광석과 그냥 철광석은 완전히 다른 아이템이고, 광석 두 개로는 주괴를 못 만들어."

"어, 진짜로요?"

"응, 다섯 개로 주괴 하나가 나오고, 무기는 검이라면 주괴 세 개, 대검이나 양손 검이라면 다섯 개 잡아먹어."

"그렇다면 제 경우 연금으로 광석 열 개를 소비해서 질 좋은 광석 한 개니까, 철광석 50개로 겨우 주괴 하나란 소린가. 또 귀찮아졌네. 하지만 질 좋은 철광석은 가치가 높은가요?"

"아니, 전혀. 다만 같은 철제 무기라면 질 좋은 편이 능력면에서 다소 플러스 보정이 붙을 뿐. 철광석을 사들이면서까지 만들 가치는 없고, 해도 완전 적자야. 애초에 내 경우주괴 하나가 있더라도 액세서리로 만드는 정도밖에 못 해. 또 액세서리는 반지라면 주괴 하나, 팔찌라면 두 개 필요하니까."

"그런가요. 그럼 사주세요. 나중에 또 만들면 가지고 올게요."

"그래, 시장에 나돌 때까지는 그래줘. 나는 질 좋은 장비좋아하니까."

트레이드 화면을 확인하고 질 좋은 철광석을 선택했다. 그리고 트레이드된 금액은 400G, 에엣?!

"마기 씨, 너무 많지 않나요?!"

"으음, 철광석은 한 개 100G야. 그 상위니까 200G. NPC 한테 팔면 반액이지만, 지금은 별로 나돌지 않으니까 이 정도가 타당할까? 그리고 앞으로 시장에 나돌 때까지의 계약금도 들어 있는 걸로."

"알겠습니다. 마기 씨는 돈이 얼마나 많은 건가요?"

"으음, 베타에서 죽어라고 벌었으니까 조만간 점포 정도는 살 수 있을까?"

부럽지 않아, 부럽지 않아, 혼자 그렇게 중얼거렸다.

"자, 자, 돈 버니까 좋은 거잖아."

"……예."

왠지 석연치 않지만, 돈이 늘어난 건 좋았다. 지금 수중의 돈은 3430G다. 하지만 나는 농장의 최저가격을 얕보고 있었다.

"밭을 사려고? 제일 싼 게 3000G야."

"뭐?"

밀짚모자를 눌러쓴 남자가 그렇게 말했습니다. 물론 NPC 이고, 밭의 설명이나 농사짓는 법을 가르쳐주는 사람인 모양이다.

"지금은 사는 사람이 거의 없지만, 조만간 땅값이 오를 거야. 지금 사두는 편이 이익이라고."

아니, 게임 안에서 그런 리얼한 이야기를 해도 곤란하다. 하지만 남부 지구의 밭은 야구장 세 개 정도 넓이로 트여 있지만 사람이 거의 없었다.

"알겠습니다. 제일 싼 거로 부탁드립니다."

인벤토리의 3000G가 사라졌다. 아이고, 내 돈.

"자, 토지 권리서다. 거기에 적힌 장소가 네 밭이야. 그리고 밭을 갈려면 삽이나 괭이 같은 도구가 필요할 거야. 이건 별도로 300G다."

──우, 웃기지 마!

내 남은 돈에 간당간당하잖아! 하지만 도구가 없으면 약초 씨앗을 심을 수 없다.

빠드드득 이를 갈 정도로 고뇌하다가.

"예이, 감사합니다."

결국 샀습니다. 선행투자라고 생각하자. 그래, 선행투자. 조합으로 2000G 넘게 벌었으니까 금방 만회할 수 있어. 그런 생각이라도 하지 않으면 버틸 수 없었다.

●

구입한 밭으로 얼른 가보았지만 뭐지, 이 중노동, 이젠 싫다.

단단하게 짓밟힌 땅을 삽으로 뒤집고 괭이로 갈았습니다.

게임 안에서 이런 중노동이라니, 진짜 열 받네.

"허억, 허억, 뭐냐고, 이게."

인챈트로 속도 상승을 걸면 삽질하는 속도가 올라간다.

작은 땅이라고 해도 씨앗을 심을 만한 상태가 되기 전에 마음이 꺾일 뻔했다.

그리고 무엇보다도 그냥 씨앗을 심기만 해선 아이템의 질이 올라가는 게 아닌 모양이다.

NPC의 말로는 땅에 여러 가지 물질을 섞어주면 좋다고 했다. 즉 부엽토라든가, 들풀이라든가, 뼈나 뼛가루 등의 비료를 섞어주라는 소리지.

숲에서 채취해왔던 뭉실뭉실한 부엽토를 섞어주거나, 들풀을 짚처럼 깔아주거나, 뼈나 뼛가루를 흙에 섞거나 하는 밑 준비에 상당한 시간이 걸렸다.

그리고 센스 스테이터스 성장을 깨달았다.

소지 SP 3
[활 Lv9] [매의 눈 Lv16] [마법재능 Lv11] [마력 Lv14]
[연금 Lv5] [부가 Lv13]
[합성 Lv8] [조합 Lv8] [세공 Lv5] [생산의 소양 Lv6]
예비
[조교 Lv1]

숲을 나오기 전에 일단 레벨을 확인했지만, [조합]과 관련된 행동을 한 적은 없다. 하지만 그게 오른 건 밭일을 했기 때문이겠지.

뼈나 부엽토를 섞어서 흙에 비료로 주었다고 해석할 수 있을까. 그렇다면 성장도 납득이 된다. 그리고 [레시피]에 비료가 추가되었습니다. 즉 수작업으로 만든 것으로 간주된다. 으음, 생산 키트가 없어도 가능하다는 게 왠지 석연치 않네.

뭐, 하지만 됐어.

이제 남은 건 씨앗을 뿌리고 끝이다. 3000G 내고 손에 넣은 땅에 씨앗을 심을 수 있는 곳은 스무 군데. 약초는 하루 주기로 수확할 수 있다는 모양이다. 판타지로군.

"으음. 끝났군. 어, 통신이다."

포옹 하고 소리가 울리고, 친구로 등록된 사람의 이름 은──타쿠였다.

"무슨 일이야?"

[아니, 한가해? 한가하면 파티 사냥이나 하자.]

"괜찮긴 한데, 어디서?"

[동쪽에서 빅보어를 사냥하게. 윤은 레벨업을 겸해서 따라와.]

"아니, 이미 내가 가는 게 결정된 거야?"

[좋잖아. 뭐, 까놓고 말해서 포션이 모자라서 발이 묶인 상태야.]

"알았어. 그럼 동문 앞에서 만나자."

[오케이.]

으음, 빅보어 사냥인가. 그렇다는 말은 서쪽 광산지대에 있는 샌드맨 레벨인가. 조금 흥미가 있군. 나는 슬쩍 장비를 확인했다. 강도를 올린 화살은 약 300발을 가지고 있으니까 전투 중에 바닥날 일은 없겠지.

단순한 돌화살과 나무화살만으로는 미덥지 않다. 다음에 철화살을 잔뜩 사서 [연금]으로 강화할까. 지금은 돈이 없지만.

동문 앞에 도착한 나는 타쿠를 찾았다. 이미 기다리고 있던 타쿠의 장비품은 첫날보다 더 좋아진 모양이었다. 뭔가 분하다. 나는 초기 장비인데.

"여어, 윤."

"어, 정말 내가 같이 가도 돼?"

솔직히 불안하기만 했다. 뭐, 다른 멤버의 남녀 비율은 2대 2. 우리 둘이 남자니까 딱 맞긴 하지만 문제없을까.

타쿠의 파티 멤버에게 가볍게 인사하자──.

"남자 말투네?"

"우와아, 예쁘네요."

"하지만 활잡이잖아. 괜찮아? 게다가 초기장비인데."

"괜찮아. 게임이니까 재밌으면 됐지."

어어, 음, 초기 장비에 활잡이라서 나도 걱정이에요. 그리고 남자 말투네, 라던가 예쁘다, 라던가 하기 이전에 난 남자니까.

"타쿠의 현실 친구를 데려온다고 그랬는데, 외모가 제법이잖아. 게다가 활기가 넘치는 쪽, 아니, 쿨데레? 이거 제

법이야."

"미인이지?"

그 이상, 외모 이야기 하지 마! 부탁이니까. 경갑옷의 남자와 금발 곱슬머리에 흰색바탕 로브에 지팡이 차림의 성직자 같은 두 사람이 말을 붙여왔다.

"어어, 이 녀석은 윤이야. 보다시피 활잡이지만, 다소 도움이 되겠지. 도움이 안 되더라도 이번 전투가 나중에 센스를 바꿀 때의 참고는 되겠지."

"어이, 시작부터 도움이 안 된다고 하지 마. 나는 생산직이야. 싸우는 동네가 달라."

주위가 어?! 싶은 표정을 했다. 그렇겠지. 그럴 줄 알았어. 활잡이에 생산직. 게다가 초기 장비라니 바보 아니냐고 생각할 거야. 하지만 사실 돈이 없어서 아무것도 못 하니까.

"그러면 도움이 될지도. 그런데 뭘 만들고 있어?"

활이나 초기 장비에 반응했던 남자의 말이었다. 왠지 거친 외모지만 멋있다. 터프하니 멋있고, 갑옷이 잿빛이나 납빛인 게 역전의 용사란 느낌? 멋지긴 하지만 열 받는다.

"일단 포션."

인벤토리에서 내가 만든 포션을 하나 꺼내어 보여주었다. 그걸 본 그는 거듭 질문했다.

"그거 초보자 포션?"

"아니, 한 단계 위의 보통 포션."

"그럼 회복 맡기면 되겠네."

"아, 돈이 없어서 이거 말고는 다 팔았어."

"뭐?!"

타쿠는 배를 잡고 웃었다. 아까부터 사람들이 날 여자로 착각하고 있는 게 웃겼겠지. 이 녀석 나중에 두고 보자.

"너 바보냐?! 왜 포션을 죄다 팔아?!"

"아니, 초보자 포션이나 환약으로 충당되니까."

"바보냐?! 취득 SP의 합계가 10을 넘으면 초보자 포션의 효과가 줄어든다고!"

"헤에. 그렇다면 모든 센스 레벨이 10을 넘을 때 즈음인가. 나는 아직 멀었어."

왠지 납빛의 전사는 머리를 싸쥐었다. 말에는 일체 악의가 없었고 친절에서 나온 말이겠지만, 덩치도 크고 우락부락한 사람이 그러니 위압감이 있다. 옆에 있는 녹색의 뾰족 모자에 둥근 안경을 낀 여마법사가 다독이는 모습이 왠지 마녀 같다.

그렇기는 해도 최전선에서 뛰는 사람들이 포션을 필요로 하는 건 그런 이유인가.

"그럼 설명을 할까. 경갑옷 격투가가 간츠, 옆의 회복사가 미니츠. 갑옷 남자가 케이. 으음, 마녀는 마미 씨. 그리고 나는 검사 타쿠야."

타쿠가 얼추 소개하자, 모두기 잘 부탁한다고 기분 좋게 인사를 보냈기 때문에 나도 가볍게 잘 부탁한다고 말하고 자기소개를 했다.

"나는 윤. 보다시피 초기 장비의 가난뱅이 활잡이야."

자기소개로는 좀 아니다 싶지만, 사실이 그렇다. 거짓말을 하거나 괜히 허풍을 치기보다는 낫다.

그 뒤로 우리는 평원을 빠져나가 빅보어가 있는 위치까지 이동했다. 활잡이인 나는 도중의 전투에서 화살을 낭비하지 말라는 말에 따라 전투에는 참가할 수 없었지만, 대신 모두가 보지 않는 곳에서 [매의 눈]을 단련하거나 인챈트를 하거나 채취 포인트에서 아이템을 회수.

해독초나 마비 치료초 같은 기본적인 아이템을 채취할 수 있어서 [레시피]의 해독 포션도 갱신되었다. 새로운 제작법은 해독초와 포션의 조합.

즉──아이템 제작법은 하나가 아니다.

단계를 거쳐서 만드는 방법이나 여러 방법이 있는 모양이다. 대부분의 플레이어는 NPC에게서 살 수 있으니까 거의 채취하지 않는 모양이다. 그리고 돌멩이는 구리 광석과 주석. 이걸 주괴로 만들어 합성하면 청동주괴가 될지도. 마기 씨에게 상담해보자.

그 외에 나뭇가지는 나무가 있는 곳이면 어디서든지 얻을 수 있는 모양이었다. 게다가 새 모양 몹에게서 새 깃털을 쉽게 손에 넣을 수 있었다.

이것들은 [재봉] 센스로 깃털로 만들어서 침대나 침낭 등, 휴식 때의 회복량을 올리는 아이템으로 만드는 모양이다. 다들 헐값에 파는 모양이지만, 나는 화살의 재료로 필요하니까 고맙지만.

길을 가는 동안 나는 아이템 채취로 흐뭇한 얼굴. 하지만 왠지 간츠나 미니츠의 시선이 아프다.

"왜, 왜 그래? 간츠랑 미니츠?"

"아니, 정말로 타쿠 친구 맞아? 싶어서. 아니, 플레이어 스킬이 높은 폐인 게이머의 친구가 이렇게 귀여운 애라니…… 리얼충이었냐?"

"게다가 자매도 있다고 했지. 즉 폐인인 타쿠를 따라서 온 착실한 소꿉친구라. 무슨 러브 코미디냐?!"

아니, 그런 거 모르는데. 그보다 난 남자야.

"나도 반했어, 윤."

"남자는 노 땡큐야."

"나도 귀여운 애는 좋아."

"그런 모습이 좋지 않아!"

미니츠가 내 뒤로 돌아와서 어깨에 손을 올렸다. 남자로서 이런 인기는 사양이다.

주위에 시선으로 도움을 청하자, 케이라는 남자는 씁쓸한 분위기를 퍼뜨리고 마미 씨가 다독여주었다. 어이, 타쿠. 네가 리더니까 정리 좀 하라고, 그런 시선을 던졌지만 쓴웃음.

"그래서 타쿠랑 무슨 관계? 실제로 리얼에선 무슨 관계?"

"미니츠. 게임에서 현실 이야기를 하는 건 매너 위반이잖아."

납빛 전사 케이가 타쿠 대신 그를 제지해주었다.

타쿠는 어깨를 으쓱이더니 간신히 움직였다.

"그럼 이쯤에서 싸워볼까. 장난이 좀 심했으니까, 별로 다리가 빠른 간츠가 빅보어를 유인해주겠어?"

"아니, 무리잖아. 빅보어는 다리가 빨라. 마법으로 원거리에서 콰앙 해치우자고."

만족했는지, 간츠와 미니츠가 그런 식으로 이야기를 끝내며 떨어졌다.

"괜찮긴 한데, 난 종잇장이라서 잘못 맞으면 즉사할 수도 있어요. 게다가 마법은 연속 사용이 안 되니까 휘말려들었다간."

그렇게 말하며 조금 불안하다는 듯이 자기 의견을 말하는 마미 씨.

"어어, 어쩐다?"

어이, 생각 안 했던 거냐?

"저기, 유인 말인데 한 방 먹이면 되는 거야?"

"그래. 뭐, 직접 한 방 먹이면 되기야 되는데⋯⋯."

"이 위치에서라도 좋다면 내가 할게."

"뭐?"

타쿠가 영문을 모르겠다는 얼굴을 했다. 오래간만에 타쿠를 놀라게 할 수 있겠군.

"보고 있어. 〈인챈트〉──어택."

플레이어에게 인챈트. [부가]의 레벨이 10을 넘었을 즈음부터 스킬의 효과와 지속시간을 시작으로, 다음 사용까지의 딜레이 타임이 짧아졌다.

내 공격력을 올린 뒤에 활을 꺼냈다. 거리는 눈짐작으로 20미터.

사정거리는 내 공격력에도 의존하는 구석이 있는 모양이라, 인챈트의 성장은 그대로 사정거리의 증대로도 이어진다.

복잡한 계산이 들어간 사정거리지만, 성장한 활과 [아츠], 그리고 인챈트를 사용하면 충분히 닿는 범위다.

[매의 눈]으로 조준을 맞추고, 끼릭끼릭 활시위를 당기는 소리를 듣다가 놓았다.

바람을 가르며 날아가는 화살. [매의 눈]으로 명중하는 순간을 확인하기보다 먼저 다음 화살을 준비했다. 두 번째 화살을 쏠 때 첫 번째 화살이 맞은 걸 확인할 수 있었다.

"맞았어. 온다!"

나는 두 번째 화살을 날렸지만 이번에는 빗나갔다.

두 번이나 〈원거리 사격〉을 썼기 때문에 MP 잔량이 적다. 평소 사정거리로 돌아와서 할 수 있는 거라곤 인챈트 한 번이었다.

"〈인챈트〉——디펜스."

타쿠에게 방어 인챈트를 걸고 몹에게 맞섰다.

마법사의 화력은 압도적이고, 검사 둘과 격투가 한 명의 연대가 대단했다.

덤벼든 빅보어의 정면에 서서 한 발도 물러나지 않고 맞서는 케이. 타쿠와 간츠는 각각 유격. 때로는 회복 기회를 만들기 위해 빅보어의 주의를 끌고서, 대미지를 각오한 무리한 공격으로 타깃을 돌리게 했다. 서로의 이름이나 간단한 단어를 말하는 것만으로 다음 연대 움직임을 만들어내는 세 사람.

그래도 빅보어의 공격은 일격으로 전위의 HP를 3할 깎는다. 다만 타쿠는 2할로 끝났다. 아, 그런가. 타쿠는 갑옷을 입었고, 인챈트는 본인의 스테이터스를 기준으로 증가한다. 즉 인챈트는 스테이터스가 높을수록 효과가 높아진다.

응, 좋은 발견이야.

나도 화살을 날리면서 MP가 회복되면 방어 인챈트를 걸었다. 미니츠와 마미 씨의 MP가 아슬아슬하게 바닥날 즈음에 간신히 빅보어를 쓰러뜨렸다. 시간도 꽤 들었고 강했다. 샌드맨도 이 정도로 강한가. 힘들겠네.

전투가 끝난 뒤, 전원이 레벨을 체크했다. 왠지 기쁜 눈치였다. 나는 오옷?! [활]과 [마법재능]에 [마력], 게다가 [부가]가 올랐다. 역시 강한 적과 싸우면 경험치 보정이 걸리나.

"아니, 설마 이렇게 간단히 빅보어를 쓰러뜨릴 줄은 몰랐어. 아이템을 괜히 사온 걸지도."

"간단히?! 그렇게 고생했고, 뒤에서 보기만 해도 식은땀이 나는 싸움이었는데?"

"윤. 너 파티로 강적이랑 싸워본 적 없지?"

처음에 형제들끼리 튜토리얼을 했을 뿐이지, 혼자서 약한 적을 푹푹 해치웠으니까.

"보통 취득 SP가 10미만인 플레이어를 포함한 파티가 빅 보어와 싸울 경우, 포션이나 MP 포션이 없으면 힘들어."

그런 말을 들어도 모르는 건 모른다.

"어이, 윤이라고 했나? 뭐 좀 물어도 돼?"

"뭔데, 케이?"

"왜 넌 [부가] 센스를 땄지? 쓸모없다는 소리 안 들었어?"

"으음, 그냥. 캐릭터의 초기 방침으로 서포트 계열의 만능 캐릭터를 목표로 했는데, 완전히 쓰레기 취급이길래 생산직으로 갈아탄 것뿐이야. [부가]를 딴 건 그냥 변덕이야. 처음에는 이걸 바꾸려고 했으니까."

"그래. 질문 하나 더. 왜 우리 전위에게 방어 인챈트를 걸었지? 공격 인챈트라도 괜찮았을 텐데?"

"……음? 이번 목적은 레벨업이잖아? [갑옷] 센스라든가, 간츠의 [가죽갑옷]은 공격을 받아야 레벨이 오르잖아? 그래서인데?"

"그래. 그…… [부가]가 도움이 컸어. 이번에는 고마워."

왠지 등골에 좌악 소름이 돋는 느낌이었다. 남자가 부끄러워하는 모습에 오한이.

"하지만 실제로 그랬어. 방어 인챈트로 대미지를 줄인다든가 활로 원거리에서 끌어내지 않았으면, 우리 후위의 MP가 떨어져서 위험했을걸."

"그렇게 말해주니 고마워."

왠지 여자들한테도 칭찬을 들으니 쑥스럽다. 하지만 그 직후에 히죽 미소를 띠는 미니츠.

"하지만 왜 처음에 [부가]를 건 게 타쿠야?"

"어? 왜 그런 소릴……."

"후훗. 마음에 둔 남자를 돕고 싶다는 뜻?"

"아니야. 그냥 자연스럽게 눈에 들어왔으니까……."

"자연스럽게 눈에 들어오는 존재가 타쿠였다니……."

"그러니까 아니라고! 타쿠랑은 하루 이틀 친구도 아니고……. 애초에 나는——."

남자다. 라고 말하려고 했지만 '놀려서 미안해'라며 내 반응을 가볍게 흘리는 미니츠. 성실하게 대응해서 흥분했는지, 얼굴이 살짝 뜨겁게 느껴졌다.

미니츠는 이번엔 타쿠 쪽을 놀리러 갔지만, 타쿠는 적당히 흘려 넘겼다. 그 뒷모습을 나는 원망스럽게 노려보고, 다른 멤버는 그 모습을 몰래 살피며 미소를 지었다. 이거 완전히 내가 타쿠를 빼앗겨서 토라진 꼴이잖아. 아아, 그만 생각하자. 가볍게 고개를 흔들어 기분을 리셋했다.

"자, 휴식하는 김에 반성회와 인벤토리 확인을 하자. 그리고 세 마리 정도 빅보어를 더 잡고 돌아가자."

그렇게 말한 타쿠의 지시에 따라 나도 인벤토리로 획득 아이템을 보았다. 응……. 파티로 사냥했으니까 아이템은 적지만, 이 멧돼지 고기 같은 건 어떻게 쓰지?

일단 그건 보류하고, 그 후로 멧돼지 모피나 멧돼지 이빨 같은 아이템을 취득했다.

파티로 사냥한 결과 레벨이 쭉쭉 올랐다. 경험치는 강한 적 쪽이 더 짭짤하다. 그러니까 하이 리스크 하이 리턴을 노리는구나 싶었다.

뭐, 나는 공략조가 아니니까 느긋하게 해도 되겠지 싶었다.

내 센스는 절반이 전투, 절반이 생산이니까, 전투만으로는 밸런스 좋게 레벨이 오르지 않는다. 마기 씨가 말했던 전투와 생산의 양립이 어렵다는 게 이런 말일까.

"으음."

"왜 그래, 윤?"

"우왓?!"

미니츠가 뒤에서 껴안고 들었다. 우와, 여자는 부드럽구나. 아니, 그게 아니라 나는 남자다. 그러지 말아줬으면 싶은데.

"달라붙지 마."

"싫어. 이렇게 귀여운데……."

당장은 떨어질 것 같지 않지만, 여자를 상대로 날뛸 수도 없다. 게다가 그렇게 딱 밀착한 것은 아니라서 참는데, 귓가에 속삭이는 바람에 등골이 오싹했다.

'윤. 아까는 놀리는 소리를 해서 미안해.'

'미니츠?'

'딱히 타쿠를 뺏을 생각은 없으니까.'

아니, 뭔가 성대한 오해 같은 게 마구 뒤섞인 듯한데, 고개를 돌려보니 기분 좋은 미소를 지은 미니츠가 코앞에 비쳤다.

"그러니까 난 남자야. 그러니까 그런 생각은 말아줘."

"에엣, 거짓말이지? 이렇게 귀여운 애가 남자일 리 없어! 그렇다면 남장미인 캐릭터? 으음, 복장을 싹 뜯어고치는 편이 낫지 않을까?"

"그~러~니~까~, 타쿠! 네가 증명해줘!"

"크크큭, 부끄러워하지 마. 윤은 현실에서도 비슷하잖아."

"오옷! 증언 나왔다!"

"타쿠 너!"

여자한테 안겨서 억지로 떼어내지도 못하는 날 보며 킬킬 웃는 눈앞의 남자. 제길.

"하지만 활잡이는 약하네, 별로네 하는 소리를 많이 들었지만 전혀 그런 느낌이 아니잖아. 게다가 [부가]도 인기 없는 센스지만, 포션도 만들 수 있다는 소리는 [조합]이나 [합성]을 가지고 있는 거지? 그렇게 안 좋은 대접을 받을 만한 나쁜 것도 아닌데?"

"아, 듣고 보니 그래. 왜 약하다는 소리를 듣는 걸까?"

여성진은 고개를 갸웃거렸다. 그런 건 나도 모르지만. 뭐, 재미있으니까 괜찮지 않아?

거기에 대해 남성진은 왠지 미묘한 표정을 지었다.

"아, 그건 베타판 때의 마을 습격 이벤트가 원인이야."

천천히 말하는 케이.

단적으로 말하자면──방어전 이벤트로 원거리 마법사나 활잡이의 혼성부대로 숫자를 줄이고, 전위로 잔존세력을 소탕하는 게 작전의 개요였다. 문제의 활잡이들이 다급히 마을에서 화살을 보충한 결과 마을의 화살 재고가 바닥나는 바람에, 활잡이 전체의 숫자로 볼 때 충분한 숫자를 확보하지 못한 채로 방어전이 시작되었다. 만족스럽지 못한 상태로 전장에 내쫓긴 활잡이들은 도중에 화살이 바닥나서 꿔다놓은 보릿자루가 되었다.

이벤트는 간신히 승리로 끝났지만, 활잡이들은 수많은 플레이어에게서 반감을 사는 결과를 낳았다고 한다.

"으음, 그때는 정말로 정신없었어. 우리 전위도 사망하고 돌아와서 스테이터스 다운 상태로도 전장에 다시 투입되었을 만큼 긴박했으니까, 타쿠 씨."

"그래. 그때 활약한 베타판의 영웅이 [백은의 성기사]라든가 [고요한 물의 마녀]라고 불렸지요, 간츠 씨."

그 과거를 회상하는 눈 말인데, 죽은 생선 같으니까 하지 마.

"게다가 이상한 게 또 하나──[부가]야. 어떻게 그런 식으로 쓸 수 있지?"

"""어?"""

아니, 인챈트는 보통 동료에게 걸 수 있잖아. 그러고 보면, 동료에게 거는 건 이게 처음이었을지도 모르겠다. 게다가 여성진, 왜 당신들도 놀라는 겁니까?

"혹시 동료에게 걸 수 없었어?"

"아니, [부가] 센스의 문제는 그 범위에 있어. 대략 2미터. 그걸 육성한 사람 이야기로는 키워도 변함이 없어서 일찌감치 바꿨다는 모양이야."

즉 사정거리가 짧다? 분명 2미터라고 하면 초기 활의 범위다. 그렇게 근거리면 전위에 인챈트를 걸 수 없고, 걸려고 앞으로 나서면 공격에 휘말려든다. 인챈트는 마법직을 상정하고 만든 것이니까 방어력은 종잇장 수준.

"그러니까 이상해. 전투 중에 그렇게 안전하게 인챈트를 걸 수 있을 수가──뭐 짚이는 거 없어?"

"아니, 그냥 누구한테 걸지 보고서……."

그런 말에 내 초기 센스를 다 아는 유일한 사람인 타쿠가 반응했다.

"윤, 아직도 [매의 눈]을 키우고 있어?"

"응? 그거 편리하잖아. 원시 능력에다가 암시 능력도 포함되어 있어. 야간사냥에 최적이고, 밤에는 항상 발동이니까 레벨도 쭉쭉 오르는데."

"너 잠깐 날 **보고** 인챈트를 걸어봐."

5미터 정도 떨어져서 타쿠가 말했다.

"왜 그러는지 모르겠지만 〈인챈트〉──디펜스."

희미한 푸른빛에 싸이는 타쿠. 1분도 안 되는 시간이 지나고 인챈트 효과가 사라졌다.

"다음은 오른쪽을 보고 나한테 걸어봐. 절대로 날 시야에 넣지 마."

"알았어, 알았어. 〈인챈트〉──디펜스. ……어라?"

인챈트가 걸리지 않는다. 그걸 본 타쿠는 역시나, 라고 하듯이 한숨을 내쉬었다.

그걸 알아차린 주위의 모두들. 나만이 뭐가 어떻게 된 건지 몰라서, 스스로에게 인챈트를 걸거나 남에게 걸거나 하면서 제대로 발동하는지 확인했다.

"우리는 큰 착각을 하고 있었어. [매의 눈]의 본질은 멀리 본다든가 어둠 속을 보는 게 아니야. 타깃 능력이었어."

나로선 알아듣지 못할 말에 고개를 갸웃거렸다.

"즉, 눈에 들어온 것을 대상으로 선택하는 능력인가. 성장시키면 엄청난 능력이 되겠는데?"

"아하하하, 공식 치트까지 성장시켜주길 빌게."

"어? 무슨 소리야?"

대체 뭐가 뭔지 알 수 없으니까 제대로 좀 설명해줘.

"그러니까 말이지, 윤은 눈에 들어온 대상에게 마법을 걸 수 있단 소리야. 그 상태로 지팡이나 마법의 속성 센스를 습득해서 마법직이 되어봐. 원거리에서 무적도 가능……할지도 모르겠군."

역시 잘 모르겠지만, 무적이란 말을 들으니 멋있을 것 같았다.

"윤은 어쩔래? 이대로 마법직으로 바꿀래?"

"아니, 남들하고 똑같으면 재미없어. 나는 생산직 겸 활잡이라는 지금 스타일로 밀고 나가겠어."

"그리고 이 정보, 공략 사이트에 올릴 거야? 올리면 [매의 눈]과 [부가]의 콤보 효과로 두 센스는 인기가 생길 거야."

"으음, 누가 내 흉내를 낸단 말이지. 조금 싫은데. Only Sense라는 타이틀이니까. 나 혼자만의 스타일로 삼게 가만히 있어주면 안 될까? 괜한 내 고집이긴 하지만."

"오케이, 오케이. 다들 가만히 있는 데에 불만 없어?"

다들 찬성해주었다.

왠지 의외로 마음 착한 사람들이라서, 나중에 또 같이 사냥을 나가고 싶네.

단숨에 친구 등록이 네 명 늘었다. 왠지 모르게 친구 100명쯤 가능할까? 라는 말이 들린 듯했다.

[부가]와 [매의 눈]은 하나만 있어선 별 도움이 안 되지만, 둘을 조합하면 쓸모가 있는 모양이다. 이대로 계속 키우면 타쿠나 그 동료를 오늘 이상으로 도와줄 수 있지 않을까? 그렇게 생각하니 조금 기뻐졌다.

3장　　수정나무와 뮤우

타쿠 일행과 함께 놀면서 파티 사냥의 재미를 안 나는 그대로 다른 파티와도 사냥을──같은 일은 전혀 없었다.

슬프게도 나한테는 누군가에게 말을 걸만한 배짱이 없는 모양이었다.

타쿠나 뮤우의 말을 따르자면 [인간관계의 시작은 일단 타산부터]라고 했다. 오빠는 그런 말을 하는 동생한테 놀랐다.

남과 파티를 짜지 않고, 무슨 라이프워크처럼 채취에 힘썼다.

다른 플레이어들을 보자면 포션 부족에 불만을 품은 플레이어가 많은 가운데, 이걸 돈벌이 찬스로 본 플레이어도 있는 모양이었다.

구체적인 방법을 보자면 2인 1조로 [조합]과 [합성] 센스를 취득하여 작업을 분담하여 포션을 만드는 듯했다.

그 이야기를 들었을 때에는 대량생산에 분업이 필요하구나 생각했다.

하룻밤 지나 냉정하게 생각하니 NPC가 파는 약초를 사서 포션으로 만들면 약초 1개가 2G, 두 개면 4G. 그걸로 포션을 생산하면 마기 씨가 사주는 가격이 35G.

즉──쉽게 돈을 벌 수 있다. 아무리 가난해서 130G밖에 없다고 해도 약초 정도라면 살 수 있다. 그런 생각에 서둘러 움직인 게 한여름의 오후.

아침부터 가라고? 아니, 무리야. 집안일을 하는 건 나니까. 식재료도 보충해야 하고, 날씨가 궂어서 오늘은 빨래를 방에서 말렸다. 그리고 여름 소나기 걱정도 있으니까 [OSO]의 설정으로 지역 기상 정보를 링크시켜, 게임 중에 알람이 울리도록 설정하느라 시간이 걸렸다. 나는 꽤나 기계치이기도 하다.

반쯤 거점이 된 서쪽의 세이프티 에어리어에서 마을로 뛰다가 생각해보니 SP가 있으니까 [속도 상승] 센스를 취득하고 달렸다.

현재 센스도 어제 빅보어 사냥으로 전투 쪽이 많이 성장했다.

소지 SP 5
[활 Lv13] [매의 눈 Lv18] [속도 상승 Lv1] [마법재능 Lv15]
[마력 Lv18]
[연금 Lv5] [부가 Lv16] [합성 Lv11] [조합 Lv11]
[생산의 소양 Lv7]
예비
[조교 Lv1] [세공 Lv5]

빠르다, 빨라. 뮤우나 세이 누나도 달았던 스테이터스 상

승 계열 센스. 체감해보니 확실히 편리하다는 감상이었다. 이건 항상 인챈트를 건 것과 마찬가지다. 더군다나 거기에 따른 행동을 하면 성장한다.

레벨업에 필요한 것은 공격이라면 대미지 회수의 누적, 방어라면 피대미지 횟수의 누적, 속도라면 누적 주파 거리인 모양이다.

성장 방법을 보면 방어구 센스와 비슷한 면도 있다는 느낌이다. 게다가 후위직에게 방어력 상승 계열 센스는 국지적으로 비인기 센스라고 할 수 있다. 애초에 공격을 받지 않는 게 전제인 포지션이니까. 그런 반면 [갑옷] 센스 소지자는 [방어력 상승]과 병용하면 공격을 받아 대미지 감소와 센스 레벨 상승을 노릴 수 있다.

으음, 센스 구성은 꽤나 어렵군. 생산직 사람들의 게시판도 본 적 있지만, 힘쓰는 [대장] 쪽도 [공격력 상승] 센스를 갖추거나 했다. 금속을 때리는 횟수가 공격 판정과 같다나.

생각을 하면서 달리고 있자니 벌써 중앙광장. 여기에는 NPC 점원이 있다.

"죄송합니다. 약초 있습니까?"

"미안하네. 약초는 다 떨어졌어. 포션을 만든다나 그러면서."

"……어?"

붙임성 있는 남자가 꾸벅거리면서 미안하다는 얼굴을 하였다. 아니, 최근 게임은 NPC까지 리얼하구나! 아니, 이게 아니라!

"어떻게 된 거야!"

"얼마 전부터 포션을 만든다고 사람들이 다 사갔어. 그리고 초보자 포션도 바닥났고."

그럴 수가. 어제 2인 1조로 포션 작업이 어쩌구 하더니 벌써 매점매석꾼이 쓸어갔나. 더군다나 광장 반대쪽에 늘어선 노점 곳곳에서 포션이라는 단어가 들렸다.

나는 NPC 점원에게서 떨어져서 그 노점 쪽으로 향했다.

"약초 하나에 5G야. 초보자 포션 20G!"

뭐?! 약초는 그냥 소재 아이템이잖아! 그게 초보자 포션의 원래 가격과 같고, 초보자 포션을 보자면 합성하자면 40G의 지출이다.

이건 노점상들이 바가지를 씌우며 돈을 버는 것뿐이잖아.

그래도 좋아라고 약초나 초보자 포션을 사가는 사람들. 왜 너희는 그렇게 좋아하는 거야? 말도 안 되잖아. 그런 광경이 곳곳에서 보였다.

왠지 모르게 기분이 안 좋아졌다. 얼른 마기 씨한테 납품하러 가자. 그리고 한탄하자. 그런 마음으로 그 자리를 떴다.

마기 씨에게 미리 채팅을 넣어서 확인하고 언제나의 장소로.

"──마기 씨, 내 말 좀 들어주세요~."

"알고 있어. 약초 관련 이야기지? 으음, 그건 누나도 놀랐어."

한심한 소리를 내뱉는 나를 편안히 맞아주는 마기 씨.

"그런 건 바가지라고요. 나 같은 가난뱅이에 대한 선전포고?!"

"그렇게 화내지 마, 화내지 마. 귀여운 얼굴이 아깝잖아."

나는 꽤나 불만이었다. 그걸 보는 마기 씨에게는 귀여운 여자애가 투덜투덜 화내는 것으로밖에 보이지 않는 모양이라, 미소가 절로 나온다는 표정이었다.

그리고 내가 불만을 내뱉는 동안에 납품 끝.

마기 씨에게 넘긴 아이템은 7할 가격으로 포션×30, 환약 ×15로 해서 2100G. 으음, 생산 키트를 다 갖추려면 조금 모자라나.

"으음, 돈이 필요해."

"그럼 아까 그 포션을 네가 팔아볼래? 지금이면 그 돈의 세 배로도 팔려."

분명히 그렇다. 그렇게 되면 약 6000G. 건조 공정을 더한 자작 포션은 효과가 미미하게 높으니까 그만큼 팔린다는 자신은 있지만……

"관둘래요. 그런 짓을 하면 매점매석꾼하고 똑같아지니까. 대신 여태까지 모은 아이템 같은 걸 봐줄래요? 그중에서 팔릴 만한 아이템 같은 게 있을지도 모르고."

"역시 욕심이 없어. 소재 아이템 올려볼래?"

마기 씨에게 쓴웃음을 사면서 트레이드 화면에 안 쓰는 아이템을 올렸다.

박쥐가 드랍한 피막, 들개가 드랍한 모피, 이빨. 거기에 초식동물의 모피와 내친 김에 [연금]으로 만든 커다란 모피. 안 쓰는 소재는 꽤나 많구나.

"으음, 하나 같이 평범하네. 싸구려랄까? 하지만 하나 물어봐도 될까? 커다란 모피는 그걸로 만들었어?"

왠지 마기 씨가 커다란 모피를 보고 히죽 웃었다.

"예. 비밀로 좀 해주세요."

"알았어, 알았어. 그래, 그럼 다른 아이템도 그걸 써서 이거랑 똑같이 만들어봐. 그러면 웃돈 붙여서 사줄 테니까."

"하지만 왜 이것만?"

"아, 비밀로 해줄래? 모피나 피막은 [재봉]으로 가죽갑옷이나 코트를 만들 때 써. 뭐, 게임 초기에 이 근처 몹의 모피는 아무래도 사이즈가 좀 부족하거든. 주괴를 만드는 것처럼 다섯 개로 모피 하나를 만드는 스킬도 있지만, [재봉] 센스로 하나로 만들어도 설정 상 이음매가 있어서……인지는 모르겠지만, 완성된 소재에 따라서 내구도가 미묘하게 낮아."

주괴와 마찬가지로 [재봉] 센스도 모피나 피막을 합칠 수 있나.

"그런 것 때문에 지금 아는 재봉사는 자기가 합성을 취득했는데, 역시 고급품을 만들고 싶잖아? 그러니까 넘겨주면 기쁘겠어."

"그럼 남는 소재로 지금 만들게요."

주위에 사람은 있지만, 다들 번쩍번쩍 빛나며 스킬로 포션을 만드는 모양이다. 뭐, [연금]이 그중에 섞여도 문제없겠고, 사실 아이템을 꺼내지 않더라도 연금은 할 수 있다.

"그럼 합니다."

"그래, 잘 부탁해."

번쩍 빛나고 끝. 난 이렇게 재미없는 게 싫으니까 항상 꺼내어서 눈앞에서 변화시키지. 인벤토리에 대량으로 있던 아이템은 깔끔하게 변환되었다.

커다란 피막×3, 커다란 개 모피×3, 커다란 모피×7, 커다란 이빨×3.

"다 됐습니다."

"오오, 다 됐어? 그럼 꺼내봐."

다시금 연 트레이드 화면. [연금]으로 나온 아이템을 올렸다.

"으음, 고마워. 그럼 얼마로 할까?"

"아뇨, 난 모르니까요. 적정가격으로 부탁드려요."

"그렇게 말해도 말이지. NPC 가격의 7할로 하면 이 경우엔 싸. 게다가 비밀로 한다는 건 가격이 내려가지 않는단 소리. 어쩔래? 세게 나가서 누나한테 뜯어먹어볼래?"

"왜 쓸데없이 야하게 들리는 말을 하나요? 7할이면 돼요."

"몇 번이나 말하지만 윤 군은 욕심이 없어. 뭐, 솔직히 나도 가격을 모르니까 친구한테 물어보겠는데, 지금은 이 정도면 될까?"

트레이드 화면에 제시된 금액은 2500G, 많아! 포션보다 잘 벌린다.

"왠지 마기 씨랑 거래하면 매번 놀라게 돼요."

주로 금전적인 의미로. 어제 질 좋은 철광석도 그렇고, 오늘 변환한 아이템도 그렇고.

"나도 계속 놀라기만 해. 윤 군, 재미있는 센스 구성이잖아."

그건 주로 아이템적인 의미로군요. 알겠습니다.

"그렇기는 해도. 인기 없는 센스를 모아놨는데, 왜 이렇게 재미있을까?"

"뭐, 틈새시장을 노린 생산 캐릭터니까요."

"아하하, 그야말로 남의 생각의 틈새를 노린 플레이 방법이네."

"놀리지 마세요."

그렇게 말하면서도 호주머니가 두둑하니 얼굴이 풀어진다. 이걸로 4600G 벌었다. 간신히 휴대용 화로를 살 수 있다. 보통 [대장]이나 [세공] 센스를 취득한 사람은 800G로 화로를 사고 서쪽 숲에서 철광석을 채취해서 만드는 모양이니까. 나는 꽤나 뱅뱅 돌았다.

게임을 시작하고 여기까지 오는데 오래 걸린 느낌이었다.

"그럼 트레이드 완료. 뭐 더 있어?"

"아, 그렇지. 어제 구리광석하고 주석광석을 주웠는데요, 이거 주괴를 합성하면 청동이 될까요?"

"아, 그거 말이지. 베타판에서 친구 꼬셔서 해봤어~."

"어땠나요?"

"청동제는 그리 성능이 좋지 않아. 그냥 폼만 날 뿐이고, 방어력도 안 높고. 뭐, 구리보다 [세공] 센스 연습은 돼."

아, 즉 구리 이상, 철 미만인가. 그리고 난 [세공] 센스가 낮지.

"더 말하자면 청동주괴를 한 번이라도 만들면 NPC한테 살 수 있어."

즉, 한 번 만들면 땡인 아이템이다. 왠지 미묘하게 슬프군. 그렇게나 기쁘게 주웠는데.

"뭐, 연습 열심히 해봐."

"……예."

내 세공의 길은 까마득할 것 같다. 마기 씨의 노점을 떠나서 마을 NPC 노점에서 필요한 아이템을 샀다.

돈은 충분히 있다. 휴대용 화로를 사도 아직 남는다.
——800G

돈은 충분히 있다. 더 상위의 연마 키트를 사도 아직 남는다. ——1500G

돈은 충분히 있다. 더 상위의 합성 키트를 사도 아직 남는다. ——1500G

돈은 충분히 있다. 그러니 철화살을 열 세트 구입. ——300G

그 결과 잔금——630G.

그렇게 사들인 것은 가치를 헤아릴 수 없다. ……아니, 이게 아니잖아! 너무 많이 썼어. 또 가난뱅이다. 그러니 또 생산 활동에 종사한다.

장소를 내 밭으로 옮겨서.

"아아, 돈이 없다. 아니, 포션을 안정적으로 매일 팔면 2000G는 돼. 게다가 나한테는 휴대용 화로가 있어! 이걸로 액세서리도 만들 수 있어! 보석도 원석에서 제대로 커팅할 수 있어! 화살도 강철 화살+10을 만들 수 있어!"

하지만──돈이 없다. 풀썩.

뭐, 일단은 밭을 체크. 씨앗을 뿌린 곳 하나당 씨앗 하나와 질 좋은 약초가 나왔다. 즉 씨앗을 또 뿌려도 결코 줄어들지는 않는단 소린가. 그리고 약초 종류는 비료를 주었으니까 더욱 질이 좋아졌다.

그게 20개. 으음, [연금]으로 하위 변환해도 40개. 그걸 포션으로 하면 20개인가. 마기 씨에게 납품하기에는 조금 부족하고, 환약이나 해독 포션까지 만들 만한 약초가 확보되지 않는다.

역시 아직은 사냥이나 채취가 중심이로군.

뭐, 하루 방치해서 포션 20개는 크다. 단순 계산으로 하루 700G다. 땅값만 해도 닷새면 본전을 찾는다. 뭐, 씨앗을 가진 사람에 한해서지만.

그리고 나는 [연금]으로 숫자를 늘린 약초를 말려서 초보자 포션을 거쳐 포션으로 만들었다. 다만 시간이 없으니까

[레시피]를 이용한 단순 작성.

수작업보다도 효율은 떨어지지만, 기성품, 아니, 다른 포션 작성자보다도 효과가 높다고 자부할 물건이 나왔다. 아니, 그래도 저급 포션이니까 오십보백보지만.

"으음, 이러면 [연금]과 [조합], 그리고 [합성] 센스를 동시에 올릴 수 있네. 여태까지 [연금] 레벨을 올리기 어려웠는데 조금씩 올릴 수 있겠어."

상위 변환이면 아이템의 소비가 빠르지만, 상위 소재가 간단히 입수되면 반대로 하위 변환으로 아이템을 늘릴 수 있다. 으음, 쓰레기 센스가 팍팍 꽃을 피우는구나. 다만 아직 변환율은 변함없다. 어쩌면 앞으로도 변하지 않을지 모르겠다. 그렇다면 뭐가 변하지?

뭐, 시간은 한정되었다. 다음에는 휴대용 화로로 주괴를 만들어야만 한다.

"마기 씨가 구리광석은 레벨이 낮은 광석이라고 그랬으니까 구리부터 시작해볼까."

구리광석×5를 주괴로 만들었다. 휴대용 화로 안에 넣고 녹인 금속을 도구인 망치나 펜치로 탕탕탕 두드리니 기분 좋은 소리가 나지만.

"팔이……. 뭐야, 이거……."

진짜로 망치가 무겁다. 일정 속도나 강도로 휘두르지 않으면 번쩍번쩍 빛나는 구리가 식다가──깨진다. 깨진 주괴는 생산 실패로 간주되고 아이템이 소멸한다.

제일 처음에는 주괴도 되지 않았다. 계속해서 두 개, 세 개 시도했지만 도무지 성공할 수 없었다. 30개 정도 주웠을 구리광석은 이미 절반도 안 남았다.

"그러고 보면 [대장]이나 [세공]을 가진 사람은 [공격력 상승] 센스도 가졌다고 그랬지. 그렇다면 공격력, ATK 부족인가. [속도 상승] 센스를 방금 딴 참이고, 막혔다고 바로 센스 취득으로 뚫는 방식은 좀……."

생각 없이 센스를 취득하면 나중에 아픈 꼴을 보겠지. 하지만 꼭 필요한 때는 취득한다고 해도, 가능한 한 머리를 굴려서 이 문제를 뛰어넘고 싶다.

그러고 보면 밭일을 할 때 스스로에게 인챈트를 걸고 작업했는데, 그건 생산 행동으로 분류되지. 즉 생산 행동 중에 인챈트를 스스로에게 걸 수 있다는 소리는…….

만사는 시험해봐야 한다, 그런 생각에 스스로에게 공격 인챈트를 걸고 망치를 쥐었다.

"오옷?! 가볍다, 가벼워."

그렇게나 무거웠던 망치를 마음대로 휘두를 수 있다. 더군다나 별로 지치지도 않는다. 금속을 두드리는 소리가 리드미컬하게 울렸다. 즉 공격 인챈트는 다른 게임으로 말하자면 근력 수치를 상승시키는 것일지도 모르겠다. 으음, 무기의 경우는 근력 수치가 아니라 또 다른……. 아니, 그렇게 깊게 생각하지 않는 게 낫겠지. 아무튼 [부가]로 [공격력 상승]을 대신할 수 있다.

응? 어제 밭일은 속도 인챈트였지. 즉, 행동 등의 동작 스피드는 속도 인챈트가 맡는단 소린가?

4번째 도전에서 주괴 제작에 성공했다. 하지만 내 안에 감동은 없고 일단 의문을 검증하기 시작했다.

"이중으로 인챈트하고 작업하면 효율이 오르지 않을까?"

센스 구성을 [속도 상승], [마법재능], [마력], [부가], [세공], [생산의 소양]으로 조정해보았다.

일단 하나. 공격 인챈트. 다음에는 속도 인챈트. 적색과 황색의 빛이 때때로 뒤섞이고 반발하면서 몸을 뒤덮었다. 응, 이중 인챈트는 가능한 모양이군. 그리고 망치를 가볍게 흔들어보았다. 기분 탓인지 [속도 상승]도 있어서 팔을 휘두르는 속도가 빨라진 듯했다.

그리고 그대로 다섯 번째 주괴 제작.

인챈트의 효과가 끊어지면 다시금 걸고서 망치를 휘둘렀다. 빠르다, 빨라. 주괴가 금방 완성되었다. 붉게 빛나는 구리는 힘차게 휘두르는 망치와 부딪쳐서 때때로 불꽃을 튀겼다.

도중까지는 순조로웠다. 하지만 주괴 제작은 시간이 걸린다. 너무 집중하며 인챈트를 계속 걸어댔기 때문에 중간에 MP가 바닥났다. 거의 다 완성되었을 때 실패해버렸다.

"으음, 마력을 더 강화하면 가능할 것 같은데. 철 이상의 주괴라면 이 방법은 무리야. 역시 [공격력 상승]의 센스를 따야 하나?"

MP 회복을 기다리면서 팔짱을 끼고 고민했다. 그리고 떠올렸다. 생산직은 한 번 만든 적 있는 것은 스킬로 단축 생산이 가능하다는 사실을.

즉, 구리주괴를 만들 수 있다. 아, 아까 구리광석 다섯 개는 공으로 날렸구나.

MP를 소비하여 [세공] 스킬의 구리주괴를 실행. 왠지 김빠지게 완성되었다.

하지만 MP가 2할 정도 소비되었다. [조합]이나 [합성] 스킬이 얼마나 간단한 건지 느껴졌다. 지금 [마력]은 레벨 19. 그런데도 그렇게 소비되었다. 다시 말해 상위 금속이라면 그만큼 소비된다.

주괴로 만드는 작업은 연마와 마찬가지로 실패의 가능성도 있다.

아직 [세공] 센스가 낮기 때문에 망치를 마음대로 쓸 수 없다는 등 여러 문제도 있겠지.

생각해봤자 끝이 없기에 지금은 일단 접고, [세공] 센스와 [마력] 센스의 레벨을 집중적으로 올리기로 했다. 그러면 상위 금속에도 대응할 수 있을지 모른다.

다음은 주석을 주괴로. 그 다음은 드디어 철이다.

인챈트 능력을 강화하면서 수작업으로. 게임이지만 팔이 무겁게 느껴지고, 휴대용 화로에서 새어나오는 열기가 얼굴을 달궜다. 그럼에도 불구하고 마음을 비우고 망치를 계속 휘둘렀다.

실패, 성공, 성공, 실패를 반복하면서 주괴가 몇 개 나왔다.

상당한 시간을 들였지만, 주괴도 나름 숫자가 갖추어졌다.

철 주괴가 두 개. 그 다음은 실패. 구리가 두 개, 주석이 네 개.

[마법재능]이 17, [마력] 센스는 20까지 성장했다. [부가]도 이중 인챈트를 걸었기 때문인지 19, 성장도를 보자면 일반적인 마법사와 비슷한 정도겠지.

지금 생각하면 처음부터 MP 소비 효율이 안 좋은 편이었지만, [마력] 자체가 성장한 것도 있어서 초기만큼 못 쓸 것도 아니게 되었다. [매의 눈]과 맞물려서 짧은 효과범위를 보충할 수도 있었다.

지금은 주괴 제작에 확실히 도움이 된다. 덕분에 [세공] 레벨이 10으로 올랐다.

"뮤우는 바꾸라고 해댔지만, 지금 센스 구성은 꽤 마음에 드네."

혼자 중얼거렸다. 휴우, 만족이다. 꽤나 재미있군. 다음에는 염원하던 액세서리를 만들어보자고 맹세하면서 로그아웃했다.

●

기다리고 있던 것은 배가 고파서 고개를 푹 숙인 미우였습니다.

소파에 기대어 공허한 눈으로 이쪽을 바라보는 미우에게 다급히 저녁밥을 준비해주었다.

"오빠, 아무리 게임에 열중했다고 해도 저녁식사를 잊는 건 너무하잖아."

"저기, 면목이 없습니다."

저녁식사를 한 후에 차를 마시면서 마주 앉은 나와 미우. 분명 게임에 열중해서 저녁 준비를 잊어버린 것은 잘못이다. 하지만 너도 가끔은 늦잖아.

"오빠가 없으면 저녁이 안 나오니까."

"아니, 그러면 가끔은 오빠를 생각해서 저녁을 만들어봐."

"식중독 걸려도 좋아?"

"아니, 식중독 이전에 요리를 좀 배우라고."

"그런 소리 듣기 싫어! 왜 이렇게 되는데?!"

"왜냐고 해도 말이지……. 목돈이 좀 들어와서 신이 났습니다."

차를 후르륵 마시면서 날카롭게 날 노려보는 미우. 이 침묵은 더 자세히 말해보라는 소리겠지.

"저기, 게임 속에서 사귄 생산직 사람이 많이 가르쳐주기도 하고, 내가 만든 아이템을 사주거든. 그래서 그 돈으로 도구를 갖추어서 여태까지 못 했던 일에 집중했더니 이런 시간이 됐어."

"흐~응, 그 생산직 사람이라는 게 남자? 여자?"

"……? 여자인데?"

그 순간 미우의 시선이 한층 차가워진 듯했다. 눈이 더욱 가늘어지고, 정면에서 쳐다보는 바람에 어째 불편하다. 왠지 요즘 오빠로서 위엄이 없어진 것 같다.

"그래서 오늘 얼마나 벌었어?"

"포션이랑 소재를 팔아서 4600G야."

이것만큼은 좀 자랑거리다. 나도 이만큼 벌게 되었다, 라는 의미로 가슴을 폈다. 조금 움츠러들었던 오빠의 위엄을 되찾을 찬스라고 생각했다.

하지만 미우의 반응은 달랐다.

"겨우 그것밖에 못 벌었어? 톱 레벨의 생산자는 하루에 그 열 배는 벌어."

"……."

오빠는 이제 마음이 꺾일 것만 같습니다. 애초부터 전투력 5의 쓰레기입니다. 난 생산자이긴 하지만 톱 레벨이 아닌걸. 얼마나 비싼 상품을 팔면 그렇게 버는 걸까.

"참고로 내 현재 소지금은 30만이고, 언니가 20만일 거야."

이 부르주아들이. 뭐야, 그거 전투력이야? 그렇다면 소지금 630G는 쓰레기 같겠네. 베타판 유저는 돈으로 만사를 평가해? 지독한 격차를 보았다.

"오늘 저녁식사 문제는 내일 하루 종일 날 따라다니는 걸로 용서해줄게."

"또 짐꾼 시키게? 이렇게 더운 한여름의 콘크리트 정글을 방황하는 거야?"

"아냐! 게임에서 하고 싶은 퀘스트가 있어! 그 제한이 여성 둘이니까, 오빠랑 받으려고 했어!"

"아니, 난 남자인데."

"게임의 캐릭터는 여자잖아? 게다가 다소 껄끄러워하는 사람이 많은 퀘스트라서 다른 여자 유저는 안 받아준단 말이야. 그러니까 부탁할게."

두 손을 모으고 귀엽게 부탁하는 미우. 분명히 내 캐릭터는 여성이지만, 좋아서 그렇게 된 것도 아냐. 게다가 그렇게 사람들이 기피하는 퀘스트는 하고 싶지 않은데⋯⋯.

"그러니까 내일 같이 좀 다녀줘! 안 그러면 용서하지 않을 거니까!"

"부탁 다음은 협박이냐? 알았어. 하지만 초기 장비인 채로 괜찮아?"

"뭐? 아직도 초기 장비야?!"

"싼 거라도 살까 해. NPC가 파는 무기나 방어구라면 조금만 더 돈을 모으면 살 수 있으니까."

"NPC가 파는 건 안 사는 게 나아. NPC의 활은 내구도가 낮으니까. 다만 초보자용 무기나 방어구는 애초부터 내구도가 설정되어 있지 않으니까 절대로 안 부서지지만."

"어, 진짜? 그럼 계속 써야겠네."

"다만 디자인은 아주 구리지만."

그렇죠. 담담히 느끼긴 했습니다. 주위에 아직 초보자가 있긴 하지만, 마기 씨나 타쿠의 방어구나 옷은 디자인이 멋져서 좀 부럽다.

"활은 그렇다고 해도 옷은 좀 사. 아예 퀘스트 끝나거든 사러 갈래? 싸고 귀여운 옷을 갖춘 생산직 사람이 있어. 다만 성능은 별로지만."

"안 산다. 애초에 남자인 내가 왜 귀여운 옷을 입어야 하는데?"

"그 편이 어울릴 텐데."

한숨을 내쉬면서 거부했다. 지금은 외면을 꾸미기보다도 설비나 장비를 충실하게 갖추는 게 우선이다.

"알았어. 내가 뭐 준비할 거 있어?"

"없어. 그냥 머릿수만 채워주면 돼."

그렇습니까. 대놓고 그런 말을 들으니 왠지 쇼크다. 여동생이 오빠의 손을 떠나고 있습니다. 남은 차를 단숨에 비운 미우는 계단을 뛰어 올라갔지만, 방금 전까지의 퉁명스러움은 어디로 사라졌나 싶을 정도로 경쾌한 발걸음이었다. 대체 뭐냐고.

그날은 그대로 자고, 다음 날 아침에 미우 때문에 일어났다.

시간은 아침 5시, 아니, 너무 이르잖아! 라고 화냈지만, 나는 떨떠름하니 아침 식사를 만들고 집안일을 해치웠다. 하지만 아침 5시에 일어나서 나쁠 것 없다. 아침 시간대는 꽤나 시원해서 지내기 편하다. 항상 세탁물을 널 때의 찌르는 듯한 햇살이 아니라 싱그럽게 맑은 햇살……같군.

아니, 그런 건 아무래도 좋아. 뮤우와의 퀘스트는 오후부터 받을 예정으로, 오전에는 각자 별도 행동.

오늘도 마기 씨에게 아이템을 팔러 갔다. 어제는 사냥을 안 했으니까 팔 만한 아이템은 포션뿐. 합계 40개──1400G를 벌었다.

거기서 좋은 이야기와 나쁜 이야기가 나왔다.

어제 가져갔던 가죽 소재나 피막 소재. 가격이 더 비싸게 잡혔다면서 다음에는 더 많이 쳐준다고 했다.

그건 기뻤다. 하지만 이어진 나쁜 이야기에 나는 얼굴을 찌푸렸다.

"아, 반대로 포션이 공급 과다인 모양이야. 그래서 여기저기가 가격 인하가 시작되었어."

"그럼 내 포션도."

"아, 그건 걱정 마. 애초부터 적정가격 이하는 안 되겠고, 윤 군의 포션은 효과가 좋아서 아는 사람만 아는 숨겨진 명품이 되었으니까."

"다행이다."

"그리고 나도 슬슬 가게를 내게 됐어. 겨우 그럴 만한 돈이 모였으니까."

"그거 축하드립니다."

솔직하게 축복을 보냈다.

"으음, 최소 50만이 점포 가격인데, 왠지 이왕 살 거면 최소가 아니라 이 마을에서 제일 큰 가게를 사자 싶어서. 그래서 초기 설비도 필요해서 75만까지 꾹 참고 모았어. 재료비도 필요하고. 지금 수중의 돈은 1M일까?"

"그렇습니까. 부자네요."

M. 즉 메가나 밀리언. 백만이라는 단위다. 뮤우나 세이 누나보다도 높다. 역시나 생산직. 혹시 톱 플레이어 아닐까?

"그러니까 내 가게에 직접 포션을 가져와. 다 사줄 테니까."

"고맙습니다. 그때 또 찾아갈게요."

나는 고개를 숙였다. 처음에는 포션을 팔 수 있을까 하는 타산적인 만남이었지만, 지금은 꽤나 좋은 관계 같다.

마기 씨는 나와 잡담을 하면서 때때로 손님에게 대응하고, 새로 가게를 갖게 되었다고 선전하였다. 마기 씨가 파는 무기의 가격을 슬쩍 봤는데, 머리가 어지러울 정도의 가격과 성능이었다. 제일 싼 게 2만G.

"마, 마기 씨? 이 무기는?"

"아, 한 손 검? 심심풀이로 만든 거야. 으음, 조금 센스가 모자랐어."

"그게 아니라요. 성능, 성능!"

와일드 블레이드 [한 손 검]

ATK+15   추가효과 : 크리티컬 상승(극소)

내 활 같은 건 ATK+2고 철화살도 ATK+3. 합계 5. 한 손 검의 초기 무기도 대충 비슷하다. NPC 무기는 최고가 6. 게임이 시작된 지 얼마 안 되었으니까 꽤나 고레벨의 무기다. 하지만 문제는 그게 아니다. 이 추가 효과는 본 적도 없다.

"아~, 추가효과? 이건 말이지, [대장]의 상위 센스가 되면 누구든 붙일 수 있어."

"엑?"

"[대장]을 레벨 30까지 올리면 상위 센스인 [단철(鍛鐵)]로 성장해. 그렇게 되면 무기가 추가 효과를 가져. 대단하지? 참고로 [세공]도 레벨 30에서 [조금(彫金)]라는 센스로 성장하니까 힘내봐."

"저기, 가르쳐줘도 되는 건가요?"

"괜찮아, 괜찮아. 이건 어차피 공략 사이트에도 이미 실린 거니까. 더 중요한 건 각 센스의 특성이나 조합. 틀에 박히지 않은 방식. Only스러운 재능이 필요한 게임이니까. 흔해빠진 조합으로는 안 돼. 아무도 생각 못할 방법은 자기 안에 있어."

왠지 나도 짚이는 바가 있다. [매의 눈]과 [부가]. 이것도 남들은 생각하지 않았겠지.

[부가]는 전위에게 어울리는 마법이고, [매의 눈]은 원거리를 보는 센스. 앞과 뒤. 아무리 생각해도 상반되는데 맞춰보면 범위가 넓어진다.

"그러네요. 하지만 [세공]이 30에서 파생된다는 이야기를 들으니 다행이에요. 거기까지 힘내보겠습니다."

"그래, 그래. 누나는 그렇게 애쓰는 젊은이를 보는 걸 좋아해."

마기 씨도 젊지 않나 싶었다. 대충 대학생 정도일까?

"슬슬 점심시간이니까, 나는 일단 로그아웃해서 점심 먹고 올게."

"아, 나도 나가서 점심밥 만들어야 되는데. 여동생이 투덜거리거든요."

"오오, 젊은 처자의 요리인가. 누나도 먹어보고 싶어."

왠지 신경 쓰이는 뉘앙스가 담긴 듯도 하지만, 나도 방해되지 않을 장소에서 로그아웃했다.

오늘 점심은 야채 볶음과 된장국, 흰밥이다. 응, 살짝 건강에 좋을 듯하며 야채가 많다. 아침 일찍부터 깨운 보복으로 미우가 싫어하는 새송이버섯도 넣고…….

먹는 동안 미우는 살짝 울상을 했지만 나는 맛있게 먹었다. 식후——.

"오빠, 동문에서 기다릴 테니까."

그 한마디를 끝으로 방에 틀어박히는 여동생. 아니, 하다 못해 설거지라도 좀 끝낸 뒤에 가주었으면 싶다. 뭐, 어차피 별로 고생스러운 것도 아니니까 괜찮지만.

나도 곧 뒤를 쫓듯이 로그인했다.

●

동문에는 사람들이 잔뜩 모여 있었다. 그리고 그 중심에 있는 게 내 여동생이었다.

"우리랑 사냥 가자. 슬슬 보스 몹도 돌파하고 싶고."

"저기, 우리랑⋯⋯."

"우리랑 안 갈래요?"

남녀 가리지 않고 말을 걸어오고 있군요. 오빠의 비뚤어진 눈일지도 모르지만, 미소녀니까 사람들이 말을 걸기도 하겠지 싶었다.

"기다렸지, 미안."

"늦어! 얼른 가자!"

갑옷 차림의 뮤우. 어이, 타쿠와 비슷하게 갑옷이나 검이 바뀌었군. 그것도 중후한 느낌에 흰색으로 갖추었다. 뮤우의 캐릭터 이미지대로 성기사에 가까운 느낌이다.

"어, 어이."

"됐으니까 얼른."

인파에서 얼른 도망치고 싶은 건지 내 손을 잡아끄는 뮤우. 뒤쪽의 인파들 사이에서는 아직도 부르는 소리가 들렸지만, 나도 무시하는 게 낫겠다고 판단하고 그대로 뮤우를 따라갔다.

충분히 떨어졌을 때 왜 이렇게 되었는지 물었는데──.

"나도 일단 그럭저럭 이름이 알려진 플레이어라서 같이 놀자는 사람이 꽤 있어."

"그거 괜찮은 거야?"

"게다가 이 장비나 방어구는 베타판 때 알던 친구한테 부탁해서 만든 오더 메이드인데, 소개 좀 시켜 달라, 넘겨 달라, 그런 말이 많아서 짜증나."

"조심해라. 이상한 남자를 따라가면 안 된다?"

"뭐야? 윤 언니는 날 걱정해주는 거야?"

오빠가 걱정하는데 이렇게 장난스러운 소릴 한다. 지금도 히죽거리며 내 얼굴을 들여다 보길래 입을 삐죽이며 얼굴을 돌렸다.

"미안. 걱정해줘서 고마워, 윤 언니."

"어이, 게임에서는 여자캐릭터지만 오빠라고 불러주면 안 돼?"

"무리입니다. 게다가 언니가 늦게 오니까 이렇게 된 거야!"

"집안일을 방치하라고? 너도 도우면 되잖아? 설거지라든가."

무리다. 게임이 날 부르고 있다. 그런 감정론은 말하지 마라. 푸욱 한숨을 내쉬면서 그 화제를 끝냈다.

"그래서 우리가 받을 퀘스트가 뭐야?"

"여성 한정! 그것도 2인 파티 한정 퀘스트 [크리스 동굴의 내부 조사]야."

"아니, 그렇게 말해도 모른다니까."

"간단히 설명하자면 숲 속에 있는 동굴 조사야. 이것과 한 쌍이 되는 퀘스트로 남성 한정인 [휴므네 호수의 환경 조사]

가 있어."

"헤에. 퀘스트라면 NPC의 의뢰지?"

"그래. 그런데 거기 사냥터가 지금 나한테 딱 좋거든. 베타판에서도 거기서 제법 했는데 다들 싫어해. 결국 게임의 몹이지, 현실이 아닌데."

"저기, 뭔가 대화에서 안 좋은 분위기가 느껴지는데……?"

"괜찮아. 언니는 뒤에서 자리만 지켜. 지네는 내가 전부 사냥할 테니까."

우엑, 돌아가고 싶다. 벌레 계열이면 여자가 아니더라도 싫겠지.

"난 돌아갈래! 지네가 있는 곳에 가고 싶지 않아."

"어제 약속했잖아! 약속 깰 거야?!"

"그 이전에 제대로 이야기하지 않은 쪽이 잘못했지!"

"우우, 언니랑 겨우 모험할 수 있을 줄 알았는데."

뭐냐고, 그렇게 울상을 하고. 으으, 알았어. 하면 되잖아.

"하아, 알았어. 다만 나는 후방에서 계속 인챈트만 걸어 줄 뿐이다?"

"응. 내 멋진 모습을 봐!"

울상은 어디 가고 미소가 있다. VR 게임인데 표정이 풍부하군, 그런 뜬금없는 생각이 머리를 스쳤다.

"다만 도중에 채취 좀 하게 해줘. 이 근처에는 구리광석이나 주석광석이 나와. [세공] 센스를 올리기에 딱 좋지."

"그건 저번에 말한 생산직 여자한테 들은 이야기?"

"뭐, 그렇지."

"흐~응, 알았어. 내친 김에 피라미 몹도 사냥하자. 이쪽에 와 본 적 없지?"

어딘가 의미심장한 느낌으로 말하는 뮤우. 신경 쓰지 말까.

일단 온 적은 있지만, 도중에 나는 싸움에 참여하지 않았다. 이쪽은 평원의 초식동물과 달리 몬스터다운 몬스터가 많다. 고블린이라든가, 슬라임? 녹색의 소인이라든가, 탱글탱글하니 불투명한 젤리 같이 생긴 게임의 단골손님. 뮤우는 한 손 검을 휘둘러서 그것들을 일격에 쓰러뜨렸다. 나도 활로 원거리에서 이따금씩 고블린을 쏘았다.

내 경우 활 공격은 점 공격이고, 슬라임은 약점인 핵에 맞지 않으면 대미지가 제대로 들어가지 않는다. 그러니까 슬라임은 미우에게 맡기고 고블린만 노렸다. 공격 인챈트를 담은 철화살 여섯 대로 해치울 수 있었다.

역시나 〈원거리 공격〉 아츠로도 여섯 발이나 쏘다보면 접근을 허락하게 되니 조마조마했던 장면이 있었다. 빅보어와의 싸움에서 내 역할은 공격보다도 서포트와 유인이었기 때문에 몰랐지만, 먼 사냥터에 갈 거면 장비를 더 충실하게 갖추는 게 낫다고 실감했다.

내가 생명의 위험을 느끼면서 한 마리를 해치우는 것과 달리 미우는 한 방으로 한 마리. 역시나 나는 짐이다.

전투가 끝나면 무슨 소리를 들을까 생각하면서도 뮤우가

돌아오는 걸 기다렸다.

"겨우 끝났군."

"으음, 좋은 준비운동이 됐어, 언니."

"그게 준비운동? 나는 진짜로 위험했는데?"

"그 정도는 여유야, 여유. 하지만 놀랐어. 언니, 활 실력이 좋아졌잖아."

"그렇게 말해주니 고맙네."

"그러고 보면 지금 센스는 어떤 느낌?"

"아, 이런 느낌이야."

소지 SP 8

[활 Lv16] [매의 눈 Lv20] [속도 상승 Lv4] [마법재능 Lv19]

[마력 Lv20]

[연금 Lv7] [부가 Lv19] [합성 Lv13] [세공 Lv10]

[생산의 소양 Lv9]

예비

[조교 Lv1] [조합 Lv13]

아까 전투로 레벨도 올랐다. [조합]보다 레벨이 낮은 [세공] 센스를 우선한 것은 채취한 돌을 감정하기 위해서다.

"헤에, [속도 상승]을 붙였네. 게다가 [매의 눈]이랑 [부가], 게다가 [마력]도 높고. 어떻게 그것만 올렸어?"

"아니, 이동할 때에 인챈트라든가, 아무것도 안 할 때도 인챈트를 걸거든."

"아, 전투직은 여차할 때에 건다는 느낌이니까 성장이 힘들구나. 하지만 이동 중이라니."

"써보니까 이게 편리하더라고. [공격력 상승] 센스 대용도 되고. 너는 어떤 느낌이야?"

"으음, 내 센스는 이런 느낌."

[한 손 검 Lv7] [갑옷 Lv28] [공격력 상승 Lv31]

[방어력 상승 Lv27] [기합 Lv17]

[마법재능 Lv24] [마력 Lv24] [마력회복 Lv14] [광 속성 Lv22]

[회복마법 Lv15]

"레벨 높잖아!"

"보통이야. 한 번 했던 걸 반복하고 있으니까 효율적으로 할 수 있어. 게다가 센스는 20을 넘은 뒤부터는 잘 안 오르니까, 별로 신경 쓸 것도 없잖아?"

이렇게 짧은 시간에 [검] 센스를 [한 손 검]으로 바꾼 뮤우는 진짜 대단하다.

"실제로 베타판 때보다 더 잘 올라. 역시 장비랑 돈의 차이야."

콧노래를 불러가며 앞장서서 걸었다. 아아, 나도 얼른 돈을 모아주마, 그렇게 남몰래 다짐했다.

"윤 언니, 다 왔어. 여기가 크리스 동굴. 자, 준비 됐어?"

빙글 돌아보는 뮤우. 백발을 나부끼며 한가득 미소를 띠었다. 은색 갑옷이 팔라딘, 아니, 발키리라는 분위기를 드러내었다.

그 뒤로는 마굴이 시커먼 입을 벌리고 있었다. 아아, 무사히 돌아갈 수 있을까?

"그러면 간다──〈라이트〉!"

뮤우의 한마디에 어두운 동굴이 하얀빛으로 밝혀졌다. 이것도 광 속성 스킬일까?

하지만 내게는 [매의 눈]이 있어서, 지금도 빛이 닿지 않는 동굴 속 깊은 곳까지 뚜렷하게 보였다. 하지만 그게 오히려 안 좋았다. 그래──똑똑히 보였다.

버석버석버석──.

기분 나쁠 정도로 눅눅한 공기 속에 울리는 마찰음. 어둠 속을 보는 힘 따위 필요 없어. 센스를 지우고 눈을 돌리고 싶어지는 추악한 모습. 폭이 50센티미터 정도의 지네가 우글우글 다가왔다.

어둠 속에서 둥글고 붉은 눈을 빛내며 나타났다.

좌아악 닭살이 돋았다. 인챈트나 눈을 돌리는 것도 잊고 주시해버렸다.

"언니, 그럼 다녀올게!"

한마디를 남기고 뛰어가는 뮤우. 움직임이 느린 지네의

앞에서 서서 검을 양손으로 잡고──썩둑.

곤충의 마디와 마디에 검을 꽂더니 비틀어서 억지로 잘라
냈다.

절단된 지네는 새된 단말마의 비명을 질렀다. 머리 없는
동체는 10초 정도 혼자서 움직였다. 우와, 이 광경만으로도
울고 싶다.

도망치는 여자의 마음도 알겠네. 트라우마감이다. 오히
려 어떻게 이런 데로 신이 나서 돌격할 수 있지?!

"자, 팍팍 간다!"

"이제 됐어! 이런 광경을 계속 보고 싶지 않아."

"쫑알대지 말고 역할 분담! 종잇장 갑옷에 약해빠진 무기
니까 방어에 철저! 그리고 아이템 채취해야지!"

질타하는 뮤우는 검을 찌르고 비틀고 분단했다. 나는 울
음이 터져 나오려는 걸 꾹 참고 지네에게서 눈을 돌렸다.

아아, 동굴이니까 돌이 많이 있군. 한 곳에 세 개 정도 모
여 있는 걸 발견하고 감정한 결과 철광석. 서쪽 숲을 뛰어다
니는 것보다 효율이 좋지만──정신 건강상 최악이다.

히야아아아아아악, 하는 지네의 단말마의 비명과 버스럭버
스럭하고 생리적 혐오감을 유발하는 소리를 BGM으로 삼은
채취.

한 번에 세 마리 정도 나타나는 지네를 뮤우가 반쯤 기계
적으로 사냥하는 한편, 나는 채취를 계속했지만 30분 정도
만에 끝이 보였다.

"언니, 여기가 보스방. 그리고 또 그 안쪽이 퀘스트 아이템이 있는 방이야."

"나도 싸워?"

"으음. 언니도 지루하겠지. 그럼 적을 유인하고 사전에 인챈트를 걸어줄래?"

"알았어."

이 동굴에 들어와서 처음으로 활을 당긴 나는 방에 자리 잡은 거대한 지네에게 화살을 날려——.

"——저기, 튕겨난 경우는 어떻게 된 거야?"

"어라, 공격력이 너무 낮아서 대미지 판정도 무시됐나. 다음에는 아츠로 공격력을 높여봐."

즉, 공격력이 너무 낮은가. 얼른 장비를 바꾸고 싶다. 그렇게 생각하면서 다시금 활을 들었다.

"——〈연사궁 2식〉"

[활] 센스의 두 번째 아츠. 준비 시간이 적은 아츠는 한 번에 화살을 두 발 날린다. 날아간 두 발 중 하나가 마디 틈새에 살짝 들어가서 그 몸에 상처를 냈다.

간신히 반응을 보여서 그 무거운 몸을 일으키는 거대한 지네.

"그럼 유인은 된 모양이니까 휘말려들지 마."

"알았어. 그리고 〈인챈트〉——어택, 디펜스, 스피드."

재빨리 인챈트를 걸었다. 처음으로 삼중 인챈트를 했지만 성공했다. 다만 거듭 거는 만큼 MP 소비량이 기하급수적으로 늘었다. 지금에야 깨달은 사실. RPG라면 고정 소비인데, [부가] 센스의 까다로움이 여실하게 드러났다고 느꼈다.

"그럼 간다!"

기운 좋게 튀어나간 뮤우와 그 안에 있는 적. 아까보다 세 배는 큰 지네가 납작한 고개를 쳐들고 턱을 열었다 닫았다 하고, 거기서 흘러내리는 침이 바닥에 쉬익 하고 연기를 냈다. 이름이 애시드 도저. 참고로 아까까지 나온 피라미 몹이 포이즌 도저.

"하아압!"

큰 소리를 지르며 미우가 애시드 도저에게 파고드는 한편, 나는 널찍한 방의 바깥을 따라 걸었다. 마법의 빛이 닿지 않는 범위에서도 볼 수 있기 때문에 문제없이 광석을 찾을 수 있었다.

아까 지네보다도 더 굵은 비명을 등 뒤로 들으면서 돌을 찾았다.

뭔가 다른 돌을 하나 찾았다. ——화석이라. 무슨 화석인지는 모르겠지만, 화석인가 보다.

나는 그걸 상하좌우에서 관찰했지만 잘 알 수 없었다. 언뜻 보기론 주먹 크기 돌이니까 조개나 작은 물고기의 화석이나 그런 거겠지. 그러는 동안에도 배후의 소음은 멀어지다가 조용해졌다.

"언니, 이쪽 끝났어!"

"어, 수고."

"왜 그래? 뭐 나왔어?"

"화석이 있어."

"오오, 대단하네!"

"대단해? 무슨 화석인지 모르겠는데."

"화석은 감정하는 NPC가 있으니까 괜찮아. 마을에 돌아가서든 감정해달라고 해."

아무래도 화석은 고대 아이템의 잔재라는 설정인가 보다. 전문 NPC에게 감정을 받으면, 복원이라는 명목으로 아이템이 된다고 한다. 과거에 있던 이야기부터 여러 무기나 방어구의 소재나 장비, 뭐에 도움이 되는지 모르는 아이템 등 완전히 운이라는 모양이다.

"뭐가 나올까?"

"으음, 모르겠어. 뭐, 과도한 기대는 안 할게."

"하지만 화석은 제비뽑기 같은 거라서, 경우에 따라서는 레어 무기 소재라든가 장비라든가 용도는 모르지만 드래곤의 똥 같은 것도 나와."

"우와……."

"그러니까 레어한 아이템이 나올 가능성도 충분히 있어."

"그래. 그런데 감정은 얼마나 해?"

"으음, 한 건당 일률적으로 5000G."

"……2030G밖에 없어."

"괘, 괜찮아! 퀘스트 보수는 3000G랑 퀘스트 아이템이니까!"

그래도 5030G. 또 내 장비품 강화가 멀어진다.

"기운 내. 이제 곧 퀘스트가 끝나니까."

"……그, 그래."

뮤우에게 이끌려서 동굴 안쪽으로 들어갔다. 동굴 안쪽에서 빛이 들어왔는데, 그 역광 때문에 [매의 눈]이 방해받아서 그 이상은 보이지 않았다.

"퀘스트의 끝, 크리스 동굴의 가장 안쪽──[수정나무]의 꽃밭."

"……우와, 예쁜데."

화악 퍼지는 꽃향기, 동굴 천장이 뻥 뚫려서 빛이 내리쬐었다. 그 빛에 모인 것처럼 흐드러지게 핀 색색의 꽃. 그 중앙에서 퐁퐁 샘솟는 물과 중앙에 버티고 선 거대한 수정.

"이 수정나무는 이 퀘스트의 심볼이야. 여기만의 풍경. 이 풍경이 예뻐서 좋아해."

"그래, 좋은 장소야."

"처음에는 스크린 샷으로 보여주려고 했는데, 오빠가 여자가 됐으니까 직접 함께 보기로 했어. 하지만 전투 센스가 금방 성장 안 하니까, 내가 혼자서 안전하게 데리고 올 수 있게 될 때까지 기다렸어."

"아, 아앗?! 그렇다는 소리는 친구에게 거절당했다든가, 레벨 올리려고 했다는 건 거짓말이야?!"

"친구는 거짓말이지만, 레벨업은 진짜야! 하지만 오빠가 인챈트를 걸어준 덕분에 평소에는 오래 걸리는 거대 지네와의 싸움도 금방 끝났으니까! 도움이 됐어!"

오빠한테 거짓말을 했단 말이지. 그렇게 생각하면서도 그 머리를 쓱쓱 쓰다듬었다.

"좋은 장소 보여줘서 고마워."

"으, 응."

부끄러운 듯이 웃는 뮤우. 크으, 이런 표정을 보는 건 오래간만이군. 항상 씩씩하게 폭주하지만, 가끔은 얌전하구나 싶다.

"나, 나도 이 풍경 갖고 싶네. 스크린 샷은 어떻게 찍는 거야?"

"어, 응. 그럼 방법 가르쳐줄게."

그 뒤로 다소 어색하게나마 뮤우에게 스크린 샷을 찍는 법을 배웠다. 잘 찍힌 수정나무가 아주 아름답다.

꽃밭에 앉아서 잠시 잡담을 하자 서로 어색함도 사라지고 좀 진정된 것 같았다. 요즘은 둘이서 게임에만 빠져 지내서, 이렇게 느긋하게 이야기한 적도 없었다. 뭐, 사춘기 소녀고 하니까 내가 조심스럽게 대하기도 했지만.

"응, 좋은 기분 전환이 되었어."

"이제 돌아갈까?"

"얼른 퀘스트 끝내고 돌아가지 않으면 저녁 되겠다. 일단 그 전에."

뮤우는 물에 젖는 것도 무시하고 수정나무로 다가갔다.

"에잇."

"부, 부러뜨렸어?!"

"응. 이번 퀘스트 아이템이 이 수정나무의 가지야. 자, 오빠."

반짝반짝 빛나는 수정나무의 가지를 받았다.

수정나무의 가지 [중요 아이템]

수정 같은 나무. 1년에 1센티미터밖에 자라지 않기 때문에, 인간보다 더 큰 나무는 수령 150년을 넘었다고 생각해도 좋다. 이 세계에서는 수령 1만 년짜리 수정나무도 존재한다는 모양이다. 라는 설명문인데……

아니, 이거 새끼손가락 길이잖아?! 부러뜨려도 되는 건가.

"괜찮아, 오빠. 부러뜨린 자리는 여기서 멀어지면 원래대로 돌아오니까."

"역시나 게임 퀄리티. 판타지로군. 그리고 뮤우, 아까부터 오빠로 돌아왔다?"

"에헷, 역시 알아차렸구나."

얼굴을 붉히면서 어리광부리듯이 내 팔에 매달려서 고개를 기대는 뮤우. 제길, 가족 편애긴 하지만 귀엽다. 왠지 이런 모습을 보여서 얼렁뚱땅 넘어가는 기분이지만.

오는 길은 최악이었지만, 좋은 서프라이즈를 준비해주었군.

돌아가는 길, 동굴에서 적이 나오지도 않아서 평원 부근을 둘이서 채취하면서 돌아갔다.

그러는 동안 뮤우와 이야기를 했다.

"미안. 오늘은 억지로 데리고 와서."

"아니, 재미있었어. 그런 장소가 있는 줄은 몰랐으니까."

내가 콧등을 손가락으로 긁적이는 걸 보고 살짝 웃는 뮤우. 그 표정이 갑자기 사라졌다.

"미안한 거 하나 더. 오빠, 나랑은 같이 모험은 하지도 않으면서 다른 사람이랑은 즐겁게 이야기하는 거 보고 짜증났어. 그래서 억지로 데리고 왔어."

"신경 쓰지 마. 재미있었으니까."

뮤우의 머리에 가볍게 손을 얹고 쓰다듬었다. 별다른 저항도 하지 않고 살짝 고개 숙이는 게 느껴졌다.

그 뒤로 퀘스트 의뢰인인 NPC 지질학자에게 보수를 받았다.

오늘은 지쳤으니까 나머지는 내일 하자는 생각으로 로그아웃했다. 뮤우에게는 어제의 사과도 담아서 저녁밥을 조금 호화롭게 만들어주었다.

돈 문제, 장비, 레벨업에 화석 감정. 하고 싶은 것이나 목적은 늘었지만, 그와는 별도로 오늘 이 [OSO]의 다른 일면은 볼 수 있었던 것 같다.

4장 골렘과 제3마을

최근 사흘 정도는 [OSO]에 밤 10시부터 한 시간씩만 했다.

그 외에 해야만 할 일이나 나가봐야만 할 일이 있어서 솔직히 게임만 하고 있을 수 없었다.

우리 집은 양친이 맞벌이고 여름에는 특히나 바쁘다. 또 휴일에는 미우가 하루 종일 집에 있기 때문에 삼시세끼를 준비해줘야 하고, 청소, 세탁을 시작으로 하는 집안일도 있다.

집안일만 있는 게 아니다. 우리가 다니는 중고등학교에서 고등부 학생은 등교일이 정해져 있다. 고등부 학생이 모여서 여름 동안 손대지 않았던 학교를 청소할 뿐인 귀찮은 날이지만, 출석하지 않을 수도 없어서……. 게다가 운 없게도 선생님에게 걸려서 [너는 성실하니까 이 일을 부탁한다]라면서 잡무 같은 걸 부탁받는 바람에, 다른 사람들보다도 오랫동안 학교에 붙들려 있었다. 그 대가로 주스 한 캔을 받았다는 게 정말로 현실미 있는 노동대가겠지.

그 점에서 미우나 타쿠미는 그런 귀찮은 일을 알아차리는 후각이라고 할 것을 가져서 교묘하게 그 자리를 회피하는데, 반대로 같은 장소에 있어도 회피 못하는 내게 2인분의 일이 굴러든 느낌이다.

더운 날에 땀을 뻘뻘 흘리며 학교에서 돌아온 나를, 에어컨이 시원하게 도는 방에서 아이스크림을 한 손에 들고 맞아준 미우에게는 가벼운 짜증마저 일었다.

그런 느낌으로 낮에는 제대로 시간을 낼 수 없었고, 짧은 로그인 시간은 포션 조합이나 마기 씨네 가게에 납품하러 가는 걸로 끝났다. 납품수가 적게 느껴져서 큰마음을 먹고 새로 밭을 하나 더 사기로 결심.

그리고 밭끼리 떨어져 있으면 이동이 귀찮으니까 인접한 토지를 사려고 물어봤더니——.

"그런 거라면 수고비로 2000G를 추가해서 합계 5000G다."

NPC의 그런 말에 분개했지만 어쩔 수 없이 샀습니다.

소지금이 30G가 되었습니다. 또다시 가난뱅이, 게다가 시간을 제대로 낼 수 없으니까 밭의 밑 준비도 제대로 할 수 없어서 수입이 좋지 않았다.

결국 마기 씨네에게 포션을 적게 납품. 마기 씨라고 하루 종일 있는 건 아니라서 가게의 NPC가 사주었다. 그래도 NPC 가격이 아니라 마기 씨가 미리 설정해놓은 가격으로 거래되었다.

포션 공급도 원활해지기 시작해서 매점매석꾼도 가격을 내리기 시작했기에 소재 아이템인 약초도 적게나마 손에 들어오게 되었다.

그래도 돈이 필요하다. 무기나 방어구의 조달, 그리고 화석 감정, 앞길은 멀다.

그 외에도 금속를 주괴로 만들고 액세서리 제작, 해독초, 마비 치료초의 재배 등 할 일은 많다. 센스의 폭도 너무 넓어져서 수습이 안 되는 느낌이었다. 최악의 경우 밭을 관리할 수 없어지면 나도 NPC를 고용해야만 할 것 같았다. 다만 그것도 돈이 있을 경우의 이야기.

그리고 오늘, 나는 더운 뙤약볕 아래, 타쿠미네 집 앞에 있었다.

"어이, 타쿠미? 얼른 열어. 더워서 죽겠다."

"들어와, 들어와."

"실례하겠습니다. 자, 타쿠미, 아이스크림."

"땡큐."

선물로 사온 아이스크림을 둘이서 먹으면서 마주앉았다.

"숙제는 어때?"

"다 베꼈어. 고마워."

"매년 그러니까 됐어. 그래서 오늘은 무슨 일이야?"

오늘 여기에 있는 건 타쿠미가 불렀기 때문이다. 뭐, 타쿠미가 부를 경우는 십중팔구 게임 문제. 아니더라도 결국은 게임 이야기가 나온다.

"게임이 시작된 지 1주일이 되어서 포션도 안정적으로 공급되기 시작했고, 나는 제2마을에 도착했어."

"헤에~."

"뭐야, 그 영혼 없는 대답은?"

"딱히 아무래도 좋은 일이네. 그것 때문에 날 불렀어?"

"아니, 그건 아냐. 다음 마을에 간 플레이어는 포탈로 마을과 마을을 이동할 수 있게 돼. 그러니까 다음은 제3마을에 가기 위해 서쪽 방향으로 공략해볼까 해. 그래서 말인데, 그 공략을 위해 너도 우리 파티에 좀 들어와라."

"대체 왜? 난 생산직인데?"

내 의심 어린 시선을 받으며 타쿠미는 담담히 대답했다.

"너는 [조합]과 [합성] 센스를 가졌으니까 사전준비를 하면 회복 담당을 기대할 수 있어. 게다가 지난번 싸움으로 인챈트가 유효하다는 것도 알았지. 그러니까 회복 담당인 미니츠도 마법을 취득하여 공격으로 돌렸고, 멤버도 지난번과 같으니까 [부가]에 대해 들킬 걱정은 없어."

"아니, 하지만 말이지."

"뭐 문제라도 있어?"

"너무 많아서 문제야. 초보자 장비에다가 돈 문제, 그리고 포션 재료가 없어. 그 다음은 밭."

"밭이라니, 넌 또 왜 그런 데에 손을 쓰는데!"

"왜 밭에 대해 부정적이야?"

"그야 베타판의 경위를 알면 누구든 농업은 안 해."

타쿠미의 설명을 간추리자면 이렇다.

베타판에서는 애초에 남부 지구가 존재하지 않고 길쭉한 어묵처럼 생긴 마을이었지만, 베타판이 끝나기 2주 전의 업데이트에서 추가. 그때 추가된 씨앗 아이템이 손에 넣기 어려웠다는 모양이다.

"그래서 농장을 가진 사람은 없어. 운 좋게 씨앗을 발견했더라도 씨앗을 심는 곳이 스무 군데니까, 씨앗을 스무 개 모으지 않으면 효율이 안 좋아."

"헤에. 그럼 더 사들여서 포션 갑부가 되어야지. 아하하하."

베타판에서도 [연금]은 인기가 없었고, 씨앗이 추가되었을 때 대부분의 사람이 약초의 하위 변환을 시험해보지 않았겠지. 아무도 시험하지 않았으니, 정식판에서 농장에 관한 정보가 적었던 것이다. 일선에 싸우는 타쿠미의 말이 이러니, 절반 이상의 플레이어는 〈농업은 쓰레기〉라는 인식이겠지.

"조만간 업데이트로 농장에 대한 수정이 있을지도 모르고. 그래서? 도와줄 거야?"

"으음. 최근에는 단시간 작업뿐이라서 전투 계열 센스는 레벨을 못 올렸어. 그렇더라도 샌드맨이나 골렘의 드랍 아이템은 매력적이네."

"알았어. 하지만 그거면 돼?"

"적의 드랍 아이템은 필요해. 뭔가 도움이 될지도 모르고, 또 식물 계열 아이템을 우선적으로, 최소한 하나씩은 필요해."

"또 꼬치꼬치 까다롭군. 그래, 알았어. 그럼, 다른 멤버한테도 그렇게 말해둘게. 그럼 이쪽 요구는 포션 50개랑 환약 25개야."

"뭐?! 무리야. 초식동물이 드랍하는 담석이 모자라!"

"괜찮아. 소재는 내가 댈게. 애초에 적의 드랍 아이템은 장비품이 아닌 한 인벤토리에서 썩으니까."

"그렇다면 괜찮지만. 사냥은 언젠데?"

"내일이랑 모레. 시간은 나중에 연락할게. 내일은 샌드맨으로 적응 좀 하고, 모레는 골렘으로 가자. 혹시 레벨이 모자라서 무리일 것 같거든 다음 기회에 열심히 하면 돼."

"예이, 예이. 어차피 난 쓰레기 센스만 모았습니다요."

"그렇게 삐치지 마. 널 믿고 있으니까."

타쿠미가 가볍게 말했지만, 나도 반쯤은 농담처럼 한 말이다.

게다가 아이템만 있으면 [레시피]로 생산할 수 있고. 아, 하지만 소재가 부족하면 도중에 서쪽 숲에서 채취하면 되겠군.

"오케이. 그럼 오늘은 얼른 집에 돌아가서 준비하지. 액세서리라도 제작해볼게. 종잇장 방어력이지만 없는 것보단 낫겠고."

"음. 그럼 잘 부탁해."

타쿠의 파티와 함께 보스몹을 잡으러 가는 건가. 조금 기대된다.

로그인한 나는 지금 있는 주괴를 동원해서 액세서리를 만들었다.

휴대용 화로에 구리와 주석을 합성한 청동주괴를 투입하고 가열 상황을 지켜보았다.

주괴를 만들 때는 힘껏 두들기면 되지만, 액세서리 제작은 그것만으로는 안 되는 모양이다. 머리에 차례로 떠오르는 순서를 따라가야만 하고, 순서를 잘못하면 액세서리의 평가가 쭉쭉 떨어진다.

이른바 리듬 게임 같은 순간적인 반응과 기억력, 반복 능력이 요구되었다.

솔직히 말해서 그 바람에 난 청동주괴 하나를 날려먹었다.

"으음, 인챈트를 거는 건 주괴로 만들 때와 같겠지. 그 다음은 만들고 싶은 걸 시스템 화면에서 골라서──."

그 순간부터 리듬 게임 같은 작업이 시작되었다. 망치로 캉캉 두들기고 화로로 되돌린다. 캉캉 두들기고 화로로 되돌린다. 때로는 펜치로 구부려서 동그랗게 만든다. 그리고 또 화로에 넣는다.

한 차례의 휴식도 없이 화로의 열기로 계속 가공했다. 제일 아래 단계의 액세서리도 지금은 시간이 걸린다. 익숙지 않은 작업이라 집중해야만 하기에 꽤나 힘들었다.

그 결과 몇 번이나 실패하여 평가가 떨어지긴 했지만, 치명적인 실패까지는 하지 않아서 처음으로 액세서리가 만들어졌다.

브론즈링 [장비품]

DEF+1

최저 레벨의 장비품이 나왔다.

"감개무량하구나. 하지만 이거 팔릴 만한 레벨일까?"

시간이 꽤나 걸렸고 청동주괴도 더 이상 없다. 남은 건 철뿐. [세공] 레벨이 11이 되었지만 철로 뭘 만들 수 있을 것 같진 않았다.

"뭐, 실패해도 괜찮아."

너무 골똘히 생각하느니 행동하자 싶어서 화로에 철주괴를 넣었다.

때리고 두들기고 구부리고 연결하고 달구고……

게임 속인데도 이마의 땀을 닦았다. 계속되는 열기에 사고력이 저하되었다. 그래도 계속해서 두들겼다. 예전에 연마할 때처럼 그저 마음을 비우고, 실패해도 쉴 틈 없이 다음 주괴를 투입했다. MP 회복량과 인챈트의 비율상 서서히 MP 잔량이 줄어드는 가운데, 지금 눈앞의 주괴에만 의식을 기울였다.

무심으로, 무의식으로 계속하는 작업. 휘두르는 팔이 무거웠다. 목이 심하게 탔지만 팔을 멈추지 않고 네 개째. 마지막 철주괴로 만든 액세서리를 몇 분 동안 바라보았다.

간신히 해냈구나 싶어서 긴 한숨을 내뱉었다.

링 [장비품]

DEF+2

아직 나에게는 부족한 부분이 있다. 애초에 마기 씨가 심심풀이로 만들었다는 액세서리와는 하늘과 땅 차이다. 아무런 무늬도 조각도 없는 단순한 반지. 마기 씨는 더욱 가늘게 만들고 아름답게 세공한 보석을 박았다.

"이거 말고도 팔찌라든가 목걸이라든가 귀걸이라든가, 많은 타입의 액세서리가 있는데. 지금 이 시점에서 무릎 꿇으면 안 돼."

완성된 두 반지를 손 안에서 굴리고서 내 손가락에 장비했다. 왼손 중지에 철반지, 왼손 약지에 청동반지를 장비.

내 왼손을 곰곰이 살펴보았다. 왠지 [조합]이나 [합성]과는 달리, 실제로 장비하는 물건을 만들고 보니 '생산했구나'라는 실감이 끓었다. 그리고 나의 가느다랗고 하얀 손가락. 뱅어 같은 손가락이라고 표현되는 여자다운 손에 역시나 위화감이 들었다.

"하아, 뭐, 처음치고는 잘했지. 의외로 시간이 남았어."

지금부터 주괴를 만들거나 사냥을 할 시간은 없지만, 왠지 시간이 남아버렸다.

그때 타쿠에게서 채팅이 들어왔다.

"무슨 일이야?"

[내일 만날 시간 연락. 정오 12시에 모여서 샌드맨을 사냥하여 레벨을 올리는 걸로. 그쪽은 준비 다 됐어?]

"반지를 두 개 만들었어. 방어력 합계가 초기방어구랑 똑같아."

[잘됐네. 방어력 두 배. 사기잖아.]

"초기장비의 두 배가 사기고 뭐고 있냐. 그보다도 액세서리 가격은 대충 어떤 느낌인지 알아?"

[천차만별이지. 좋은 건 DEF+8짜리 팔찌 같은 게 저번에 1만 이상 갔어.]

"우와, 그럼 보석 넣은 반지는 어때?"

[반지라. 보석의 보조로 액세서리의 능력이 오르지만, 사실 여자한테 인기가 많아.]

"왜?"

[그야 반짝이는 거니까. 그걸 선물하는 남자도 있을 정도니까.]

"아, 반짝이는 거라. 왠지 어패류를 먹고 싶어지는데?"

[음식 이야기 아니다? 너도 참 마이페이스구나.]

조급해져봤자 뾰족한 수도 없잖아.

"뭐, 좋아. 그럼 내일 늦지 마라?"

[너야말로.]

그 뒤에 타쿠와 잡담을 좀 했더니 어느 틈에 시간이 지나갔다. 그러고 보면 학교에선 항상 이런 느낌이었는데, 방학이 시작되면서 별도 행동이 많아졌구나 하는 생각이 들었다.

●

다음 날, 타쿠와 그 친구들과 함께 샌드맨을 사냥하러 서문 옆 약속장소에 일찌감치 도착했다.

약속 시간 10분 전에 도착하지 않으면 불안해지는 성격이라서.

"타쿠, 먼저 왔구나."

"여전히 일찍 오네. 네가 세 번째야."

그렇게 말하며 맞아주는 타쿠.

약속 장소에는 타쿠와 케이까지 두 사람. 남자끼리 죽이 맞아서 이야기라도 하고 있었는지 꽤나 열심히 떠드는 눈치였다.

"오래간만이야, 윤."

"여어, 오래간만. 타쿠랑 무슨 이야기했어?"

"음? 센스의 유효한 활용과 센스 효과에 대해 떠들었지."

"헤에, 재미있겠네. 타쿠, 소재 좀 줘봐. 이참에 포션이랑 환약 만들 거니까."

타쿠가 트레이드 화면에 아이템을 올리는 걸 곁눈질하며 두 사람의 대화에 귀를 기울였다.

"정보공유가 중요하니까. 윤은 [세공]을 가지고 있으니까 장비 배색 알아?"

"이 갑옷은 철로 만들었지만, 생산직의 [EX스킬] 중에 배색을 바꾸는 〈컬러링〉이란 게 있어. 대부분의 생산직은 가지고 있는 스킬이지만 염색 아이템이 필요하지."

"진짜? 잠깐 기다려."

확인해보았다. [세공] 스킬 칸에 〈링 제작〉과 〈컬러링〉, 〈세공〉이 추가되어 있었다. 즉 반지를 만들었기에 이 세 개가 출현했다는 소리다.

또 이 〈세공〉은 기본 액세서리의 무늬나 형태를 바꾸는 스킬. 즉 내 반지는 기본 사양인가! 생산직인데 기본이라니 창피하다.

"아, 그럼 다음에 시험해볼까? 또 무기 쪽의 센스는 어떤 게 있어?"

"그렇군. 윤은 [활]쪽 전투 센스인데, 그 외에도 센스는 많아. 나나 타쿠는 검이지만, 그 외에 마법직의 지팡이나 책, 전위라면 창이나 도(刀), 단검, 방패, 도끼, 곤봉. 간츠처럼 신체부위를 무기로 하는 센스도 있어. 얼추 조사 안 했어?"

"어어. 한 번 본 것도 같은데 흘려 읽었고, 공략 사이트의 센스 랭킹의 밑에서부터 골랐으니까."

"이 녀석, 바보잖아! 하지만 재미있는 걸 구경했으니까 좋아. 그 외에 재미있는 센스로는 [요리]나 [낚시]처럼 취미 센스라고 불리는 게 있지."

"재미있겠는데? 게임 안이라면 식재료가 상하지도 않을 테니 배워볼까?"

"멍청아! 그만둬. 그것도 쓰레기 센스라고 불리는 거야. 타쿠도 이상한 거 가르치지 마!"

왠지 모르지만 케이가 날 위해 화내는 모양이다. 뭐, 그동안에도 나는 스킬 조합으로 반짝 반짝 빛나면서 포션을 만들고 있으니 옆에서 보자면 이상하겠지.

"내 생각으로 그 사정거리나 [부가]를 생각하면 윤이 취할 전투 스타일은 은밀이겠지."

은밀이라는 건 속어인 모양이다.

케이는 스킬로 발생하는 빛을 탐지할 수 없게 하는 [잠복]
이나 숨겨진 것을 찾는 [발견], 급소를 공격할 때 크리티컬
률을 올리는 [급소 지식], 선제공격을 할 때 보너스가 들어
가는 [선제 지식] 등, 주로 전투 보조 센스라고 불리는 종류
의 것을 권해주었다.

참고로 이런 센스를 조합한 경우, 전투 센스는 단검을 던
지는 [투척] 센스나 급소 스킬을 갖는 [단검]이나 [쌍검] 등
의 단검직과의 상성이 좋다는 모양이다.

"케이. 윤한테 그렇게 전문적인 센스를 권하지 마. 그건
PVP를 의식한 구성이잖아?"

"으음…… 너무 서두른 걸지도 모르겠군. 미안해. 잊어버
려."

"아니, 참고가 됐어. [발견]은 재미있겠네."

""뭐……?""

"아, 회복약 다 됐어."

아이템을 타쿠에게 억지로 떠안기면서 나는 새로운 센스
를 찾았다.

오, [발견]. 찾았다, 찾았어. 얼른 취득해야지.

소지 SP 10

[활 Lv16] [매의 눈 Lv22] [속도 상승 Lv5] [발견 Lv1]

[마법재능 Lv22]

[마력 Lv21] [연금 Lv9] [부가 Lv20] [세공 Lv13]

[생산의 소양 Lv11]

예비

[조교 Lv1] [조합 Lv15] [합성 Lv15]

오옷?! 여태까지는 보이지 않았던 채취 포인트가 보인다! 이러면 지금까지 놓쳤던 아이템을 주울 수 있군. 아이템 채취가(?)로서 기쁜 발견이다.

"타쿠! 아이템이 보여!"

"그야 그런 센스니까 그렇지. 설마 그 센스를 획득했어?"

"덫을 찾는 건 보통 스카우트나 척후병이 하는 거니까, 후위가 가져봤자 도움이 안 될 텐데."

무슨 소리야! 보이는 건 대단하다고! 아아, 여태까지 못 주웠던 아이템을 주울 수 있다니 대단해.

"저기, 이 [발견]이란 센스의 상위에는 뭐가 있어?"

"어어, 분명히 전투 보조 계열의 [간파]가 되지. [간파]는 상대의 예비 동작을 사전에 감지하는 센스야. 그 외에도 알아차리는 방법은 [탐지]나 그 상위인 [육감] 등 여러 가지지."

"그렇게 많아?"

"그건 센스의 파생이야. 제일 유명한 걸로 [공격력 상승]과 [방어력 상승] 센스를 각각 30까지 성장시키면 [물리 상승]이란 센스로 바뀌어. 둘 이상의 센스가 하나로 합쳐지니까 귀중하지."

그러니까 뮤우는 그 두 개를 땄나. 즉 센스 장비 칸에 여유가 생긴단 소리다. 그 녀석, 베타판도 했던 만큼 센스 파생도 숙지했군.

"다만 난점이라면, 파생 전의 센스가 소멸해서 다른 센스 트리로 카테고라이즈 된다는 거야."

음, 센스 트리에 카테고라이즈? 못 들어본 말이다.

의문이 발생했지만, 그걸 곧바로 해소할 순 없었다.

"우리 왔어!"

"오래간만, 윤!"

갑자기 안기는 바람에 작은 비명을 질렀다. 어이어이, 내 입에서 무슨 소리가 나오는 거야. 그 반응에 미니츠가 귀엽다면서 슬슬 뺨을 비벼오고, 어느 틈에 케이의 옆에 마미 씨가 나란히 서 있었다. 두 사람이 나란히 서니까 왠지 괜찮이 보이네.

과묵한 전사와 다정한 마녀란 느낌.

"백합이잖아. 시작하자마자 백합을 구경하다니."

간츠가 혼자 기쁜 듯이 히죽거리고 있지만——이쪽 보지 마.

그렇기는 해도 간츠의 방어구가 평소의 가죽갑옷에서 비

늘로 뒤덮인 스케일메일로 진화하였다. 이것도 가죽갑옷 부류일까. 좋은 장비를 입고 다니는구나.

혼자서 퉁명스러운 얼굴을 하고 있는데, 마미 씨가 조용히 내 손을 바라보는 걸 깨달았다.

"어머나. 윤. 그 손. 우후후."

"뭐, 뭐야. 마미 씨, 왜?"

왠지 마미 씨가 '손'이라고 말했다. 손이야 평소랑 같은데? 손을 쳐들고 바라보니 귓가에 큰 소리가 들려서 머리가 찡 하니 울렸다.

"윤! 그 반지, 어떻게 된 거야!"

"목소리 커, 귀 아파!"

"미, 미안. 하지만 우후후, 여자구나~. 누구한테 받았어?"

"……뭐?"

"아니, 약혼반지 자리에 반지가 있잖아. 누구한테 받았어? 가르쳐줘!"

뭐야. 뭐야, 이거? 타쿠와 케이에게 시선을 돌리니 타쿠는 웃음을 참고 있고, 케이는 뭔가 깨달았다는 얼굴. 어이, 알았으면 설명을 좀 해.

"뭐야?! 왜 타쿠 쪽을 봐?"

"윤에게 설마 싶은 남자 의혹?!"

갑자기 소리치는 간츠. 아니, 남자 맞거든? 남자지만 그게 아냐. 아니, 내가 무슨 소릴 하는 거야?! 그리고 마미 씨는 조용히 자기 왼손을 보여주었다. 그 약지에는 공들인 세공 반지가.

"······아니, 아니니까 말 좀 들어!"

"됐으니까 언니한테 얘기해봐!"

필사적으로 오해를 풀려는데, 부끄러워하는 걸로 여겨졌는지 더더욱 꼬이기만 했다.

10분 뒤에 타쿠가 멈춰주지 않았으면 어떻게 되었을까. 아니, 더 빨리 좀 구해줘.

"그~러~니~까~, 아니라고 말했잖아."

"미안합니다. 착각이었습니다."

"다행이다. 이렇게 예쁜 애한테 남자가 붙으면 발광해서 목을 이렇게 뚝 부러뜨렸을 거야."

제일 떠들던 간츠와 미니츠를 사람들이 오가는 서문 앞에 무릎 꿇리고, 나는 두 사람 앞에서 팔짱을 끼고 버티고 섰다. 손가락에 낀 반지는 더 이상 착각을 부르지 않도록 오른손으로 바꿔 끼었다.

"정말이지. 전에도 말했잖아. 나는 생산직이야. 이건 내가 만든 반지고."

"정말로 죄송합니다."

"어머나, 아쉬워."

미니츠는 엎드리고, 마미 씨는 뺨에 손을 대고 재미있다는 듯이 말했다.

"어이, 시간 다 지나간다. 일단 포션의 재분배와 포지션 확인."

내가 아까 만든 포션을 타쿠가 모두에게 나누었다. 전위에게 많이. 아니, 이번 샌드맨과의 싸움은 빅보어 정도로 힘들지 않지만 방심할 수 없는 상대라나 보다.

샌드맨의 특징은 속도가 느리고 공격력도 빅보어만큼 뛰어나지 않다. 그런 반면 물리방어가 높다. 함부로 덤볐다간 분명히 내구전으로 들어간다. 내 활로는 큰 대미지도 줄 수 없기 때문에 이번에는 유인으로도 써먹지 못할 모양이다.

"——그러니까 작전은 간단. 남자가 막고 여자가 마법으로 사격. 윤은 우리에게 공격 인챈트를 걸어줘."

"방어가 아니라도 돼?"

"HP 잔량의 5할 전후가 안전권이야. 빅보어 때처럼 전선이 무너지지 않으면 후위까지 공격이 닿지 않으니까, 이번에는 공격력 강화의 단기 결전이야."

타쿠가 그렇게 말한다면 그렇겠지. 하지만 역시 마법공격력을 강화하지 않으면 섬멸력이 떨어지는군.

"뭐, 가볼 수밖에 없나?"

"그래, 마음 편하게."

"미니츠, 너무 마음 풀지 마. 게다가 여태까지 회복에 집중하느라 마법을 안 키웠잖아?"

"그래도 광 레벨은 10 되니까 문제없어."

그런 케이와 미니츠의 대화. 그동안 난 뭘 했냐고? 물론 속도 인챈트를 걸고 뛰어다녔습니다. 숲 속의 아이템이 잔뜩. 보석 원석이나 철광석이 잔뜩. 게다가 약초나 나뭇가지. 밭에 필요하니까 부엽토도 채취. 그리고 돌. 이제 화살도 철로 업그레이드했으니까 필요 없지만 일단 챙겨두자.

그리고 여태까지 갔던 장소보다 안쪽, 서쪽 숲을 빠져나간 곳에 있는 채석장처럼 트이고 헐벗은 곳.

거기에는 왠지 앉기에 딱 좋아 보이는 돌이 많이 있었다.

이것도 몹이다. 스톤 아르마딜로와 록 크랩이라는 적. 방어가 높고 움직임이 둔하다. 전사직에게는 별로지만 마법직에게는 짭짤한 사냥감이라나 보다.

미니츠와 마미 씨가 펑펑 마법을 쏴대면서 나아갔다. 전위의 남자들은 제 몫을 다해주는 모양이다. 나도 공격 인챈트를 걸어주었다.

성장 결과 내 인챈트 사정거리는 20미터를 넘을 정도가 되었다. 그 범위 안에서의 채취 포인트에 기웃거리기도 하면서 정말 짭짤한 시간이었다. [발견]으로 여태까지 못 봤던 숨겨진 채취 포인트를 찾아서 아이템을 채취. 철광석이 한 군데에 다섯 개 정도씩 모여 있었다.

좍좍 진행해서 중간지점의 세이프티 에어리어에 도착. 도중에도 몇몇 파티를 만났지만, 여기까지 와선 되돌아갔다.

"여기서 인벤토리 정리를 겸해서 휴식하자. 그 다음에 샌드맨을 사냥하고 끝내는 걸로."

그런 말이 들려왔다. 분명히 최근 새로운 [조합]을 시험해보지 않았으니까 인벤토리 안을 정리해야겠다고 생각하며 안을 보았다.

──모르는 아이템이 있었다.

고블린의 뿔, 블루 젤리, 독충의 갑각, 산성액, 돌비늘, 돌게의 고기……라.

순서대로 생각하면 고블린, 슬라임, 지네에 왕지네, 그리고 오늘 쓰러뜨린 스톤 아르마딜로와 록 크랩의 드랍 아이템이겠지.

그리고 철광석이 150개가 넘었다. 얼른 주괴로 만들고 싶다.

돌게의 고기는 용도를 알 수 없다. 요리에라도 쓰나?

"저기, 타쿠. 이 돌게의 고기라는 아이템은 어디에 써?"

"엉? 너 [조합] 가지고 있는데도 모르냐?"

"몰라. 그러니까 묻는 건데……."

"용도는 [요리]와 [조합]. 소재 중에 맛없는 고기가 있으면 대개 [조합]의 재료인데……."

"인데……?"

"맛없는 고기는 [조합]으로는 마이너스 효과밖에 안 나와. 그리고 맛있는 고기는 플러스 효과. 그리고 맛있는 고기는 희귀 드랍이고, 애초에 그게 가능한 건 [조합]의 상위 센스 [조약]이야. 현재 그렇게 중시되지 않으니까."

즉 간단히 손에 들어오는 돌게의 고기는 맛이 없나. 돌게의 고기라면 맛있을 것 같은데. 게 샤브샤브 같은 걸 하고 싶어지는 느낌인데. 이름만 그럴듯하고 사기로군.

그리고 맛있는 고기란 멧돼지의 고기. 빅보어는 맛있는 쪽이구나. 먹어보고 싶다.

"요리는 실패하면 상태 이상이 생기니까 활용법이 없어. 고기의 이용 가치는 그냥 파는 것뿐이지. 어디, 대충 휴식했으면 갈까. 작전대로 하자고."

타쿠가 휴식의 끝을 알리자 전원이 진형을 짜고 전진했다. 세이프티 에어리어보다 더 안쪽은 더욱 넓은 채석장 같은 곳이었다. 좌우의 돌밭이 절벽을 이루고, 저 멀리로는 푸딩 같은 몸에 움푹 파인 머리, 모래로 끊임없이 움직이는 손을 가진 샌드맨.

수는 많지 않지만, 피해 가려면 단숨에 뛰어서 지나가는 수밖에 없는 모양이다. 그리고 더 안쪽에는 보스. 함부로 통과하려다간 보스에게 붙잡히고, 뒤에서 대량의 샌드맨이 몰려온다.

일단 다가가서 미니츠와 마미 씨가 마법을 날렸다. 전위세 사람이 에워싸고 검이나 주먹으로 공격을 가했다. 나는 셋에게 공격 인챈트를 걸었다.

지켜보기론 샌드맨에게 물리공격, 특히 베는 공격은 별로 효과가 없는 듯했다. 하지만 샌드맨의 모래손가락을 간츠가 역방향으로 꺾었을 때에는 분명 고통스러워하는 표정을 지었다. 모래인데도 손가락 관절을 꺾을 수 있다니…….

ATK 인챈트로도 대단한 대미지 증가는 없으니 후위를 믿는 전투법.

미니츠와 마미 씨가 공격마법을 거듭 날렸지만, 도중에 MP가 바닥나서 공격이 멎거나 해서 현실적으로는 과제가 많았다.

"역시 MP가 바닥나는 게 문제군. 빅보어나 블레이드 리저드의 단기 결전과 달리 이쪽은 장기전. 마법직이 공격하지 않는 경우면 [마력]이 최소한 25레벨은 필요해. 장기전을 각오하고 미니츠의 포지션을 힐러로 돌릴까?"

"그게 좋겠어. 뭐, 그냥 렙업이나 하자고. 무리일 거 같거든 다음에 또 도전하면 되지."

"어이, 타쿠? 달리 도우미는 없어? 더 여럿이서 싸우면 될 것 같은데."

"아~, 그거 말인가."

왠지 늘어진 목소리. 주위의 모두의 시선이 뜨뜻미지근하다. 왜지?

"파티의 인원은 여섯 명이 한계고, 그 이상의 멤버로 몹 하나를 사냥하면 페널티를 받아."

이른바 사망시의 데스 페널티와는 달리, 싸움에서 붙는 거니까 공투(公鬪) 페널티라고 부르는 모양이다. 그리고 페널티는 참가인원이 많을수록 센스 레벨 상승률 저하, 아이템 드랍률 저하, 스테이터스 저하, 적 몹의 스테이터스 상승, 랜덤 배드 스테이터스……라는 순서로 발생. 엄청 빡세다.

몹을 모아서 남에게 떠넘기는 MPK(몬스터 플레이어 킬러)는 PK(플레이어 킬)한 본인이 페널티를 받지만 휘말린

쪽은 받지 않는다는 미묘한 조절. 최근 AI는 대단하군.

"부를 메리트는 없어. 그러니까 서두르지 말고 천천히 가자."

"뭐야, 그게……. 넌 항상 그렇잖아. 중요한 건 나중에나 말하고. [OSO]에 대해 처음 들었던 건 너희 집에 갔던 때고. 그때 VR기어를 휙 던져줬을 뿐이고…… 듣고 있냐, 타쿠!"

"듣고 있어! 그러니까 그렇게 얼굴 들이대지 마."

"안 듣고 있잖아!"

이런 때는 좀 들으라고! 라고 생각하는데 등에 느껴지는 시선.

집까지……라든가, 소꿉친구, 츤데레 같은 소리가 들렸지만 못 들은 걸로 했다.

"샌드맨을 다 잡아버리자! 난 공격 못 하니까 인챈트를 팍팍 걸어줄게!"

허둥대는 내 모습에 미니츠와 간츠가 한층 더 신이 난 모양이지만, 그래도 플레이어들이다보니 전투에 들어가면 스위치가 들어간 것처럼 집중했다.

나는 열심히 인챈트를 걸어 전투에 공헌했다.

모두의 레벨도 올랐고, 효율적인 샌드맨 사냥과 인챈트 사용법에 적응했기 때문에 MP가 바닥나기 전에 쓰러뜨릴 수 있는 데까지 성장했다.

딱 적당한 선에서 멈추고 내일 골렘 사냥을 준비한다. 보스 몹을 쓰러뜨리고 제3마을로 가는 길을 뚫을 예정이다.

뭐, 내 경우는 제2마을이지만——.

●

　그리고 보스 몹——골렘 토벌날이 되었다.

　타쿠 일행과 골렘 토벌에 나서려면 아무래도 회복 아이템의 재고가 불안했기에 마기 씨네 가게에 납품할 수 없다고 전했더니.

　[괜찮아, 괜찮아. 윤 군도 사냥을 나가게 되었구나. 한가할 때라도 좋으니까 가져와주면 돼. 지금은 포션도 안정적이니까.]

　그런 고마운 대답. 사냥 후에 기합을 넣어 포션을 준비했지만, 50개는 좀 지나친 듯했다. 뭐, 쓸모없진 않겠지.

　그리고 오래간만에 [조합]을 연구——슬라임에게서 입수한 블루 젤리를 철제 그릇으로 끓여보았다. 파랗고 끈적한 것이 수분과 고형물로 분리되어 침전. 고형물의 수분을 날려버리자 파란 가루로 변했다. 이름도 말 그대로 [파란 분말].

　거기에 또 물을 더하면 블루 젤리. 이건 대체 뭐지?

　그리고 블루 젤리와 약초를 섞어 보니 나온 것은 블루 포션. 효과가 합성 포션과 비슷한 정도일까? 그런 생각 안 들어? 하지만 아니었다.

　포션 자체의 효과의 폭이 다르다. 이건 한 번 파란 분말로 만들어서 건조시킨 약초와 잘 섞고 커피처럼 추출하면 효과가 커졌다.

질 좋은 약초라면 효과가 더 올랐다.

회복량이 많다는 건 기쁘다.

섞고 추출. 생산량은 적지만, 실험적인 의미로 [합성]도 해보았다.

——왜 이렇게 되지? [합성]으로는 블루 젤라틴.

게다가 설명이 식재료 아이템.

"납득이 안 가아앗!"

소재에서 회복약이 되고 마지막으로는 식재료로 전락하다니, 이게 무슨 꽁트야?

헐떡거리는 숨을 가다듬었다.

"응, 이제 괜찮겠지. 이건 인벤토리에 넣어두자."

블루 젤라틴을 갈무리하고 다시금 블루 젤리를 꺼냈다.

분말로 만들고 섞어서 추출. 섞을 때 의외로 완력이 필요하기에 안정을 위한 인챈트. 최근 인챈트가 없으면 이 게임을 못 해먹을 것 같은 기분이 든다.

오전 중에는 그런 식으로 포션을 준비하고, 오후에는 어제와 마찬가지로 서쪽으로 향했다. 피할 수 있는 전투는 가급적 피하고 골렘에게 갔다.

다들 처음에는 농담도 했지만 서서히 말수가 줄어들었다. 역시나 보스 몹과의 전투면 긴장되는 모양이다.

그리고 그때가 찾아왔다.

"다들 준비 됐지?"

타쿠의 호령과 함께 전원이 끄덕였다. 그 눈앞에는 골렘. 3미터를 넘는, 깨질 것 같은 바윗덩어리. 움직임은 느리지만 그 거구를 보면 힘이 상당할 걸로 상상이 갔다.

"그럼 시작으로 〈인챈트〉──어택!"

전위 셋에게 인챈트, 또 그 후에 타쿠와 케이에게 방어 인챈트, 간츠에게 속도 인챈트라는 이중 인챈트.

이게 샌드맨 사냥에서 제일 효율적인 방법이었다. 타쿠와 케이가 방패가 되고 간츠가 관절기를 넣어, 움직임이 멎었을 때 후위의 마법이 불을 뿜는다. 어제와 같은 전법이다.

"좋아, 이쪽으로 와!"

"우리가 상대해주마!"

한 손 검의 타쿠와 양손 검의 케이가 큰 소리를 지르며 정면에서 맞섰다.

검으로 받아내고 튕겨서 골렘이 균형을 잃었을 때 간츠가 팔을 잡고 그대로 합기도처럼 흘리고 넘어뜨려서 십자 굳히기. 물 흐르듯이 멋진 동작. 어차, 골렘 선수가 괴로워하는군요. 아니, 프로레슬링이 아니지!

격투가라고 호언하는 만큼 온몸이 흉기로군. 주먹이나 발차기, 그 외에도 던지기를 처음 보았는데, 멋지다. 저런 거구를 가볍게 내던지는 건 게임뿐이겠지만, 적어도 현실에서 무슨 무술이라도 하는 걸지도 모르겠다. 어, 골렘이 완전히 다운되었다.

"마법조! 지금이야!"

타쿠의 신호에 마법이 연속으로 날아가서 골렘을 덮쳤다. 간츠가 즉각 물러나서 후위 자리, 전체가 잘 보이는 장소까지 돌아왔다.

"윤, 회복 플리즈."

"예이, 하는 김에 인챈트를 다시 걸어줄게."

격투가 타입 플레이어의 전투 스타일은 근접 격투. 근접 격투의 특징은 자기 몸을 무기로 삼는 거라서, 공격을 하면 미미한 대미지를 받는 모양이다. 주먹 보호를 위해 글러브, 건틀릿. 다리 보호를 위해 부츠 샌들 등 여러모로 궁리를 한 모양이지만, 그래도 피해를 완전히 없앨 순 없다. 그래서 난 간간이 회복역을 맡았다.

"간츠, 갑니다~."

수다꺼리가 끊이지 않는 녀석이군. 그 뒷모습을 보며 그렇게 생각했다.

공격과 속도 상승의 적색과 황색 빛의 띠를 남기며 달리는 간츠.

일어선 골렘은 촐랑촐랑 움직이는 간츠를 표적으로 삼았지만, 타쿠와 케이에게 방해받아서 타깃을 바꾸었다. 그리고 자세가 무너지면 마법으로 콰앙.

마법을 받을 때마다 푹, 푹, HP가 줄어드는 게 보였다.

이대로 가면 이기겠는데? 라고 생각했지만 상대는 보스. 그렇게 간단히 무너지지 않는다.

"이쪽은 MP가 끝! 전위, 버텨줘!"

후위의 마법직은 골렘의 HP가 4할 정도 남았을 때 MP가 바닥났다. 내 이중 인챈트보다도 마법직 두 사람의 연속마법 쪽이 MP가 더 빨리 바닥났다.

여기서부터는 우리 남자들이 마법직의 MP 회복까지 전선을 유지해야 한다.

그렇다고 해도 나도 MP 잔량이 간당간당하다. 최소한의 유지에 매진했다.

전위 셋의 인챈트를 방어 인챈트로 바꾸었다.

방금 전의 공격 중시와는 달리 전선 유지가 목적이다.

이러면 크리티컬을 맞아도 전위직이라면 HP가 좀 남는다.

거기에 포션의 대량 투입으로 전선을 어떻게든 유지해보려고 했다.

"자! 또 넘어뜨려주지!"

"잠깐, 간츠. 아까랑은 달라!"

케이의 목소리가 울리는 가운데 과감하게 골렘의 앞으로 뛰어드는 간츠.

팔을 잡고 흘려서 관절을 꺾었다. 다운을 빼앗으려고 했지만 이번에는 실패했다.

속도 인챈트를 걸었을 때라면 즉시 이탈도 가능했지만, 인챈트를 최소한밖에 유지할 수 없어서 지금은 방어 인챈트뿐. 회피 속도가 떨어졌다.

제때 피하지 못한 간츠의 배에 골렘의 주먹이 꽂혔다.

하늘을 향해 쳐올린 골렘의 팔과 함께 포물선을 그리며 날아가는 간츠. 크리티컬은 모면한 모양이라 HP에는 아직 다소 여유가 있다. 하지만──.

"피해!"

전체를 둘러볼 수 있는 위치에 있는 미니츠의 목소리. 일어선 골렘이 공중에서 자세를 가다듬으려는 간츠의 다리를 붙잡고 세로로 내리쳤다. 딱딱한 지면에 처박힌 간츠의 HP가 레드존에 돌입했다.

타쿠와 케이가 다급히 사이에 끼어들어서 대상을 바꾸었다.

"얼른 뒤로 가서 회복 받아!"

"어이, 움직여! [기절]인가! 타이밍도 나쁘지!"

간츠가 움직이지 않는다. HP는 여전히 레드존.

위험영역인데 움직이지 않는다, 아니, 움직일 수 없다. 배드 스테이터스 [기절]이 원인이다.

[기절]이란 한 번에 HP가 일정비율 깎이면 낮은 확률로 일어나는 상태 이상. 설마 이런 타이밍에?

전위의 두 사람은 간츠를 돌봐줄 틈도 없고, 마법직 두 사람은 애초에 앞으로 나서면 안 된다. 지금 움직일 수 있는 건 나다.

회복역인 나는 최대 회복량을 가진 블루 포션을 꺼내어 뛰쳐나갔다.

속도 인챈트로 가속해서 한달음에 다가갔다.

포션을 간츠에게 뿌리고 뺨을 때려서 말 그대로 두들겨 깨웠다.

"아프잖아!"

"얼른 일어나! 자, 하나 더."

블루 포션을 또 하나 깨뜨려서 뿌렸다. 두 개나 쓰면 완전 회복이다.

"뭐야, 이 회복량?"

"됐으니까 뒤로. 두 사람한테 방해되잖아."

목덜미를 붙잡듯이 끌어냈다.

"MP가 거의 회복됐어! 또 간다!"

"그럼 이제 다운 같은 건 됐으니까 얼른 때려줘!"

"오케이!"

우리가 이탈하는 동시에 빛과 바람 마법이 날아갔다.

까드득 하고 바위를 깎는 소리와 폭음이 울렸다. 강한 빛 때문에 눈을 뜨고 있을 수 없었다.

딜레이 타임으로 마법이 멎은 순간, 뭉게뭉게 피어오른 모래먼지 안을 헤치며 골렘이 나타났다.

"아직인가! 제길!"

"아니, 끝났어."

내가 욕설을 내뱉는 가운데 타쿠가 그렇게 중얼거렸다.

골렘이 중후한 포효를 지르며 무너져 내리기 시작했다.

위부터 순서대로 투두둑 무너져 내리는 골렘은 제3마을 의 문지기 같은 분위기가 있어서, 채 막아내지 못했다는 애

수 같은 것을 느끼게 했다.

모든 것이 다 무너져서 움직이는 것이 없어졌을 무렵에 나는 간신히 숨을 내뱉을 수 있었다.

"하아~. 겨우 끝났네. 정말로 조마조마했어."

"고마워, 윤. 덕분에 살았어."

이제 쌩쌩하다는 듯이 가볍게 점프를 하는 간츠.

"참나, 마법직이 금방 공격할 수 있는 줄 알았으면 도와주지 말 걸 그랬나?"

"그건 안 되지. 설령 보스가 쓰러졌다고 해도, 나만 죽어서 돌아갔으면 난 토벌한 게 되지 않잖아. 혼자는 외로워."

"게다가 윤이 간츠를 끌어당겨주지 않았으면, 난 간츠까지 그대로 마법으로 날려버릴 생각이었고."

"너무하잖아!"

어어, 응, 알아. 대를 위해 소를 버린다 말이지. 미니츠는 판단이 좋군. 하지만 그래, 지금은 소생 아이템 같은 게 없으니까 쓰러지면 죽어서 돌아가는구나.

"농담, 농담. 간츠도 애썼어."

"다들 수고했어. 이걸로 제3마을에 갈 수 있어. 윤도 수고했어."

"그전에 드랍 아이템 체크. 누가 레어 드랍 아이템을 먹었을지도 모르고."

아, 그렇지. 뭐, 레어 드랍은 둘째 치고 분명 질 좋은 철광석을 떨어뜨린다고 그랬지. 가지고 있는 철광석을 연금

하면 질 좋은 철광석을 제법 갖출 수 있으니까, 레벨 상승용으로 주괴를 만들까?

그런 생각으로 인벤토리를 열어도 질 좋은 철광석은 없고 다른 아이템이 있었다.

"뭐지? [지 정령의 돌]이란 게 나왔어."

내가 별생각 없이 중얼거렸다.

"""레어 드랍 아이템이다아아앗!!"""

대음량에 나는 움찔 몸을 떨었다. 갑자기 큰 소리를 지르다니 무섭잖아.

"미안, 미안, 보스의 드랍 아이템은 노멀과 레어로 두 종류가 있는데, 느닷없이 나오다니 윤은 운이 좋을지도."

"지 정령의 돌은 생산직이 무기나 방어구에 쓰면 추가 효과를 부여할 수 있는 아이템이니까 희귀해. 간츠의 갑옷도 블레이드 리저드의 검린석으로 강화했으니까. 타격 공격을 받으면 반사 대미지가 발생하는 추가 효과가 있지."

흐응. 이건 어떨까?

지(地) 정령의 돌 [소재]
대지의 정령의 힘을 가진 돌

설명이라고 이것뿐? 무슨 추가 효과가 있는지 모르겠지만, 뭐 좋아.

"으음. 별로 고마운 줄 모르겠는데. 다음에 누구한테 물어볼까."

"그만둬. [OSO]의 철칙, 센스의 구성은 가능한 한 노출하지 않는다, 레어 아이템를 가졌다는 티를 내지 않는다. 전자는 PVP에서 당하게 되고, 후자는 교환할 때 봉이 돼."

호오. 그런 게 있나. 하지만 뮤우나 마기 씨는 신용할 수 있으니 그쪽에 물어보면 될까? 하지만 방어구는 초기이고, 돈이 없으니까 아마 그런 쪽으로 쓸 일은 없겠지.

"뭐, 지금은 인벤토리에서 썩겠지."

"아깝네. 뭐, 마이페이스가 윤답긴 해. 대충 회복됐으니까 마을로 가자."

다 함께 마을로 향했다. 그렇게 도착한 곳은──광산마을.

건물은 2층짜리 나무 건물에 조금 나무가 적은 느낌. NPC는 가무잡잡한 피부에 살짝 더러운 작업복이나 목에 타월을 두른 게, 그야말로 탄광 노동자란 느낌의 사람들.

"다른 마을에 왔구나."

내가 감동에 살짝 몸을 떠는 사이에 모두는,

"수고~. 그럼 다음에 또 봐."

"이번에는 윤의 도움이 컸어."

"또 봐. 다음엔 [활] 레벨을 올릴 수 있는 적이라도 찾아서 사냥하러 가자."

"그럼 안녕."

"윤. 다음에 또 봐."

다들 푸르스름한 구체를 만져서 사라졌다. 어느 틈에 나 혼자.

다들 의외로 담백. 아니, 날 마지막으로 남기지 말라고.

5장   추적자와 장비

 아직 제3마을에 도달한 플레이어는 별로 없는지 조금 한산한 느낌이었다. 나는 산책을 겸해서 마을 NPC에게 이야기를 듣고 아이템 상점을 찾아다녔다.

 "어서 옵쇼, 찾는 거 있어?"

 왠지 의욕 없어 보이는 남자다. 피부도 하얘서 이 마을의 분위기와 별로 어울리지 않는 남자였지만, 그런 점은 그냥 넘어가자.

 NPC의 물건 리스트를 살펴보았다. 내 목적은 소재 아이템이다. 주루룩 리스트를 내려 보니 아래쪽에 낯선 아이템이 있었다.

 약령초——아무리 봐도 약초의 상위 호환.

 그리고 또 하나.

 마령초—무슨 마력 관련 약초가 있었다. 혹시 이걸로 염원하던 MP 포션을 만들 수 있을지도 모르겠다. 하지만 비싸다.

 둘 다 500G. 합계 1000G다. 며칠 동안의 벌이인 약 2800G가 휭 날아간다. 하지만 내 경우는 하나를 사면 시간이 허락하는 한 늘릴 수 있다는 이유로 구입.

 또 뭐 없나 싶어서 NPC에게 이것저것 물어보고 다녔더니, 어떤 장소를 가르쳐주었다.

그것이 마을 중심부에 있는 주점이었다.

어차피 마을 안이니까 위험할 것 없겠다고 생각하고 가봤는데, 꽤나 불한당 같은 사람들이 있었다. 근육이 우락부락한 사람도 있어서 내가 올 곳이 아니란 느낌을 부정할 수 없었다.

"여어, 아가씨. 여기는 꼬맹이가 오는 곳이 아냐."

"날 그렇게 부르지 마. 이래 보여도 남자니까."

말을 걸어온 반소매에 짧은 머리의 남자를 올려다보듯이 노려보았다. 이건 이벤트용 NPC인가? 뭐, 적당히 말을 맞춰주자.

"음? 그 손가락에 끼고 있는 건 뭐지?"

"반지잖아."

주정뱅이들이 갑자기 조용해지는 게 뭔가 불안했다. 눈앞의 남자도 눈살이 험악해졌다.

"그 반지는 네가 만든 건가?"

"그래, [세공]으로 만들었어."

"그런 가는 팔로 금속을 다룰 수 있다고 생각하는 건가!"

왜 화를 내는데?!

"뭐야! 만들었잖아! 봐!"

"그런 쓰레기 같은 장비나 장식품으로 만족하다니, 바닥이 보이는군."

빠직. 짜증나는 녀석일세. NPC라는 것을 알지만 화가 난다. 나도 더 괜찮은 액세서리를 만들고 싶어. 시간이 없을 뿐이야.

"뭐야? 해볼 거냐? 그럼 때려봐. 나를 한 걸음이라도 움직이게 한다면 인정해주지."

"남자가 두말하기 없다?"

"물론이지."

나는 자세를 낮추고 힘을 모았다. 그리고 녀석의 배에 혼신의 일격을 날렸다. 하지만 이 남자는 꿈쩍도 하지 않았다. 단련된 복부가 쇳덩어리처럼 단단하다. 때린 내 손이 아플 정도였다. 타쿠의 갑옷을 때리는 듯한, 진짜 그런 감각이었다.

"우와, 거짓말이지?"

"여자의 가는 팔이야 빤하지. 꺼져."

"잠깐 기다려!"

남자를 막으려 했지만, 가게 주인인 듯한 댄디한 수염 아저씨에게 가게에서 쫓겨났다.

내가 가게를 나간 순간 주점 남자들의 목소리가 새어나왔다. 왠지 내가 분위기를 망친 것 같아서 기분 나쁘네. 으으, 일단 돌아가서 마기 씨한테 푸념이나 해볼까.

아직 해가 지려면 멀었다. 포탈——푸르스름한 구체 모양의 이동용 오브젝트——을 사용하기보다는 채취를 하면서 뛰어가자. 채석장의 적은 느리니까.

그렇게 결심하고서 [속도 상승] 인챈트로 단숨에 뛰어갔다. 비액티브가 된 골렘이나 샌드맨을 무시하고 아이템을 채취하면서 제1마을로 돌아왔다.

177

채석장에서 채취한 덕분에 수중의 철광석이 엄청나게 풍부해졌다.

"마기 씨, 제 말 좀 들어주세요."

"오오, 윤 군. 오늘은 보스 공략이랬지? 실패했어?"

마기 씨의 가게에 도착한 나는 카운터 너머의 마기 씨와 이야기했다.

근처에 있던 의자를 끌어와서 푸념을 늘어놓았다.

"골렘 토벌은 성공해서 제3마을에 갔어요."

"아, 거기 말이지. 동료 중에 고레벨의 금속이 필요한 사람이 있어서, 우리도 조만간 갈 예정이야."

"마기 씨, 생산직이죠? 싸울 수 있어요?"

"무리, 무리. 그러니까 여섯 파티, 총 36명의 대집단으로 돌파할 예정이야. 그렇다고 해도 그 중 절반은 생산직. 마을에 가는 게 목적이니까 공투 페널티 같은 건 우리에게 관계없어. 애초에 레벨업하는 동네가 다르니까."

"하아. 전투와 생산의 차이인가."

"물량으로 밀어붙이는 거야. 그럼 이야기는 골렘 토벌이 아닌 거네?"

그 말에 간신히 본론에 들어갔다.

"아까 제3마을을 돌아다니다가 주점에 들어갔어요. 그랬더니 NPC와 시비가 붙었는데 상대도 안 됐어요."

너무 간단히 정리했지만, 마기 씨는 그걸로도 알아챈 모양이었다.

"아, 그 중앙 근처의 주점이구나. 우와, 옛날 생각나네."

"그거 뭔가요?"

"금속을 다루는 생산직이면 누구든 지나는 길이야. 윤 군, [세공] 레벨 얼마?"

"어어, 13인가?"

"그럼 무리야. 최소한 25는 되지 않으면 그 이벤트는 통과 못하니까."

"무슨 소린가요?"

"우리 [대장]이나 [세공]은 실제로 금속만 다루는 게 아니잖아."

"뭐, 그렇죠. 지금 쓸 수 있는 건 금속과 보석뿐이죠."

"그래. 그러니까 그거야. 그 이벤트는 레벨을 25로 만들고 때리면, 이번에는 완력만이 대장장이의 전부가 아니다! 라고 하면서 반쯤 강제로 혼자 광산에 내던지니까."

그 이벤트의 의미는 뭐지? 플레이어를 열 받게 하려는 건가?

"뭐, 거기서 얻을 수 있는 특수능력. 일반적으로 EX스킬이라고 불리는 이벤트 취득 스킬을 얻을 수 있는데."

"헤에. 여기서는 어떤 건데요?"

"금속 이외의 아이템을 써서 겉모습이 변해."

"그래서 성능은?"

"변함없어. 디자인에 따라선 웃기는 모습이 되니까 일부 사람들에게 사랑받아."

예를 들어서 카츄샤는 동물의 모피를 사용하여 개 귀, 고양이 귀, 동물 꼬리 같은 걸 만든다. 일부 매니아 사이에서 거래된다고 한다.

"뭐, 처음에 시작한 게 나지만."

"마기 씨인가요?"

"지금은 단단한 금속 무기나 갑옷을 만들지만, 주문이 있으면 만들어. 참고로 베타판에서는 그걸로 돈 좀 긁었어."

"재미있겠네요. 하지만 이미지 캐릭터를 만들기 위한 주문 같은 것도 있을 것 같은데."

"아, 있었어. 목공사 친구는 네크로맨서 이미지를 위해 지팡이를 기분 나쁜 뼈나 해골 같은 걸로 해달라는 주문도 받았고, 재봉사의 경우는 흡혈귀의 망토 같은 걸로 하고 싶으니까 천 표면을 박쥐 피막으로 덮거나 하는 등 자유도가 제법이야. 결국 양쪽 다 기쁘게 만들었어. 그 두 사람은 천이나 나무를 다루는데, 제2마을에는 거기에 대응하는 이벤트가 있고, 지금은 파티를 만들어서 다니지 않을까?"

　그렇구나. 그렇기는 해도 재미있는 이야기를 들었다. 으음, 캐릭터의 이미지로 장비품이라. 자유도가 있구나.

"그런 거야. 그리고 포션 남았거든 팔아줄래?"

"아, 예. 알았어요. 그럼 새로 만든 거라도 되나요?"

"그래, 확인할게."

　회심의 물건인 블루 포션과 남은 포션을 꺼냈다. 역시나 골렘과 싸우는 데에 50개는 너무 많아서 절반 정도밖에 쓰지 않았다.

"오오, 블루 포션. 게다가 회복량이 많네. 이거 열화 하이 포션 급이야."

"효과 높은가요?"

"그래. 블루 포션 열 개에 포션이 스물두 개라. 으음, 블루 포션은 NPC에게 팔면 싸지만, 이 회복량은 하이 포션급이고 하이 포션의 5할이니까……. 500G로 해서 합계 5770G면 될까?"

"오오, 블루 젤리 같은 싸구려 소재가 비싸졌다."

"제작법은 모르겠지만 효과가 높은 건 기쁘지. 앞으로도 납품 잘 부탁해."

푸념도 했고 블루 포션도 제법 짭짤한 돈벌이가 되었다.

내 안에서 블루 젤리의 평가가 급상승. 그 뒤에 NPC의 가게에서 샀는데, 먼지도 쌓이면 산이 된다고……. 1개 7G를 100개 사면 700G. 조금 계획성이 없었다.

잔금은 6000G 정도. 여기선 장비보다 먼저……라는 생각으로, 또 밭을 넓히는 바람에 가난뱅이가 되었다.

로그아웃하고 그날 저녁식사 자리는 서로의 근황보고 같은 이야기로 흥겨웠다.

"오오! 오빠, 제3마을에 갔구나."

"타쿠미가 같이 가자고 해서 임시 힐러 같은 걸 했지."

"아, 뭐, 타쿠미 오빠도 생각 좀 했네. 생산직 사람은 얼른 제3마을에 가고 싶어 하니까."

왠지 납득한 느낌의 미우. 실제로 타쿠미도 그런 생각을
했던 걸지도 모른다. 그렇게 생각하니 속기만 한 건 아니라
는 느낌도 들었다.

"그렇지. 오빠, 오늘 말이야, [방어력 상승]이 30이 되어
서 새롭게 [물리 상승] 센스를 취득했어. 빈자리에 [행동 제
한 해제] 센스도 넣었고."

"[물리 상승]이라면 센스 트리가 어쩌구저쩌구 하는 소릴
들었는데 뭐야?"

"센스 트리란 건 말하자면 센스의 계보도야. [검]의 파생
으로 [한 손 검], [양손 검]으로 가지가 나뉘는데, 그게 다른
종류의 파생으로 변해."

"그러면 뭐가 되는데?"

"예를 들어 A와 B라는 센스를 키우면 다른 트리의 C라는
센스를 취득할 수 있게 돼. 그리고 C를 취득하면 A와 B 센
스가 미취득 상태가 돼."

"즉 새롭게 얻을 수 있게 되나."

"하지만 레벨 1부터 다시 하는 건 좀 힘드니까, 극도의 파
워 파이터가 아니면 안 할지도. 꼭 다른 트리로 갈지 않고
그 계통의 센스를 단련하는 사람도 있어."

"흐음. 그러면 [행동 제한 해제]는 뭐지? 취득 가능 센스
에는 없었어."

"오빠, 조금은 정보 좀 모아봐."

오빠는 효율도 좋지만 툇마루에서 느긋하게 차를 마시는 마음이 좋단다.

"합계 취득 SP가 20을 넘으면 획득할 수 있는 센스가 늘어나. 베타 때는 40에서도 늘었으니까, 아마 60에서도 늘어날 거야. 그러니까 20이 되면 자기 이미지에 맞추어서 싹 갈아치우는 사람도 있어."

"그러면 20에서 나온 센스 쪽이 강해?"

"아니, 전혀. 성능을 보자면 큰 차이 없어. 다만 나오는 적의 약점을 찌르는 거랑 상태 이상 내성 센스 같은 게 괜찮나? 그거 말고는 키우면 쓸 만해질 듯한 시력 계열 센스라든가."

"[매의 눈]도 시력이지."

"예를 들어 [뱀의 눈] 센스가 있는데, 발동시키면 상대에게 마비 효과를 줘. 이건 20부터 취득 가능하고, [매의 눈]보다 훨씬 전투에 잘 맞아."

[매의 눈]은 쓰레기 취급이다. 미안하다, [매의 눈]. 하지만 난 널 버리지 않아.

"[매의 눈]도 키우면 언젠가 분명 최강이……."

"분명 [매의 눈]의 성장이나 파생은 아무도 모르니까. 베타에서도 땄던 사람은 25 정도에서 포기했다나 그랬고."

"좋아, 모든 센스를 30까지 키워볼까. 하지만 그렇게 생각하면 SP를 많이 취득하기 위해 많은 센스를 따는 녀석이 있겠는데?"

"실제로 샅샅이 다 따서 레벨 10 정도로 만들고 다른 센스를 손대는 사람도 있었어. 하지만 생각 없이 하면 힘들어. 상위 센스를 따려면 SP 소비가 2. 많으면 5. 그런 짓을 했다간 상위 센스를 따기 위해선 레벨 50이나 60까지 올려야만 하니까. 평균적으로 올리는 것도 고생이고."

역시나 상급자. 최단 코스를 잘 아는군.

"나는 베타 때 레벨까지 가려면 아직 시간이 좀 걸릴 것 같아. 오빠는 뭐 하고 있어?"

"뭐 하냐니?"

"말 그대로의 의미야. 뭘로 레벨 올리고 있어?"

"아. 나는 포션이나 액세서리를 만들고 있어. 소재 아이템을 소비해서 돈으로 만들고 싶고. 레벨도 잘 올라. 생산뿐이지만."

"여전히 가난뱅이구나."

미우가 방울을 울리는 듯한 목소리로 킬킬 웃었다. 별문제 없잖아. 그래도 지금 레벨로 전투에서 그럭저럭 도움이 됐으니까. 정말이야.

"뭐, 동생은 오빠를 지켜보겠습니다."

"그래, 지켜봐라."

"응, 응. 여자인 오빠한테 못된 벌레가 붙지 않도록 하는 게 내 역할입니다."

"슬슬 그런 말로 장난치는 건 그만둘래? 가끔씩 그게 떠올라서 자다가 이불을 걷어차니까."

"알았어. 그럼 나는 시즈카 언니랑 같이 사냥 갔다 올게."

"그래라. 시즈카 누나한테 안부 전해줘."

"오빠, 같이 안 갈래?"

"오늘은 패스. 지쳤어."

이것저것 했고 보스몹에 긴장했다. VR은 현장감이 장난 아니지만, 전투 때의 긴장감도 엄청났다. 그렇게까지 신경을 갉아먹을 줄은 몰랐다. 조만간 드래곤과 싸울지도 모른다고 생각하니 부르르 몸이 떨렸다. ──아아, 그만 생각하자, 그만.

"그럼 오빠는 추월당하지 않게 애써봐."

그렇게 말하며 방으로 들어갔다. 그 말과 오늘 타쿠와의 파티 플레이를 돌아보며, 역시 무기나 방어구를 충실하게 갖추는 편이 낫겠다고 실감한 순간이었다.

●

그로부터 며칠 뒤, 장비 확충을 목표로 밭일이나 액세서리 제작이나 연마로 [세공] 레벨을 올리고 포션으로 돈을 모아서 4만G.

모인 돈에 풀어지는 얼굴. 이걸로 내게 활을 팔아주는 사람이 있으면 좋겠구나 생각하면서 마을을 걷는데…….

날 스토킹하는 사람이 있어!

아니, 잠깐. 뭔가 착오겠지. 20대 전반의 장신 모델 체형의 남자와 로리 쇼타 계열의 소년 2인조가 내 뒤를 따라왔다. 아니, 잠깐, 헌팅이 아니라 왜 스토킹이야?! 거리를 빠른 걸음으로 지나가자 따라왔다. 꽤나 고레벨인 플레이어 아냐?

돌아보니, 숨은 장소에서 장신 남자의 머리와 망토 자락이 뻔히 다 보였다. 하지만 들켰다고 알 텐데도 왜인지 미행을 멈추지 않았다.

"누구한테 SOS를 보낼까? 하지만…… 아니, 혹시 PK라면 사람을 부르기보다 도망치는 게 빠르겠고."

다리에는 자신이 있다. 그들도 제3마을까지 따라오지 않겠지. 그렇게 결심하고 전력으로 서쪽으로 도망쳤다.

"〈인챈트〉──스피드."

인챈트를 걸고 달렸다. 여태까지 채취하며 다녔던 숲의 지리는 완전히 파악했다. 단숨에 최단거리로 채석장까지 돌파했다. 하지만 뒤쪽의 두 사람은 그대로 거리를 유지한 채였다. 역시나 고레벨이다! 하지만 왜 나를 노리지?

짚이는 것이라면──지 정령의 돌일까. 아니면 소지금.

혹시 내가 강화 소재를 갖고 있다고 들켰나?! 그게 아니라고 해도, PK를 당하면 내 피와 땀과 눈물의 결정인 4만G 중 절반이 상대에게 넘어간다.

PK 시스템의 메리트는 쓰러뜨린 상대의 소지금을 얻는다는 점이다.

초기 장비로 플레이어 둘을 상대할 수 있을 리가 없잖아!

남자인데 남자에게 스토킹을 당하고, 더군다나 생명의 위기. 게임이긴 하지만.

이렇게 되었으면 제3마을까지 도망쳤다가 포탈로 되돌아와서 누군가에게 도움을 청하는 수밖에.

채석장에서는 아르마딜로나 크랩을 피하고 샌드맨이나 골렘을 완전 무시. 뒤쪽의 두 사람은 샌드맨에서 가로막혔다. 와, 이걸로 뿌리쳤다 싶어서 마을 입구에서 한숨 돌렸다.

"허억, 허억, 겨우 따돌렸네. 뭐야, 저 녀석들. 우와, 무서웠다."

안 오는구나 싶어서 뒤를 돌아보았다. 아무래도 없는 모양이라서 안심했지만, 포탈로 제1마을로 돌아가서 활을 파는 사람을 찾아야지. 그리고 방어구. 천으로 된 방어구. 아아, 그러고 보면 그 장신 남자의 옷은 왠지 멋있었어. 어디서 파는 걸까. 그런 생각을 하면서 포탈로 전이.

"겨우 만났군."

왜인지 포탈 앞에 방금 전의 사람들이 있었습니다. 그 거리를 어떻게 돌아온 거야? 라는 생각이 들지 않을 수가 없었다.

"초보자 장비에 방심했다. 제3마을까지 갈 수 있을 거라곤 생각 못 했군. 우리는 죽어서 되돌아왔다."

──나는 바보냐아아아아!

거기서 죽으면 여기로 되돌아오잖아. 나는 아직 그 마을

에 별로 볼일이 없고, 돌아오기 위해 포탈을 쓰리라고 생각
하면 여기를 지키고 있으면 될 뿐이잖아!

"자, 이야기를, 어이, 잠깐!"

또 도망쳤다. 이번에는 그 사람들이 오지 않을 장소로. 아
니, SOS로 사람을 부를 때까지 어디에 숨어 있자. 그래, 마
기 씨네 가게가 좋겠다. 그렇게 생각하고 뛰었다.

뒤를 힐끗 보니 두 사람은 전력으로 뛰어오고 있었지만
아까보다 느렸다. 오오, 그건가, 데스 페널티에 따른 스테
이터스 저하.

그러는 동안 마기 씨네 가게에 넘어지듯이 뛰어들었다.

"아, 윤 군…… "마기 씨, 도와줘요" 어?"

그대로 카운터에 뛰어들어서 그 뒤로 무릎을 껴안고 몸을
숨겼다.

가능한 한 숨을 죽이고 배후의 기척을 캐듯이 눈을 움직
였다. 왠지 심박수가 점점 오르고 식은땀이 흘렀다.

잠시 뒤에 가게 안에 사람이 들어왔다.

"마기, 잠깐 괜찮을까?"

그 남자들이 왔다. 발소리는 2인분. 심박수가 더욱 뛰어
오르고, 보이지도 않는데 거듭 눈동자를 움직여서 어디 있
는지 확인했다. 아무리 마을 안에서 PK가 불가능하다고 해
도 그런 자들과 함께 있고 싶지 않아.

"음? 왜 그래? 저번의 속도 보너스 보정의 액세서리는 어
때?"

마기 씨는 꽤나 친한 듯한 어조였다. 두 사람은 마기 씨의 가게 [오픈 세서미]의 손님인 모양이다.

"아, 속도가 제법이다. 다섯 개 장비해서 보정을 받으면 스피드 타입의 플레이어와 어깨를 나란히 할 수 있겠지."

"빨랐어. 남은 SP로 속도 관련 센스를 따면 최속(最速)도 노릴 수 있겠어."

나와의 데드 체이스를 담담히 말하는 두 사람.

"역시 장비가 갖춰지면 성능 차이를 뒤엎을 수 있다고 안 것만으로도 충분해. 그런데 마기. 너 숨기고 있지?"

나는 카운터 안쪽에서 마기 씨를 올려다보았다. 설레설레 고개를 내젓는 걸 보고 마기 씨가 웃는 낯으로 손가락으로 OK 사인을 보냈다.

"무슨 소리? 요즘 나한테 여러 대장장이가 가르침을 청하러 오지만, 우리 룰은 적정가격으로 매매하는 거잖아?"

"적정가격은 문제가 아니다. 네 센스 구성은 대충 다 알아."

"우리가 알고 싶은 것은 [수수께끼의 블루 포션 제작자]. 마기가 위탁 판매하는 것의 효과는 우리 귀에 들어왔으니까."

블루 포션이라면 내 블루 포션 말인가?! 하지만 왜? 그런 건 아무나 만들 수 있잖아.

"아항. 즉 그 블루 포션의 제작자한테서 효과 높은 포션을 만드는 법을 억지로 알아내고, [조합]이나 [합성] 소지자한테 가르쳐주려는 거야, 클로드?"

마기 씨의 목소리 톤이 낮아졌다. 그 목소리에 클로드라고 불린 남자가 허둥거리는 게 느껴졌다.

"마, 마기찌. 그건 아니야. 크로찌는 그냥 흥미로. 그리고 마기찌가 요즘 귀여워하는 초보자 플레이어가 누군지도 궁금하잖아. 크로찌는 재봉사니까, 커다란 모피나 피막의 출처도 알고 싶어 했고."

"저기, 리리, 너희가 뭘 했는지는 모르지만, 그 애가 나한테 도움을 청하러 왔다는 사실만으로도 나한테는 충분해. 게다가 억지로 기술을 캐내려 드는 건 뭐야? 그 애의 노력이나 우위성이 없어지잖아."

"윽……."

이번에는 로리 쇼타가 입을 다물었다. 마기 씨, 정말로 고마워요. 든든합니다.

"그래서 뭐 했어?"

"이야기를 들으려고."

"려고?"

밑에서 올려다보는 마기 씨. 얼굴이 무섭다고 할까, 웃는 낯으로 상대를 몰아붙이고 있습니다.

"처음에는 말을 걸려고 했는데……. 타이밍을 재다가…… 결국 놓쳐버렸다. 포탈에서 나올 때에 겨우 말을 붙였더니, 안색을 바꾸며 여기로 도망치더군. 이미 뒷문으로 도망쳤나?"

……아니, 이 사람, 그냥 단순히 허당이었습니까?!

말이 엄청 딱딱하길래 화가 난 거 아닌가? 싶었는데.

"참나, 으뜸가는 재봉사가 무슨 바보 같은 짓이래? 그걸 또 따라가는 리리도 그래. 남자 둘한테 쫓기는 여자아이의 마음을 생각해야지. 아무리 게임이라고 해도 표정 같은 건 리얼하게 전해져. 게임이니까 일반적인 윤리관과 다른 것이 작용해서 더 겁을 먹을 수도 있어."

마기 씨는 내가 하고 싶은 말을 다 해주었다. 하지만 난 남자입니다. 그건 그렇고, 일반적인 윤리관과 다르다, 즉 살인이 죄가 아니라든가 그런 말이겠지.

"클로드는 얼굴이 무뚝뚝하고 무서우니까. 보통은 도망치잖아."

마지막으로 딱 부러지게 말했다.

"알았다. 내가 잘못했어. 그러니까 좀 부탁할 수 없을까? 사죄의 뜻으로 선물도 준비했다."

"나도 부탁할게, 마기찌."

마기 씨가 성대한 한숨을 내뱉었다.

"──그래서 어쩔래? 용서할래, 윤 군?"

그렇게 카운터 안쪽에 말을 걸어왔다. 분명히 지금 대화를 들어보기론 나를 어떻게 하려는 느낌이 아니니까 얼굴을 보여도 될까. 클로드라는 남자는 조금 위압감이 있었지. 키도 크고.

"저기, 마기 씨, 고맙습니다."

"……있었나."

클로드인가 하는 사람은 멋쩍은 표정을 하고 있었다.

"그래서 윤 군은 용서해줄 거야?"

"용서하고 자시고, 하고 싶은 말을 마기 씨가 전부 대신 해줬으니까 이제 괜찮아요."

"그래, 그래. 윤 군, 착한 애구나. 언니는 기뻐."

"그러니까 나는 남자라고요."

"이렇게 귀여운 애가 남자일 리가 없다!"

갑작스럽게 외치는 클로드.

아, 왠지 모르게 클로드라는 사람이 이해가 된다. 그거다. 간츠와 비슷한 계열의 사람이야. 나의 차가운 시선을 받아서 헛기침을 내뱉은 클로드와 쓴웃음 짓는 리리.

"그래서 소개해줄 수 있나?"

"으음, 수수께끼의 블루 포션을 만든 활잡이야."

"윤입니다."

"그럼 윤찌네. 잘 부탁해. 나는 리리. 목공사니까 활을 만들 거면 부탁해. 지팡이 의뢰만 많아서 질렸어."

"나는 클로드다. 가죽이나 천을 주로 다루는 재봉사다."

아, 두 사람 다 생산직이구나. 왠지 무기 같은 게 없다 싶었더니 그런 거였나. 마법사라고 볼 수도 있었기에 놀랐다.

"그래서 묻고 싶은데, 수수께끼의 블루 포션이라는 게 뭐야?"

으음, 다들 미묘한 표정이었다. 정작 당사자인 나만 모르고 있는 분위기라 물어봤더니, 왠지 헛짚은 질문이었던 모양이다.

──수수께끼의 블루 포션.

그것은 [OSO]에 있는 금속 무기, 방어구 전문점 [오픈 세서미]의 한구석에서 위탁 판매되는 포션.

블루 포션이란 조합하면 포션과 동급의 성능이고 싸게 만들 수 있기에 베타판에서 중시되었는데, 제작 난이도가 [조합] 레벨 13 이상이라서 정식판을 시작한 플레이어에게는 허들이 높았고, 초기 포션 소동에서는 블루 포션을 만드는 사람이 없었던 것도 있어서 값이 폭등했다고 한다.

현재는 포션 가격도 안정되었지만, 다음은 하이 포션이 급등하리라고 걱정을 사는 가운데 회복량이 많은 블루 포션이 등장.

하이 포션에는 뒤지지만, 싸고 마음 편히 쓸 수 있어서 전선을 돌파하는 플레이어들이 [오픈 세서미]의 블루 포션을 탐낸다는 모양이다.

거기서 부상한 수수께끼의 조합사, 혹은 수수께끼의 블루 포션 상인 이야기.

"우리는 그 사람을 찾고 있었는데……. 저기, 무섭게 했나 보군. 미안하다."

"아니, 그건 상관없지만. 그래서 내가 그 수수께끼의 조합사?"놀랐다. 블루 젤리의 분말과 말린 약초를 섞어서 추출했을 뿐인데.

"그래, 윤찌야. 금속 갑옷도 금속 무기도 아닌 플레이어가 드나드는 시점에서 여기랑 어울리지 않으니까 수상했어."

분명히 활과 천 방어구, 양쪽 다 마기 씨의 가게에선 다루지 않는다.

"뭐. 가난뱅이 생산직이니까. 이렇게 푼푼이 포션을 팔고 있어."

"하지만 마음에 안 드는군. 넌 자기 모습을 잘 본 적 있나?"

"응?"

클로드가 얼굴을 심하게 찌푸렸다. 솔직히 노려보는 것 같아서 무섭다. 마기 씨는 빙긋빙긋거리며 재미있어 하는 눈치. 리리는 허둥대며 좌우를 교대로 보았다.

"우리 생산직이 왜 장비품에 열을 쏟는지 아나?"

"글쎄, 스테이터스 증강이겠지?"

가볍게 고개를 갸웃거리자 클로드가 눈을 부릅떴다.

"아니다! 거기에 로망이 있기 때문이다!"

"뭐?!"

"분명히 스테이터스면에서의 강화는 게임에 필요하다! 하지만 그렇다면 시스템이 만들어낸 무개성한 장비로 충분. 우리 생산직은 거기에 시스템이나 게임이 준비하지 않은 것을 추구한다. 예를 들어서 노출이 많은 옷이 필요하다는 주문이 들어오면 만든다. 하지만 그냥 노출이 많아서 가슴이 보이는 옷을 만들면 저속할 뿐. 보다 아름답게, 보다 매력적으로 만드는 것이 중요. 그래, 거기에 로망이 있다! 마기가 만든 고양이 귀 장식처럼! 리리가 만든 장비처럼! 내

로망 넘치는 복장처럼!"

들려오는 말은 일본어다. 하지만 이 눈앞의 남자가 무슨 소리를 하는 건지 알아들을 수가 없다.

"고로 나는 말한다. 너는 소재가 좋지만 초기장비라 니──아깝다."

"벼, 변태야?"

"뭐, 클로드는 이상하지만 공감할 수 있는 점은 있어. 어떻게 만들면 쓰기 편할까, 어떻게 만들면 그 사람에 어울릴까. 어떤 식으로 사용해주겠지, 그렇게 상상하면서 만드는 건 즐거우니까."

마기 씨가 그렇게 말했다. 왠지 의미가 쉽게 이해되는 기분이었다.

"나는 그런 것까지 생각하면서 포션을 만드는 게 아냐. 비싸게 팔리도록 연구할 뿐이지."

"나도 그래. 내가 만들고 싶은 걸 만들어. 모두 다르니까 그거면 족하잖아."

리리가 티 없는 미소를 보였다. 생산직이라는 점에선 똑같지만 여러 사람이 있구나.

"그래서 제안을 하마. 아니, 제안이랄 건 아니지. 돈만 낸다면 사죄의 뜻으로 최고급 방어구를 만들어주지."

"클로드. 아주 잘난 척하잖아. 안 그래?"

"으…… 바, 방어구를 만들게 해주세요."

"크로찌는 금방 저자세네."

"어라? 같이 쫓아다녔던 게 누구더라, 리리?"

"어, 나도?!"

"당연하지, 둘 다 사과해. 가진 기술을 동원해서 말이지. 참고로 4만으로 제작하도록."

아까 나한테 생산직이란 무엇인가에 대해 말한 마기 씨는 순식간에 표변하여 목소리에 힘을 팍팍 실었다.

"……너무 싸잖아! 천 방어구는 하나가 최소 4만. 상하 여섯 개로 25만 전후가 지금 가격이다!"

"누가 클로드뿐이라고 했어? 둘이 합쳐서 4만이야."

히이이익, 마기 씨. 그건 너무해요.

"마기 씨. 지나쳤어요, 지나쳐."

"윤 군은 너무 착하다니까. 포션도 나한테 위탁하지 않았으면 더 빨리 돈을 모았을 텐데."

"아니, 돈은 필요하지만. 저기, 너무 욕심 부리면 동생의 푸념이 심해지고. 서두르는 것도 아니고, 마기 씨가 적정가로 판다고 그랬잖아요. 그러니까 이 사람이라면 신뢰할 수 있겠구나 생각해서요."

"기쁜 말을 다해주네. 어쩔 수 없지, 거기 남자들."

""예, 옙!""

마기 씨의 한층 톤이 낮은 목소리가 울렸다.

"목숨 건진 줄 알아. 윤 군에게 감사해. 다만 주범인 클로드가 윤 군에게 최소한 방어구만이라도 만들어줘."

"음, 물론이다."

으응, 4만으로 한 부위의 방어구라.

"참고로 여섯 군데라는 건 어디어디?"

"주로 머리, 팔, 가슴, 허리, 속옷, 겉옷이다. 참고로 초보자 장비는 허리와 겉옷뿐이다."

"호오. 그럼 일단 겉옷만 부탁할게."

"오케이. 추가 효과는 어쩔 거지? 생산직일 경우는 DEX가 높은 쪽이 좋은데."

"생산직은 그것뿐이야? 아, 맞다. 이거 강화에 쓰인다고 들었는데 어때?"

나는 인벤토리의 구석에 있는 아이템을 꺼냈다.

"그렇지, 분명 골렘을 통과했단 소리는 한 번 쓰러뜨렸던 건가."

"오오, 지 정령의 돌이다. 또 크로찌에게 레어 소재의 의뢰가 왔네. 부러워."

내가 꺼낸 지 정령의 돌. 애초에 이걸 갖고 있으니까 PK를 당한다고 생각했으니까, 이걸 얼른 써버리는 게 좋겠다.

"레어 소재가 있으면 지금 있는 돈을 전부 맡겨라. 최소한이 아니라 최고의 물건을 만들어주지."

"괜찮아? 최소 가격 4만이라며?"

"그건 성능이 최저든가, 소재가 없을 경우겠지. 후후후, 이거라면 내 레벨도 오르겠고 서로에게 메리트가 있다."

왠지 시커면 웃음이 무섭다. 뭐, 만들어준다니까 부탁하자.

나는 소지금 전부와 지 정령의 돌을 내려놓고 가게를 나
갔다.

●

훗날 마기 씨를 통해서 연락을 준다고 했다.

나는 불안하게 방어구의 완성을 기다렸다. 그동안 얌전히
포션을 만들거나 인챈트를 단련하거나.

환약도 모자랄 것 같으니까 주변에서 사냥을 하여 모피나
담석을 획득.

밭도 약령초나 마령초를 안정적으로 수확할 수 있게 되었
고, 약초는 완전히 NPC에게 사들이는 쪽으로 이행.

스테이터스도 많이 올랐다.

소지 SP 12

[활 Lv17] [매의 눈 Lv25] [마법재능 Lv26] [마력 Lv24]

[연금 Lv15] [부가 Lv28]

[조합 Lv24] [합성 Lv17] [세공 Lv15] [생산의 소양 Lv12]

예비

[조교 Lv1] [속도 상승 Lv7] [발견 Lv5]

약령초로는 하이 포션. 마령초로는 MP 포션을 만들 수 있

었다. 더군다나 약초와 마찬가지로 건조 공정을 거친 쪽이 회복량이 올랐다. 하지만 [조합] 레벨이 낮기 때문인지 처음에는 절반 이상이 실패. 지금은 7할 정도가 성공했다.

품질도 올랐고 연금의 하위 변환으로 숫자를 늘렸기에 조합 과정을 꽤나 거쳤지만, 팔 만한 숫자는 확보할 수 없었다. 지금으로선 나 전용이지만, HP가 낮으니까 오버 힐이다.

반대로 최근 [합성] 센스의 성장이 고민거리였다. 합성 포션을 만들 필요도 없어지고, 올릴 필요성도 느껴지지 않았다. 화살도 최근에는 가게에서 사들였다.

"[합성]이 쓰레기 센스로 돌아왔네."

이대로 있다간 [합성]의 필요성이 없어진다. 어떻게든 해야겠다는 생각에 인벤토리 안의 안 쓰는 아이템을 들여다보았다.

"으음, 요즘 삼종 합성 같은 걸 안했고, 합성 포션끼리 합쳐도 회복량이 미미하게 늘어날 뿐. 하이 포션, MP 포션을 보자면 레벨이 부족해서인지 실패만 하고. 있는 아이템이라면…… 돌?"

대량으로 주운 돌. 한 200개 정도 되나? 전에 [합성]이나 [연금]으로 시도해서 실패했지만, 왠지 지금 레벨이라면 성공할 것 같다.

"끙끙대느니 일단 해보는 거야──〈합성〉!"

삼종 합성이 가능한 키트로 돌 세 개를 [합성]한 결과──바위가 되었습니다.

딱 앉기 좋게 생긴, 둥글둥글하니 매끄러운 바위.

"무, 무겁네. 인벤토리에는……. 오, 들어간다, 들어가."

방해도 되고, 레벨업을 위해 돌을 바위로 변환시켰다. 중간에 [연금]도 시도해보았지만 실패. 뭔가 법칙이 있는 건지 없는 건지. 바위는 돌의 상위 소재가 아니다. 그럼 뭐에 쓰는 걸까?

딱 좋은 크기. 밭 주변에라도 두면 썩 좋은 경관이 되지 않을까 하는 생각에 수십 개의 돌을 놔보았다.

잿빛 돌, 황토색 돌, 약초의 녹색, 한쪽에는 해독초의 보라색과 마비 치료초의 황색. 밭이라기보다는 화단 같은 모습으로 변했다.

"우와, 괜찮아졌네. 자화자찬 같지만 스크린 샷으로 남겨서 뮤우한테 보여줘도 괜찮겠어."

다들 농업을 무시하지만, 겉보기론 썩 괜찮아졌구나 싶었다.

액자 같은 가구 아이템이 있으면 찍어놓은 스크린 샷을 장식할 수도 있다나 보다. 언젠가 내 가게를 갖거든 장식해두고 싶다.

포옹. 머릿속에 작은 소리가 울렸다. 마기 씨의 연락이다.

"예, 윤입니다."

[아, 방어구 다 됐대. 클로드가 아까 메모랑 같이 놓고 갔어.]

"아, 그럼 포션 납품할 때 가지러 갈게요."

[오케이. 기다릴게.]

뭐, 블루 포션은 레시피를 쓰면 금방 만들 수 있다. 다만 복수 공정을 거치면 그냥 레시피대로 생산하는 것보다 MP 소비가 심한 만큼 마력의 성장도 빨라서 어느 쪽이고 일장일단이 있다.

"자, 다 됐으니까 가볼까. 〈인챈트〉──스피드."

센스를 [속도 상승]으로 바꾸고 인챈트도 걸어서 전력으로 마을을 뛰어갔다. 노란색 잔상을 남기고 고작 몇 분 만에 마을 중앙 근처의 [오픈 세서미]에 도착했다.

"마기 씨, 안녕하세요."

"아, 어서 와. 방어구 줄게. 이건 서비스래."

긴장을 하며 마기 씨의 트레이드 화면에서 방어구를 건네받았다. 왠지 속옷까지 붙어 있었다.

CS No.6 오커 크리에이터 [겉옷]

DEF+16	추가 효과 : DEX 보너스	자동 수복

"우왓, 지금 방어구랑 하늘과 땅 차이다."

"그래. 하지만 제일 대단한 점은 지 정령의 돌의 추가효과야."

장비에 추가 효과를 부여하는 레어 소재는 강화 소재라고 불리며 특수효과를 유발한다.

"지 정령의 돌의 효과는 자동 수복. 이 자동 수복이란 효과는, 내구도가 떨어지면 플레이어의 MP를 흡수해서 회복하는 모양이야. 완전히 파괴되어도 시간과 MP가 있으면 완전히 회복되는 모양이라고 메모에 적혀 있어."

편리하네. 이게 부서지면 다음에는 제 돈을 내고 사야만 한다.

"그리고 방어구를 강화하고 싶으면 나한테 와라, 업그레이드해주지, 라네."

"아, 그건 고맙네요. 그럼 얼른 장비해볼게요."

꺼내서 살펴보니 검정과 황갈색의 코트라는 느낌이었다. 어깻죽지에서 딱 끝나서 어깨나 팔을 노출한 구조는 편한 움직임을 중시한 걸까? 곳곳에 가죽이나 금색 금속으로 장식되어서 클로드의 센스가 잘 느껴졌다.

내구도만 높고 심플한 검정색 속옷은 촉감이 좋다. 그 위에 가죽 코트를 입으면 속옷은 가려진다.

가죽 코트라고 하지만, 그리 자락이 길진 않다. 기껏 해야 엉덩이가 가려질 정도다. 허리 근처의 벨트를 조이면 몸에 딱 맞게 조정할 수도 있었다.

"멋지네요. 마음에 들어요. 그런데 이름이 CS라는 게 뭐죠?"

"아, 그거 말이지. 생산직은 자기가 만든 아이템의 이름을 자유롭게 바꿀 수 있는데, 클로드의 경우는 자기가 자랑할 만한 작품에 그렇게 번호를 매겨. 아무래도 클로드 시리즈의 줄임말 같아."

"그건 창피하네요."

무슨 한정판 같은 취급이고. 뭐, 아무래도 좋지만.

"다음에 만나면 평범한 이름으로 해 달래야지."

"역시 창피하겠지. 나중에 모델이 되어주면 할인해주겠다는 말도 메모에 있었어."

윽, 왠지 그 인간이 말하는 모델이란 것에는 불길한 예감밖에 안 든다. 간츠와 비슷한 방향성이 풍기는 만큼 이상할 옷을 입힐 것 같다.

"생각해보겠습니다."

"그래. 그 외에는…… 없나보네."

"그런가요. 그럼 포션 납품할게요."

나는 블루 포션을 트레이드 화면에 올렸다.

"한 개 500G의 블루 포션이 50개면 2만 5000G네. 사흘 동안 많이도 만들었네. 조금만 더 참으면 가게를 가질 수 있겠는데?"

"그런가요? 언젠가는 갖고 싶지만, 그건 그때죠."

"그래, 그렇게 되면 알아서 팔게 되겠네. 언닌 외로워지겠어."

"그래도 가끔은 얼굴 내밀게요. 마기 씨랑 이야기하는 건 재미있고요."

"어라라, 언니를 꼬시려고?"

"무슨 말이에요. 진짜예요. 게다가 생산직끼리의 대화를 좀."

내가 웃어주자 마기 씨는 놀란 듯이 눈을 크게 뜨다가 곧

바로 웃음을 돌려주었다.

"생산직끼리의 대화. 그건 매력적이네. 뭐, 그렇게 되어도 가끔은 포션 납품하러 와주면 기쁘겠어."

"그럼 가게에 올 때의 선물 대신."

아직 머나먼 앞날의 일을 둘이서 즐겁게 이야기했다.

"그럼 방어구 성능이라도 시험해보고 올게요."

"응? 이제부터 또 생산? DEX가 올랐으니까 여태까지 실패했던 것도 성공할지도."

"그 전에 전투를요. 스테이터스는 어떤 영향이 있을지 모르니까요."

"흐응, 그럼 검증으로 뭔가 알거든 가르쳐줘."

"알겠습니다."

나는 그 말을 듣고 마을에서 나갔다. 목표는 동쪽 방향.

빅보어와 고블린, 슬라임이 출현하는 지역까지 가는 동안에는 밀버드와 그레이랫이라는 두 종류의 몹이 출현한다. 레벨을 보자면 채석장의 스톤 아르마딜로나 록 크랩과 비슷한데, 이쪽을 속도가 빠르고 방어력이 낮다.

공중에서 선회하는 밀버드는 이쪽이 일정거리 이상 다가가면 울음소리를 내며 돌격해온다. 뮤우는 그런 상대에게 타이밍을 맞춰 검으로 베는 방법을 택했다.

돌격이라고 해도 사전에 소리를 지르니 이쪽으로서도 알기 쉽다.

그레이랫은 커다란 쥐다. 귀엽거나 한 그런 게 아니다. 소형 개 정도 되는 쥐로, 다가가지 않으면 공격해오지 않는다. 인식 거리가 짧은 몹이다.

오늘의 타깃은 새다.

상공의 밀버드를 원거리 사격으로 겨냥했다. 이쪽의 공격은 공격력 자체는 높지 않지만, 상대도 HP 자체는 높지 않다. 일격을 넣고 몹이 다가오는 동안에 화살 세 발을 날려서 지면에 떨어뜨렸다.

내 활은 군소리를 들을 만큼 명중률이 낮은 건 아니지만, 지금 감각으로는 정확도가 또 달랐다.

겨냥이 쉬웠다. 그래, 특정 부위를 노릴 수 있을 정도로.

사실 날아오는 새의 날개를 노려 쏴서 비행을 방해하고 낙하 대미지로 사냥했다.

방어구를 바꾼 것만으로도 이렇게나 차이가 있다는 걸 알았다.

그리고 새의 특정 부위에 따라 대미지량에 차이가 나온다는 것도 알았다.

특히나 작은 머리를 맞히면 거의 확실하게 크리티컬. 두 날개에 맞히면 비행 방해.

"과연, 장소에 따른 대미지 판정, 그리고 활과 손재주의 DEX는 관계가 있나 보군."

활과 손재주의 관계.

방어구에서 얻은 DEX 보너스로 명중률이 올랐다. 즉, 활잡이의 경우 DEX로 명중에 보정이 걸린다.

여태까지 많은 활잡이가 좌절했던 원인. 사정거리와 명중률과 코스트 퍼포먼스.

사정거리는 ATK에 의존하는 경향이 있고, 명중률은 DEX에 의존하는 경향이 있다.

코스트 퍼포먼스는 플레이어 개인의 자금력과 관계된다.

분명 이 게임은 플레이어 개인의 기능도 필요하지만, 결코 어시스트가 없는 건 아니다. 마법사의 마법 추적이나 검사의 아츠 동작 보조 등이 그 예다.

즉 활에도 분명히 어시스트가 있는 게 당연하지만, 사정거리에만 정신을 빼앗겨서 명중 보정까지 충분히 확보하지 않았을까?

"즉, 생각이 없었단 소린가. 그리고 나는 생산 센스를 얻어서 DEX가 높아. 이런 웃기는 일이. 쓰레기 센스도 스테이터스를 올리면 이렇게 되는구나."

처음에는 하나 같이 낮은 레벨에 성장하지 않았지만, 전체적으로 단련하는 동안 DEX가 높아지고 명중에 보정도 걸렸다는 가설이다.

즉 의도적으로 DEX를 낮출 경우, 화살의 명중률이 내려가면 DEX가 보정을 받는다는 소리다.

나는 방어구를 초기 장비로 되돌리고 센스도 DEX에 관련된 것을 뺐다.

[매의 눈] 없이 상공의 새를 떨어뜨릴 생각은 하지 않았다. 지금은 활의 레벨을 믿고 공격한다.

날아간 화살은 십여 미터. 센스를 최대한 장비했을 때의 절반에도 미치지 못했다. 새에게는 전혀 미치지 못하였고, 포물선을 그리면서 낙하. 지면에서 꾸물꾸물 움직이던 쥐에게 맞았다.

"이런……."

등에 화살이 꽂힌 상태로 화가 머리끝까지 뻗친 느낌으로 돌격해왔다.

나는 다급히 화살을 메겨서 쏘았지만, 전혀 안 맞았다. 센스나 방어구를 장비하려다가 시간을 잡아먹어서 적의 공격 범위 내까지 접근을 허용했다. [속도 상승]이나 [부가]까지 뺐으니 뛰어서 도망치려도 해도 따라잡히겠지.

나는 접근전에 들어가서 쥐 한 마리에게 실컷 당한 끝에 죽어서 마을로 되돌아왔다.

"아야야……. 죽는 건 의외로 아프구나. 대미지를 입는 건 오래간만일지도."

게임 첫날 이후 처음이다. 여태까지는 생산이나 원거리 사격만으로 해왔는데, 실험적인 의미로 과했을지도 모르겠다.

되돌아온 장소는 제1마을의 중앙광장.

"증명은 되었겠지. 초식동물의 속도도 초기에는 빠르니까, 활의 DEX가 낮으면 적이 피할 수도 있을지 몰라."

일단 일어서서 장비를 갖추었다.

데스 페널티 동안 시간이 남았다. 이런, 뭘 한다?

"로그아웃하고 장이나 봐오자. 오늘 저녁은 중국요리로 할까?"

오늘의 생산 활동은 포기하고 얌전히 보냈다.

6장　트리온 링과 정보의 가치

　그리고 다음 날. 어제의 반성을 살려서 오늘은 마을 밖으로 나가지 않기로 결심했습니다. 아니, 틀어박혀 있다거나 그런 건 아니고 이번에는 활을 장만하기 위해 돈을 벌었습니다.

　블루 포션으로 일정 수입은 있지만, 그 이외가 전혀 없어서 지금 가진 액세서리를 팔기로 했다. 마음 같아서는 팔리면 좋겠다 정도.

　보석의 연마는 방어구의 DEX 보너스로 실패도 줄고 안정적으로 가공할 수 있게 되었으니, 나는 다음 단계로 들어가기로 했다.

　그건 질 좋은 철광석의 가공이다.

　"휴대용 화로의 한계를 시험해보고 싶어. 그리고 나만의 원오프 장비를 만들고 싶어."

　전에 마기 씨와 리리의 말에 감화되어서 스스로의 장비를 갖추고 싶은 충동이 생기고, 지금에 이르렀다. 연금으로 준비한 질 좋은 철광석을 화로에 넣고 주괴로 만들었다.

　스스로에게 인챈트를 걸고 망치를 땅땅 휘둘렀다. 그리고 첫 주괴가 나왔다. DEX가 높으면 생산의 성공률이 오른다. 실제로 비교해보니 잘 알겠다. 편하다.

　철조차도 지금은 콧노래를 부르면서 만들 수 있다. 그리고 팍팍 양산되는 질 좋은 철 주괴.

여기까지 수고하는 것은 물론 레벨업을 위하여. 역시 수라의 길이야말로 강자의 길인가 보다. 낮은 랭크의 생산이라면 스킬로 쉽게 생산해도 좋지만, 높은 랭크는 스스로의 손으로 하는 편이 입수 경험치 측면에서 좋은 모양이고 성공률도 높다.

그리고 나는 내 전용 반지를 만들어냈다.

그것의 디자인이나 이름을 변경, 색깔도 내 옷의 검정색에 맞추어서 블랙 메탈의 느낌으로 고리 세 개가 교차하고 중앙에는 페리도트를 박아 넣었다.

보석의 소재 효과로 방어가 상승했다. 극소는 1, 소는 2. 그리고 중 사이즈로 3.

완성된 반지는 여태까지 만든 반지와 비교도 할 수 없을 만큼 좋은 물건이었다.

트리온 링 [장비품]

DEF+9

질 좋은 철광석의 상한이 6이니까, 충분히 레벨 높은 액세서리겠지.

센스 레벨도 괜찮게 올랐고. 그렇게 생각하며 확인했더니 [부가]의 레벨이 30을 넘었다.

[센스 [부가] Lv 30 이상으로 취득 가능──소비 SP 3 [부

가술]──]

으음, 뭐지, 처음 보는 취득 센스인데? 취득한 센스의 SP 합계도 아직 20을 안 넘었으니, 이게 센스의 성장이겠지.

[부가술]의 설명은 ──부가의 종류 증가, 속성 계통 전제 조건 해방, etc…….

전자는 세 종류에서 더 늘어난다는 뜻. 여기에 INT 인챈트가 있으면 후위를 강화할 수 있어서 내 존재 의의가 늘어난다. 그리고 후자는 모르겠다. 전제 조건뿐이지 다른 조건이 불명이다. 그리고 그 뒤에도 설명은 계속되었다.

──아이템에 부가.

"……진짜야? 사전에 강화해두면 전투가 편해지겠네. 장비품 이외에는 안 되려나?"

들뜨는 마음으로 취득. 얼른 스킬 칸을 보았다.

부가 스킬 칸은……. 오옷?! 확 늘었다. 마법공격력 상승의 [인텔리전스]와 마법방어력 상승의 [마인드]가 늘었다. 그 외에도 대상의 스테이터스를 낮추는 〈커스드〉라는 게 있었다.

그 외에 새롭게 추가된 종류가 두 가지. 〈스킬 인챈트〉와 〈아이템 인챈트〉가 있었다.

"〈스킬 인챈트〉는 어디 보자……. 플레이어가 가진 스킬을 아이템에 겁니다. 이건 나를 위한 게 아니야! 이건 그냥 장비품에 남의 스킬을 다는 것뿐이잖아!"

다른 쪽은 확실히 나를 위한 것이었다.

"〈아이템 인챈트〉는 플레이어가 가진 인챈트를 부여한다. 이건 아이템에 걸어서 팔면 되겠어! 〈아이템 인챈트〉──인챈트 어택."

얼른 적당한 액세서리에 아이템 인챈트를 걸었다.

링 [장비품]

DEF+5　　　　　**추가효과 : ATK 인챈트**

좋았어, 라는 마음으로 두 번째 인챈트를 걸었더니 부서졌다.

"아······. 휴우, 그렇지. 무제한으로 아이템에 인챈트가 가능하면 노 리스크로 이중, 삼중 인챈트가 가능하니까."

어차피 팔 예정이었던 액세서리나 안 쓰는 아이템을 꺼내어 실험을 거듭했다.

"인챈트 외에도 커스드라는 걸 걸어볼까? 어디, 실험, 실험. 〈아이템 인챈트〉──커스드 디펜스."

검은색의 빛과 함께 링의 스테이터스가 [DEF 커스드]로 변했다.

"우왓, 저주 받은 아이템이잖아. 그렇다면 〈아이템 인챈트〉──커스드 어택."

역시나 깨졌다. 이번에는 인챈트, 커스드, 인챈트 순서로 했다.

내가 만든 트리온 링. 농담 아니라 이래도 되나 싶은 성능이었다.

트리온 링 [장비품]

DEF+9   추가 효과 : ATK 인챈트   SPEED 인챈트

MIND 커스드

"이거 마법직이라면 공격을 버리고 마법공격과 방어에 나
눠줄 수 있겠어."

왜 이중 인챈트나 커스드로 부서지는 걸까. 이건 소재별
로 허용량이 있는 것이다. 즉 지금 가진 아이템의 소재로는
추가 효과가 플러스 마이너스 하나까지. 그 이상 걸리면 소
재의 등급을 올리든가, 커스드의 마이너스 보정을 빌릴 수
밖에 없다. 또한 이 인챈트. 동종의 인챈트나 커스드를 건
경우에는 사라진다. 즉 이 법칙 밑에서 자유롭게 장비품을
바꿀 수 있다.

참고로 소모품이나 식재료 아이템에는 무리였다. 한 방에
부서져서 소멸한다.

수중의 주괴나 돌에 공격 인챈트가 걸렸을 때에는 어떻게
써야 좋을지 고민했다. 투척 센스와 조합했을 경우 공격력
이 오른다든가?

"가능성이 넓어지네. 뭐, 지금으로선 실증할 수 있는 건
이 정도인가. 게다가 지금 알아낸 조건 말고는 안 깨진단 소
리는 이건 마법 부류야. 생산 부류가 아냐."

어라? 그러고 보면 [부가] 센스를 여기까지 키운 사람이 나밖에 없나? 그 의문을 던져보려고 마기 씨에게 채팅을 연결했다.

"마기 씨, 지금 괜찮나요?"

[왜? 윤 군, 포션 납품하러 오게?]

"예, 갈게요. 그리고 물어보고 싶은 것도 좀 있으니까요."

[알았어. 기다릴게.]

뛰어간 나. 속도 인챈트를 건 액세서리를 장비하고 뛰었는데, 아이템 인챈트와 통상 인챈트는 구별되는 모양이다. 약간이긴 하지만 속도에 차이가 나왔다.

그 바람에 몇 번이고 사람과 부딪칠 뻔했기에 중간부터는 빠른 걸음으로 갔다. 그리고 아이템 인챈트의 경우 이펙트의 빛이 발생하지 않는 게 이점이다.

"마기 씨, 안녕하세요."

"오, 왔네. 그럼 포션 납품할래?"

"그럴까요."

평소처럼 블루 포션을 팔아 돈을 만들었다. DEX 보너스로 포션 제작의 실패가 줄었으니, 밭을 늘리고 해독 포션과 마비 해제 포션도 추가로 만들까 생각했다.

"윤 군, 요즘은 좀 어때?"

"뭐, 그럭저럭. 그리고 활의 명중 보정에 DEX가 관계 있었어요."

"오, 드디어 거기에 도달했나. 역시나 내 제자."

아니, 사제 관계가 아닙니다만. 애초부터 명중률의 관계를 알고 있었다는 듯한 어조.

"알고 있었나요?"

"나를 누구라고 생각해? 대장장이 마기야. 베타 때는 클로드나 리리랑 같이 이런저런 센스의 특성을 조사하고, 전투직에 최적인 보정을 찾기도 했으니까."

"알거든 가르쳐주세요."

내 우는 소리에 히히히 웃었다. 내가 새된 눈으로 노려보자 곧바로 '미안해'라는 말과 함께 손으로 사과의 포즈를 만들며 사과했다.

"딱히 나라고 심술부린 건 아냐. 생각해봐. 게임을 처음부터 끝까지 다 가르쳐주면 어떻겠어? 공략본을 보고 하는 거나 다름없잖아."

"뭐, 분명히 그렇지요."

"게다가 나는 오냐오냐 하면서 키우는 거 싫어해. 스스로 찾아야 긍지가 생긴다고 생각해. 오는 사람한테는 어드바이스를 해주고 교섭도 해. 너처럼 재미있는 애는 대환영이야. 내가 싫어하는 건 어중이떠중이. 배우고 싶거든 세다고 잘난 척하는 인간에게 가거나 공략 사이트라도 돌라는 소리야. Only One의 콘셉트를 박살낼 거면 알아서 박살내라고."

"꽤나 신랄한 말이네요."

"뭐, 정보랑 교환하는 건 괜찮다고 생각해. 나는 아이템이나 몹의 정보를 사고, 그들에게 어울리는 최적의 무기, 방

어구를 제공하는 식으로."

톱을 자랑하는 생산직의 고마운 말씀이군. 나도 스스로 길을 열어야지.

"지금 이 고상한 연설의 수업료도 요구할 것 같네요."

"아하하, 나도 그렇게 못되진 않았어. 윤 군이 앞으로도 같은 생산직의 동료라면 족해."

"그럼 내가 여기까지 성장했습니다, 라는 의미로 이 반지를 선물할게요. 오늘은 겨우 질 좋은 철광석에서 만들었어요."

"오옷?! 드디어 거기까지 도달했나. 나는 지금 강철을 다루고 있어. 그리고 은제품도."

"아직 앞길이 아득하네요. 그럼 이거 받으세요. 나도 열심히 만들었어요."

손가락에서 트리온 링을 빼서 건네주었다. 아직 자신 있게 생산직이라고 말할 정도도 아니구나.

"그럼 난 또 돈 벌러 가야하니까요."

"응. 잘 가. 누난 이 선물을 소중히 간직할 테니까."

내가 가게에서 나가 뛰어갈 때 마기 씨가 다급히 가게에서 뛰쳐나왔다. 하지만 이미 달리기 시작한 나는 그것도 알지 못했다.

"어떻게 이런 걸 두고 간담? 이런 액세서리는 본 적도 없어."

그녀가 누구에게도 들리지 않는 목소리로 중얼거렸다.

나는 돈을 벌기 위해 있는 돈으로 밭을 확장하였다. 다섯 번째 이후로는 가격이 열 배가 되었고, 인접한 것을 사려고 하니 수수료가 더욱 붙었다.

밭이 여섯 개로 불어나고, 재배 가능한 숫자는 아이템 120개. 또한 조합에 필요한 다른 아이템을 가게에서 구입하니 남은 돈은 또 1만G 이하로 내려갔다.

"마기 씨의 눈앞에서 큰소리를 뻥뻥 친 건 좋은데 또 가난뱅이구나."

무기 구입과 방어구 조달, 게다가 내 점포의 구입. 앞날은 멀다. 그 이전에 액세서리 제작은 상위 랭크의 화로를 구입해야만 한다.

강철까지 가공할 수 있는 화로는 8만. 그 위는 또 80만이다.

"남은 돈으로 어떻게 안 되나?"

인벤토리를 둘러보았다. 스킬 검증에 실패한 아이템은 소멸. 그리고 마구잡이로 인챈트한 액세서리가 인벤토리 한구석을 가득 채웠다.

"딱히 쓸 만 한 건 고기라든가 독충의 갑각이라든가……. 그리고 보면 화석을 방치했네."

인벤토리의 한구석에서 잊힌 화석. 뮤우와 모험하면서 발견한 그것을 여태까지 방치해두었다.

"감정료가 한 번에 5000G인가. 포션을 마기 씨네에 가져가면 어느 정도 목돈은 나오니까 감정을 받을까. 어어, 어디서 복원해준다고 그랬더라?"

분명 지질학자라는 NPC에게 보여주면 되든가, 하고 떠올렸다. 위치는 모르겠지만 마을 NPC에게 물어보면서 가면 되겠거니 싶어서 마을을 돌아다니기 시작했다.

일단 중앙광장의 NPC에게 물어보니 북부 지구에 있다는 모양이다. 나는 정확한 장소를 듣고 갔는데, 거기는 왜인지 골동품점이었다.

"어어, 화석은 화석이라도 문명의 화석을 파는 가게잖아?"

"어서 옵쇼, 우리 가게에서 찾는 거 있나?"

너덜너덜한 조끼를 입고 삐진 머리를 난폭하게 긁적이는 남자가 나타났다.

"여기서 화석을 감정해줘?"

"음, 그 외에도 앤티크품을 다루지. 가끔씩은 발굴품이 있어."

가게 안에 있는 아이템을 보았지만, 아무래도 전투용이라기보다도 가구나 장식품 같은 느낌이고, 그중에서는 이름 앞에 [부서진]이란 말이 붙은 것까지 있었다.

"오늘은 감정뿐이야. 이거 부탁해."

인벤토리에서 돈을 꺼내어 화석 옆에 놓았다.

"오케이. 알았어. 그럼 한번 볼까."

조끼 주머니에서 외눈 안경을 꺼내어 그걸로 화석을 들여다보는 주인. 그 모습을 보며 다음 액세서리의 주제가 될 수 있겠다고 생각했다.

"끝났어. 이건 씨앗이야."

"씨앗? 그렇다면 밭에 심는 그거? 나한테는 딱 좋지만."

"뭐야, 너 농부야? 이건 활력수의 씨앗이야. 딱히 신기한 것도 아니지."

"뭐야, 레어인가 했는데."

"조금 먼 곳에서 자라는 나무로, 화산지대에서는 쉽게 채취할 수 있지. 이 화석을 어디서 발견했지?"

"근처 동굴."

"혹시 옛날에는 이 근처에서 자랐을지도. 팔겠다면 100G로 매입하지."

"아니, 가지고 갈게. 재배하고 싶으니까."

"드문 나무는 아니지만, 뿌리를 내리면 매일 열매를 맺어. 장기적으로 보면 그쪽이 득일지도."

그런 말과 함께 받은 활력수의 씨앗.

서둘러 밭으로 돌아가서 씨앗을 심으려고 했는데, 아쉽게도 아직 밑 준비를 하지 않았다. 새롭게 불어난 세 개의 밭에 나는 일심불란하게 괭이질을 했다.

푸른 하늘 밑의 밭에서 나는 적색과 황색의 빛을 내뿜으면서 액세서리의 보정을 받아가며 인간 경운기처럼 일했다.

전보다 편해졌지만, 역시나 시간이 걸렸다. 액세서리를 팔기 위한 준비고 자금이고 손도 못 댔다. 다만 밭에서 재

배한 것으로 하이 포션과 MP 포션, 해독초와 마비 치료초
는 안정적으로 생산할 수 있게 되었다.

오늘은 오후부터 로그인.

어제, 그제 필사적으로 갈아놓은 밭은 반쯤 식물로 뒤덮이고, 나머지 반은 씨앗이 모자라서 방치. 정말이지 나한테 계획성이란 게 좀 있었으면 좋겠지만 게임이니까 깊이 생각하지 않기로 했다.

포옹, 로그인한 지 얼마 되지도 않아서 채팅이 들어왔다. 상대는 마기 씨다. 어제 봤는데 저쪽에서 또 연락을 주다니 어쩐 일이지, 하고 생각하면서 친구 통신을 연결했다.

"안녕하세요. 어쩐 일이에요?"

[안녕, 윤 군. 사실은 클로드가 너랑 이야기하고 싶은 게 있대. 그러니까 잠깐 클로드네 가게에 와줄래?]

"정말인가요? 아, 어어……."

얼굴을 맞대기 그렇다. 스토커 사건은 정리됐지만 역시 태도나 언동이 좀 껄끄럽다.

[역시 클로드는 그런가. 이 녀석 무슨 소리 하는 거야? 하는 느낌은 나도 받거든.]

"어어, 그게……."

꽤나 솔직한 말이네요, 라고 말할 순 없었다.

"포션 같은 거 만든 뒤라도 괜찮을까요? 30분 정도면 갈 수 있으니까요."

[오케이, 오케이. 그럼 [오픈 세서미]에 와 주면 클로드네 가게로 안내할게.]

마기 씨와의 통신을 끊고 밭의 재배 아이템을 회수. 활력 수는 조금 자라긴 했지만 아직 수확할 수 없는 모양이다. 그래도 밭을 확장한 만큼 아이템이 늘어났다.

다만 밭이 늘어난 만큼 수확에 시간이 걸려서 포션을 만들 시간이 없었다.

"아, 시간 없네. 납품은 수중의 하이 포션하고 MP 포션이면 될까. 돌아와서 또 만들면 되겠고."

나는 인벤토리에 아이템이 있는 걸 확인하고 밭을 나섰다.

익숙한 길. 엇갈리는 NPC를 피하는 것도 이젠 익숙하다. 엇갈리는 두 사람의 틈새를 멋지게 빠져나오고, 어차, 그 바로 앞에 있던 플레이어가 놀랐다. 미안.

그대로 뛰어가서 마기 씨네 가게에 도착했다.

"왔어요."

"오. 딱 시간 맞춰 왔네. 그럼 갈까."

NPC 점원에게 한마디를 남긴 마기 씨는 나를 데리고 [오픈 세서미]를 나섰다.

가게를 나서서 둘이서 걷자, 엇갈리는 사람들이 힐끔힐끔 쳐다보았다. 마을에서는 전력으로 뛰어다니니까 남들의 시선을 의식한 적이 별로 없는데, 의외로 활잡이는 신기한가 보네. 사람들이 쳐다보니까 왠지 불안하고, 얼른 인목이 없는 장소로 가고 싶다.

"마기 씨, 저기, 클로드의 가게가……."

"동부 지구의 대로에 접한 가게야. 아, 보이기 시작했다. [콤네스티 카페 양복점]."

가리킨 곳은 오픈 테라스가 있는 가게. 어떻게 봐도 카페다.

"참고로 그 반대편은 리리의 가게 [리리의 목공점]이야."

반대편을 보니 나무 간판이 걸린 시크한 느낌의 가게. 사람이 그렇게 엄청 많은 정도는 아니지만, 손님은 제법 있는 듯했다.

"뭐라고 할까, 한쪽은 기본에 충실하고 한쪽은 뭐라고 할까, 완전히 카페네요."

"그렇지? 클로드 말로는 코스프레 카페를 개최한다는 모양이야."

왠지 안 좋은 예감이 든다. 들어가고 싶지 않아. 아니, 안 들어가면 안 되지만.

"그럼 들어갈까."

"왠지 닫힌 것 같은데요……."

"[요리] 센스가 인기 없으니까 카페로는 영업을 안 해. 실례하겠습니다~."

태연히 들어가는 마기 씨의 뒤를 따라 들어가자마자 격심한 후회에 사로잡혔다.

"왔나. 그럼 이걸로 갈아입어라."

왠지 핑크색 메이드복과 일본풍 메이드복을 양손에 들고

우리를 기다리던 클로드. 그리고 가게에 들어가는 흐름 그대로 그의 복부에 블로를 꽂는 마기 씨. 주먹의 움직임이 아주 아름답다.

"크, 크으……. 전보다 주먹이 무겁군. 내장이 뒤집히는 줄, 알았다."

"크로찌도 참, 그렇게 남한테 장난치는 건. 안 돼."

"으음, 역시 힘이 더 잘 들어가네. 이 반지 대단해."

삼인삼색으로 제각기 떠들었다.

나는 가게 입구에서 멍하니 일의 추이를 지켜보고, 마기 씨는 자기 주먹을 확인하고, 먼저 카운터 자리에 앉아 있던 리리는 쓰러진 클로드의 옆에 쭈그려 앉아서 손가락으로 쿡쿡 찔렀다.

"괘, 괜찮아?"

"괜찮아, 문제없다. 충격을 받았을 뿐이지 HP에 대미지나 고통은 없다."

"왜 얼굴 맞대자마자 분위기를 썰렁하게 만드는 소리를 하는데?"

새된 눈으로 바라보는 마기 씨에게 클로드는 가볍게 코웃음을 쳤다.

"왜? 어리석은 질문이군. 내가 입히고 싶고, 보고 싶기 때문이다. 이 독특한 광택에 실용성 없는 핑크색 메이드복은, 그야말로 교태를 부리는 느낌이고 아슬아슬한 귀여움이 있다. 일본식 메이드복은 차분한 배색과 노스탤직한 다이쇼

시대의 분위기, 일본적인 아름다움, 살짝 어른스러운 분위기를 드러내는 장점이 있다! 그것들을 보고 싶다. 그저 그것뿐이다!"

"그래, 그래. 모르는 건 아닌데. 아직 면역 없는 윤 군 앞에서는 삼가줘."

가볍게 흘려 넘기는 마기 씨와 클로드의 연설을 듣고 나는 살짝 거리를 벌렸다.

"뭐, 농담은 이 정도로 끝이다. 윤, 너에게 한 가지 물어보고 싶은 게 있다. 괜찮을까?"

"뭐, 뭔데?"

방금 전의 기나긴 연설 후에 내게 화제가 돌아왔기에 살짝 긴장했다.

"마기 말고 다른 사람에게 액세서리를 준 적 있나?"

"……트리온 링? 아, 그거라면 아직 팔 만큼 많이 만들지 않았으니까."

거의 인챈트의 연습도구로 삼은 거고, 그거 말고는 기껏해야 인챈트를 견뎌내지 못했던 구리 반지. 인챈트가 가능한 건 청동 이상의 소재를 사용한 액세서리다.

"그래. 그럼 이쪽으로."

가게 안을 둘러보았다. 우리가 안내받은 카운터 안쪽의 방은 작업장이라는 분위기로, 천이나 가죽, 태피스트리가 장식되어 있고 간단한 구조의 석조 탈의실이 준비되어 있었다.

작업장 중앙의 커다란 나무 테이블을 넷이서 둘러싸듯이

앉았다.

"그럼 몇 가지 질문을 하지."

"으, 응."

"사전에 말해두겠는데, 말하기 싫으면 말하지 않아도 되니까. 게임 상에서 불리해진다든가, 이것만큼은 숨기고 싶다고 생각하는 거라면 말하지 않아도 되고."

클로드는 무슨 심문관 같은 분위기를 띠고 괜히 사람의 불안을 더 부추겼다. 마기 씨 쪽으로 시선을 주니 괜찮다는 분위기였다.

"그럼 묻지. 마기가 착용한 트리온 링은 자유롭게 만들 수 있나?"

"그래, 시간이 있으면."

이 시점에서 나는 [부가술] 센스에 대해 말해야 하나 생각했지만, 이전에 이들에게 제조법 같은 걸 함부로 말하지 말라는 충고를 들었기에 입 다물었다.

"너는 제조법을 완전히 파악하고 있나?"

"아직이야. 절반도 모른다고 생각해."

"마지막 질문. 혹시 트리온 링을 판다면 얼마 정도에 팔거지?"

왠지 마지막에 예상 밖의 질문이 나왔다. 으음, 링이라면 온갖 종류가 다 있지만 나로서는 자신 있는 작품이니까 하다못해──.

"──으음, 1만 5000G로 팔면 될까?"

""“하아~.”""

그때 전원이 한숨을 내쉬었다. 아니, 너무 비쌌나. 그럼.

"너무 비싼가……. 그럼 1만으로."

"아니, 아니, 윤찌, 반대야, 반대. 너무 싸."

"아차~. 여태까지 내가 아이템을 사줬으니까, 윤 군은 노점 시세를 모르는구나."

"단적으로 말하겠는데, 네가 만든 이건 최소 5부터다. 조합이 자유롭다면, 마법직이라면 10만 이상 내놓겠지."

"뭐? 철 주괴 하나로 만든 게 5만이라니 너무하잖아. 말도 안 돼."

실제로 철 주괴는 팔면 500G면 족하다.

"우리의 추가 효과 보너스는 현재 하나밖에 못 단다. 하지만 네가 만든 건 세 개. 커스드라는 마이너스 효과는 있지만, 생각만 달리하면 물리공격이 필요 없는 플레이어에게는 디메리트도 안 된다고 볼 수 있지."

뭐, INT와 MIND를 붙이고 ATK를 마이너스로 하면 마법직에게 팔린다는 건 알겠다. 그 외에도 완전 물리 쪽으로도 할 수 있다. 개인의 스타일에 맞춰서 커스터마이즈가 가능하다.

그리고 내 센스는 아직 [세공]. 레벨 30까지 올려서 [조금]까지 성장시키면, 어느 정도 자유롭게 보너스를 붙일 수 있을지도 모른다.

"그럼 그 정도의 가치가 있나?"

"그래, 플레이어에게 제공하는 장비로 충분하다. 그래서 제안이 있다. 너의 그 제작방법을 가르쳐다오. 물론 정보료는 내지."

"어?"

또 뚱딴지같은 이야기에 나는 잠시 생각이 멎어버렸다.

그걸 어떻게 해석했는지는 모르겠지만, 클로드는 차분한 표정인 채로 설명을 시작했다.

"우리는 현 거래를 제안하는 게 아니다. 게임 안의 화폐로 지불할 생각이다."

"아, 아니, 잠깐 기다려. 왜 그런 이야기가 돼? 애초에 제조법을 팔아달라니? 거기에 무슨 의미가 있어?"

"의미라고 했나. 제조법을 배우는 것 자체에 의미 따윈 없지. 정보는 한 번 인터넷에 퍼지면 공짜로 손에 들어온다. 다만 구태여 말하자면 우리 셋의 기본이념이다."

또 영문 모를 소리. 내 표정을 보고 이해했는지 마기 씨가 클로드의 말을 이었다.

"우리 셋의 기본이념 중 하나에 [적정가격으로 판매]가 있어. 그건 너무 싸도, 너무 비싸도 안 돼. 우리는 베타판에서 우연히 톱이라고 불리는 생산직이었어. 그리고 우리가 만든 장비는 대개 부르는 가격대로 팔려. 즉, 우리가 가치를 설정하는 거나 마찬가지란 거야. 그러니까 우리는 아이템이나 정보에 대해 적정가격을 정하고 싶어."

즉, 게임 안의 시장이 활성화되도록 가격 지표를 만들어간다는 소린가?

"예를 들어, 윤 군이 혹시 새로운 제조법으로 액세서리를 만든다고 쳐. 그게 싸든, 비싸든 부적절한 가격에 팔면 어떻게 될 것 같아?"

"……싸게 팔면 비싼 값에 되파는 사람이 있겠고. 비싸게 팔면 나 혼자 폭리를 취하죠."

"그래. 더 말하자면 입수 곤란, 프리미엄이 붙게 되면 현거래의 온상이 될 가능성이 있어. 우리는 그런 사태를 바라지 않아."

"그러니까 누군가가 할 만한 방법이나 제조법을 사전에 알아두어서, 그런 녀석이 나왔을 경우 같은 물건을 만들어서 적정가격으로 풀 수 있다. 뭐, 게임 밸런스를 지키는 위선적인 행동이라고 비웃을 수도 있겠지. 우리는 네가 아니라 다른 플레이어가 새로운 제조법을 찾아도 마찬가지로 교섭한다. 게임 화폐는 결국 공상의 돈. 정보료로 내놓아서 아까울 것 없지."

말하자면 그건 아낌없이 내놓을 수 있을 만큼 벌고 있다는 소릴까. 더군다나 적정가격으로.

"그럼 내가 안 판다고 끝나는 것도 아니잖아. 혹시 나 이외의 누군가가 거기에 도달했을 경우란 이야기고."

"응. 윤찌의 플레이를 방해할 생각은 없으니 자유롭게 플레이해도 돼. 이 이야기를 거절해도 좋고."

리리는 그렇게 말했지만 협력해도 좋겠다 싶다. 클로드나 리리의 첫인상은 안 좋았지만, 이 겉옷 방어구는 잘 만들어졌고 마기 씨는 제법 믿음직하고.

"알았어. 가르쳐줄게. 그래도 별로 특별한 건 아니야."

"음, 고맙군."

나는 내 센스 [부가술]에 대대 설명하였다.

부가에 새롭게 추가된 〈스킬 인챈트〉와 〈아이템 인챈트〉. 트리온 링의 부가 효과는 그중 〈아이템 인챈트〉를 사용한 것.

"그리고 왜 커스드를 넣었냐 하면, 안 그러면 깨져."

"깨져?"

"법칙에 따르지 않으면 아이템은 소멸해. 소재에 추가 효과를 세 개 넣었는데, 사용한 소재의 종류나 랭크에 따라서 인챈트 가능한 추가 효과의 숫자가 달라질 가능성이 있어. 그리고 소모품과 식재료 아이템에는 불가능. 소재 아이템에는 가능했어. 여태까지 안 건 그 정도야."

"헤에, 윤찌, 꽤 조사했잖아. 〈아이템 인챈트〉는 대충 알겠는데, 〈스킬 인챈트〉는 어떤 거야?"

"〈스킬 인챈트〉는 그게…… 아직 검증해보지 않았으니까 완전히는 모르지만, 아마 소지한 스킬을 아이템에 다는 스킬인 것 같아."

"그러니까 절반밖에 모른다는 건가. 사전에 물어보길 잘했군."

클로드가 중얼거렸다. 아니, 도무지 이게 쓸 만할 것 같지 않은데.

"윤 군, 또 말도 안 되는 스킬을 배웠네. 자유롭게 자기 스킬을 아이템에 부가할 수 있으면 편리하겠어."

"아뇨, 전혀 못 쓸 것 같은데요?"

어, [활]의 [아츠]의 원거리 사격과 연사궁 2식이나 [연금] 센스의 상위 변환과 하위 변환, [조합]이나 [합성]의 [레시피]. 그리고 [세공] 센스의 스킬 등이 〈스킬 인챈트〉의 대상이다.

〈스킬 인챈트〉는 센스가 따르는 패시브 스킬을 줄 수 없다. 예를 들어서 [매의 눈]의 원시 능력이나 암시 능력, 타깃 능력, 그리고 [세공]의 감정안이라든가.

스킬 중 이른바 액티브 스킬이라 불리는 것이 부가 대상.

그러니까 내가 가진 [속도 상승]의 속도 상승 효과나 [매의 눈]의 원시 능력을 아이템에 붙이는 건 불가능하다.

"몇몇 가능성을 말하자면 인챈트한 아이템은 어떨까. 소재에도 인챈트가 가능할까, 불가능할까. 마법 스킬을 붙였을 경우 MP는 어떻게 소비되는가. 이 세 가지로 크게 바뀌겠네."

"검증이 필요하겠어. 그럼 윤찌. 이 지팡이에 걸어 봐."

리리가 꺼낸 목재 하나가 빛을 발하며 거친 지팡이로 변했다. [목공] 센스 스킬로 만들었겠지.

"괜찮을까? 하지만 마법 센스가 아니야."

"[부가술]도 마법 센스의 부류다. [부가]라도 해보면 되지 않을까?"

"알았어. 아…… 왠지 키워드 같은 걸 등록해야만 하나
본데."

부여한 스킬을 발동하는 말이 필요한 모양이다. 으음, 제
작자 자신의 스킬과 겹치는 걸 피하기 위한 조치일까? 그렇
군——그럼 〈액티브〉면 될까?

"설정했고. 그럼 〈스킬 인챈트〉——〈인챈트〉 어택."

내 MP를 흡수하여 손 안의 지팡이가 붉은빛을 띠며 스테
이터스를 변화시켰다.

지팡이 [무기]

ATK+2INT+8   추가 효과 : ATK 인챈트

"그럼 내가 한번 써볼 건데 괜찮을까?"

지팡이를 리리가 가져갔다.

"키워드는 〈액티브〉야."

"알았어. 간다. 〈액티브〉!"

리리의 목소리와 함께 지팡이가 붉은빛을 띠고 그대로 리
리를 뒤덮었다. 그리고 지팡이는——부러졌다.

"과연. 〈스킬 인챈트〉가 너무 강한 대가로군. 〈스킬 인챈트〉
를 한 스킬은 단 한 번만 사용 가능. 그래서 리리, MP는?"

"변함없어. MP 소비 없이 인챈트가 걸렸어."

"오오, 센스 없이도 사용할 수 있고 MP도 안 먹나. 하지

만 일회용이라."

무기가 깨지니 아깝다. 분위기에 어울리지 않는 그런 생각이 들었다.

"이거 대단해. 분명히 수요가 있어. 윤찌 한정이 아니라 나도 쓸 수 있다는 사실이 정말로 대단해. 아무나 쓸 수 있단 소리잖아. 이게 장비가 아니라 그냥 소재에 쓸 수 있다면, 저렴하게 마법을 사용할 수 있는 아이템이 돼."

그 뒤 몇몇 아이템에 실험해보았는데, 〈스킬 인챈트〉에는 제한이 있었다.

부가하는 스킬은 하나뿐. 〈아이템 인챈트〉와는 별도로 공존 가능.

그리고 부가된 스킬은 제작자가 사전에 설정한 [키워드]를 외우지 않으면 발동하지 않는다. 스킬을 사용하면 반드시 깨진다. 전투 중에 무기나 방어구가 파손되는 건 치명적이다.

개중에는 부가할 수 없는 스킬도 존재했다. 그것은 [부가술]의 〈스킬 인챈트〉와 〈아이템 인챈트〉. 이것들이 무리인 것은 당연하다고 할 수 있다.

마지막으로 소재 아이템에도 인챈트 가능하다는 게 크다. 그리고 〈스킬 인챈트〉한 아이템은 자유롭게 명명할 수 있었다.

"흐응. 과연. 현재로선 윤만의 전매특허로군."

"그래. 뭐, 제한이 이걸로 끝은 아닐 거야. 〈아이템 인챈트〉 때와 마찬가지로 구리 액세서리가 깨진다는 소리는, 랭크가 높은 스킬이면 어지간한 소재가 아니면 안 될지도 몰라. 자세히 알면 또 연락할게."

세 사람은 내게 크게 고마워했다. 검증에 함께 해주었으니 오히려 내가 감사하고 싶은데.

"오늘은 고마워. 윤 군이 혹시나 [부가술]로 만든 아이템을 팔거나 할 때는 우리랑 가격을 의논해주면 기쁘겠어."

"예, 오히려 내 쪽이 부탁하고 싶을 정도예요."

"그럼 윤. 이건 정보료다."

트레이드 신청이 들어오고 클로드와 연결되었다. 그리고 거기 올라온 금액에 나는 착각한 게 아닌지 의심하였다.

──300만G. 즉 3M.

너무나 거금이라서 실감이 들지 않았다. 느닷없이 3M이라는 거금을 손에 넣은 나는 완전히 혼란에 빠졌다.

"아니, 아니, 이런 거금은 이상하잖아! 잠깐, 잠깐, 잠깐만 기다려!"

내 외침에 클로드는 고개를 갸웃거리고 마기 씨와 리리는 쓴웃음을 지었다.

"일을 하면 대가를 받는다. 당연하지. 그리고 그 돈은 우리 셋이 타당하다고 사전에 협의한 액수다. 부정은 없다."

세 사람이란 소리는 1인당 1M씩 내놨단 소립니까?! 아니, 너무 미안하다.

"이렇게 받을 순 없는데……."

"안심해라. 이 게임이면 그 정도 돈은 금방 쓴다. 오히려 가게를 내기 위해 필요한 액수의 두 배 정도다. 게다가 설비 확장에도 돈이 필요할 테니까 가져가라. 아니면 돌려줄 텐가?"

클로드의 마지막 말에 나는 끙끙거렸다. 거금은 매력적이다. 하지만 가지고 있자니 꽤나 불안하다. 일단 내 장비로는 PK에 걸리면 진다. 그리고 거금을 쉽사리 빼앗기긴 싫다. 나로선 물품 쪽이 고맙다. ……그래, 얼른 현물로 바꿔 버리면 돼.

"으음, 저기…… 클로드랑 리리. 1M으로 장비를 만들어줘."

"좋아. 윤찌의 장비는 활이지만, 종류는 어떻게 할래? 장궁? 아니면 단궁? 보너스는 ATK와 DEX 중 어느 쪽? 40만으로 해줄게."

"그럼 나는 60만으로 속옷과 허리 장비를 맡지. 강화 소재는 나중에라도 강화할 수 있다. 보너스는 지난번과 마찬가지로 DEX로. 디자인은 내가 알아서 해도 되겠지?"

"어어, 리리. 활은 장궁으로 ATK 보너스. 그리고 클로드, 방어구 보너스는 그대로 하고 디자인 말인데, 스커트 절대 금지."

장비를 부탁했더니 왠지 김샐 만큼 선선히 받아들여주었다. 그리고 클로드에게 스커트 금지라고 말했더니 노골적으로 싫은 얼굴을 하는구나.

"너는 내가 발견한 이상적인 모델 중 하나다! 세일러복이나 무녀복! 발키리 복장. 유카타에 차이나드레스, 수영복 같은 걸 입히고 싶다. 지금은 그걸 참고 있으니 하다못해 스커트 정도는!"

"아니, 그렇게 역설해도 곤란해. 그리고 왜 그렇게 당당히 말하는데?"

"한 번 입고 여러 각도에서 스크린 샷을 찍게 해다오! 그러면 가격도 깎아주고 나는 만족한다!"

"더욱 싫어! 그보다 나는 남자야!"

"뭐……. 남자라고? 그럼 보이스카우트나 군복, 해군 코스튬. 아니, 여기선 간단하게 검사풍으로 한다든가. 아니지, 여기선 체형을 숨기고 인형 옷이나 동물 파자마 시리즈를……."

왠지 불온한 말이 들린다.

마기 씨는 트리온 링을 다시금 장비하고 주먹을 쥐었다 폈다 했다. 클로드도 그걸 보고 식은땀을 흘리기 시작했다.

"부탁이니까 스커트라든가 창피한 옷은 말아줘."

"알았다. 의뢰인의 요망을 들어주는 게 장인이지. 하지만 언젠가 너한테 내 코스프레 의상을 입힐 테니까. 크크큭."

우우, 무섭다. 왠지 쿨한 분위기가 싹 달아난 느낌이야.

뭐, 다행이다. 선불로 두 사람에게 1M을 지불했다.

"정말로 나머지 2M을 어떻게 써야 좋을지 모르겠어."

"윤찌, 여태까지 초기 장비였으니까 모르겠지만, 장비 수리에도 의외로 시간과 돈이 들어."

"참고로 랭크가 높은 장비품일수록 수리에 돈이 든다. 무기 수리는 대충 구입가의 2할. 방어구면 1할이라고 계산하는 게 좋아."

즉 지금 부탁한 무기라면 8만, 방어구라면 한 군데 3만이 두 군데니까 합계 14만.

"뭐, 정도에 따라서 가격은 좌우되지만, 금방 다 써버릴 만한 액수니까 계획적으로 쓰도록 해."

마기 씨에게 고마운 말을 듣고 포션을 납품한 뒤 로그아웃했다.

7장 검은 소녀의 장궁과 매직 젬

"돈을 벌 필요가 없어졌네. 그렇다기보다도 200하고 5만 G 같은 돈은 가지고 다니기 겁나."

하늘에서 뚝 떨어진 듯한 거금을 손에 넣은 나지만, 근본은 소시민이다. 거금은 가지고 다니기 무섭다. PK같은 건 진짜 무섭잖아. 이게 복권 1등에 당첨된 사람의 심리일지도 모르겠다.

"이럴 때는 믿음직한 폐인한테 물어볼까."

나는 친구 리스트에서 타쿠를 골라 친구 통신을 연결했다.

"어이, 있냐, 타쿠?"

[왜 그래? 사냥하자는 거라면 무리야. 지금 제2마을 부근에서 사냥하고 있으니까.]

"그게 아냐, 의논 좀. 시간은 안 뺏을게."

[알았어. 다들 잠깐 휴식! 난 이야기 좀 하고 올게.]

왠지 사냥을 중단시킨 것 같아서 미안한데.

[그래서? 윤이 나한테 의논이라니 어쩐 일이야.]

"아니, 돈이 꽤 쌓였는데 가지고 다니기 겁나니까. 어디다 맡겨둘 수 없을까? 게임 안에 은행 같은 거 없어?"

[으음, 본 적은 없네. 하지만 길드나 거주지에 아이템이나 돈 보관 기능이 있어.]

"난 거주지가 없잖아."

[뭐, 길드도 아직 안 되었고. 조만간 같이 만들자는 사람도 있지만…….]

그래. 길드라. 뭐 솔로 사냥인 나랑은 관계없고.

[그래서 얼마 정도 모았는데?]

"아니, 무서우니까 말 못해. 그리고 없어지지 않도록 맡기고 싶어. 금방 다 써버릴 것 같으니까."

[그렇군. 밭이라든가.]

"아하하하……. 밭은 다섯 개를 넘어가면 가격이 열 배가 돼. 수수료도 뜯기고."

[설마, 또 샀다고는 하지 마라?]

"……여섯 개까지 샀어. 여태까지 밭에 10만G 가까이 썼어."

의외로 여태까지 합계를 내면 제법 벌었지만, 왜인지 어딘가로 사라지는구나. 재료라든가 도구라든가. 신기한 일이다.

[너 그대로 거기에 가게 낼 셈이야?]

"어, 가능해?"

[아니, 모르겠지만……. 어쩌면 가능하지 않을까?]

"……NPC한테 물어보지."

[으, 음, 그럼 난 이만 간다.]

대충 그런 대화를 나누고 끊었다. 아니, 설마, 여긴 농지잖아. 남부 지구고. 그게 가능하면 다들 이 부근의 농장을 샀겠지. 그럴 리는 없겠지요, NPC 아저씨?

"음? 가게를 내고 싶어? 땅을 어느 정도 사서 지주가 되지 않으면 안 돼."

아니, 가능하긴 해?!

"그럼 땅이 어느 정도 필요해?"

"열 개면 지주로 인정되지. 다만 점포용 토지는 별개야. 그리고 가게 건설도 별도지."

"그럼 인접한 땅을 네 개 정도."

"20만G다. 혼자서 땅을 관리할 수 있겠어? 필요하다면 농가의 딸을 고용해볼래?"

NPC까지 걱정해주었습니다. 아니, 그렇긴 해도 관리가 불가능할 거라고 여기는구나. 그런 걱정을 사면서 토지 권리서를 샀다.

"너 가게를 내고 싶댔지? 지금은 빈 땅이 많으니까 골라봐."

"그럼 길을 사이에 두고 밭하고 인접한 장소로……."

"또 좋은 입지를 고르는군. 토지 하나에 20만G다."

에엑, 아까 밭 네 개에 20만이었는데, 이번엔 하나로 20만이냐!

"뭐, 하나뿐이면 좁으니까 서너 개 사서 넓게 만드는 편이 낫겠지."

"하나 넓이는 어느 정도야?"

"밭하고 같지."

아, 그럼 네 개는 넓겠고 세 개면 딱 좋을지도.

"그럼 세 개로 부탁하겠습니다."

"그럼——80만G다."

"잠깐 기다려! 아까 20만이라고 했잖아!"

"그건 최저 가격이지. 그 조건으로 인접한 토지 3개로 80만G면 싸지. 이것도 꽤나 양보한 거야."

NPC가 타이르듯이 말했다. 끄으으으……

"알았어. 좋아. 그걸로 부탁해."

"자, 토지 권리서와 지주 인정증이다."

2M이 설마 이렇게 단시간 만에 절반인 1M이 될 거라곤 생각도 못했다. 하지만 밭이 열 개면 아이템을 200개 생산할 수 있다. 이건 기쁜 일이다. NPC라도 고용해서 관리해볼까, 하고 생각하면서 토지 권리서와 지주 인정증을 인벤토리의 중요 아이템 칸에 넣었다.

"그럼 이걸 주지."

"이건?"

NPC에게 종이 몇 장과 펜을 받았다. 아무것도 없는 백지지만 중요한 건가 본데.

"여기에 가게 구조 같은 걸 그려서 제2마을의 [목수]에게 보여줘. 대충 견적을 내줄 거다. 그 다음에 나한테 돈을 지불하면 가게를 세워주지."

즉 이건 퀘스트 아이템인가. 이 마을은 가게를 임대, 혹은 구입할 뿐이고 건설은 불가능하다. 이건 건설을 위한 전용 퀘스트일지도 모른다.

실제로 시스템의 퀘스트 칸에 [점포의 건설]이라는 것이

나타났다. 하지만——.

"저기, 제2마을에 꼭 가야만 해?"

"그래, 한 번 가면 포탈로 이동할 수 있잖아."

"그 전에 일단 보스랑 싸워야 하잖아."

"……그렇지."

NPC는 눈을 감고 팔짱을 꼈다. 아니, 동의해도 말이지. 조금 더 뭐 없어? 응?

"아, 그렇지. 깜빡했다."

뭔가 새로운 대화. 내게 유리한 이야기인가?

"농가의 딸을 고용할 경우는 한 달에 10만G다."

"지금 그 이야기냐?!"

"어쩔 거지?"

"……석 달 계약으로."

뭐, 하지만 고용했습니다. 아아, 구획을 지정하고 씨앗을 주면 괭이로 갈거나 비료를 주거나 하는 것까지 해준다는 모양이다.

그리고 열매를 맺은 작물은 수확해준다고 한다.

NPC, 중노동으로 고생하십니다. 내가 로그아웃한 동안에도 일을 해주는군요.

이걸로 밭 문제는 해소되었다. 내일부터 제2마을을 향해 공략을 시작해야만 한다.

꿈인 내 가게를 향해! 가게 견적을 내기 위해 제2마을의 NPC [목수]와 만나야만 하지만, 그러기 위해선 도중의 보스

몹, 블레이드 리저드와 한 판 싸워야만 한다.

솔직히 귀찮다. 하지만 공략에 협력해줄 만한 사람이라면 짚이는 바가 있다.

"……미우. 사실은 제2마을에 가고 싶은데 공략 좀 거들어줄 수 없을까?"

저녁식사 자리에서 나는 그렇게 말을 꺼냈다. 오늘 저녁식사는 기분을 맞춰주기 위해 미우가 좋아하는 미트 스파게티로 했다. 뭐, 면 종류는 만들기 쉽기도 하다는 이유는 비밀인 걸로.

"오빠, 공략할 마음이 생겼구나! 물론 좋아! 렛츠, 한여름의 아방튀르!"

"그건 아니지만. 그보다도 미우, 아방튀르의 의미를 알고 쓰는 거야?"

아방튀르란 프랑스어로 모험. 그리 틀린 건 아니지만, 사랑의 모험이나 불장난 같은 의미도 있다.

"나는 퀘스트 때문에 어떻게든 제2마을에 가야만 해."

"오빠가 퀘스트를 받다니 어쩐 일이야. 제2마을이면 [페어리 그로우의 채취]라든가 [밀단디 가도의 조사], 그리고 길드 설립 관련 퀘스트인 [마스틸 딘의 토벌 의뢰] 정도인가?"

"아니, [점포의 건설] 퀘스트야."

"들어본 적 없는 퀘스트네. 뭐 하면 나와?"

"어어, 그게 말이지."

말해도 되나. 솔직히 장사 밥줄이고, 앞으로도 몰래 밭을 사들이고 싶으니까 비밀로 하고 싶은데. 좋아, 애매모호하게 말하자. 구체적으로 말하지 않으면 문제없겠지.

"……지주가 되었어."

"어떻게 하면 지주가 되는데?"

예, 틀렸습니다. 귀엽게 고개를 갸웃거리는 내 여동생. 순수한 느낌의 미소녀가 이러면 다들 순식간에 함락되는 모양이다. 하지만 얘는 폐인입니다. 머릿속은 지금 분명 지주가 되는 가능성에 대해 생각하고 있겠지.

지주가 되기 위한 과정을 자세히 조사하는 사람입니다.

"저기…… 땅을 샀습니다."

"땅이라니 어디? 들어본 적 없는데."

"아니, 알 거라고 생각해. 너한테 들은 이야기니까."

"나한테……."

손에 든 포크를 일단 내려놓고 생각하는 미우. 그동안 나는 묵묵히 그녀를 지켜보았다.

"설마…… 아아아앗!!"

"알아차렸나."

"남부 지구의 밭! 씨가 없는데도 샀어?! 나도 아직 발견 못 했는데."

"아니, 씨가 있으니까 샀어."

"어……. 오빠는 씨가 있구나. 어디서 손에 넣었어?"

"그냥 이렇게, 에잇…… 하니까."

그래——스킬을 쓰면 번쩍 빛나지요.

뭐, 이걸로 알면 대단하지.

"……씨앗을 만드는 센스를 찾았어?"

아는 모양이네요. 뭐지, 이건? 남매 사이의 이심전심 같은?

"남들한테 퍼뜨리거나 게시판에 올리지 마라?"

"안 해, 안 해!"

"그럼 가르쳐주지."

"고마워, 오빠."

정말이지 약삭빠른 여동생이구나.

"[연금] 센스의 스킬로 만들어."

"어……. [연금] 센스는 레벨을 올리면 그런 스킬을 배워?"

"아니, 하위 물질 변환. 식물 계열 아이템은 최하층에 씨앗이 있고 그 위로는 그것의 식물로 이어져."

"그럼…… 약초에서 만들었구나. 그렇다면……."

"하이 포션과 MP 포션의 원재료를 사서 재배. [연금] 센스로 씨앗을 늘리고 밭에 잔뜩 재배. 그렇게 나온 아이템을 [조합] 센스로 포션을 만들어서 팔지."

"오오오오오, 오빠! 하이 포션이랑 MP 포션 같은 거 만들 수 있어?!"

"뭐야, 왜 그렇게 놀래?"

"놀라지 않을 수가 없잖아! 플레이어가 만든 아이템 쪽이 당연히 효과가 커. 사냥 효율 같은 걸 생각하면 NPC의 것보다도 효율 높은 포션이 필요해!"

난 솔로고, 대미지를 입기 전에 잡지 못해서 접근하면 죽거든. 이른바 일반적인 사냥은 타쿠네 파티 이외에는 해본 적 없다.

"지금 하이 포션과 MP 포션의 원료를 재배하는 중. 그런 방식으로 블루 포션을 팔아서 돈을 벌었어."

"블루 포션을 만들 수 있단 소리는 [조합] 레벨이 꽤나 높아졌단 거네. 최근 고급 블루 포션이 나돌던데, 그건 HP가 적은 후위직에게 딱 좋아."

고급 블루 포션? 수수께끼의 블루 포션 다음에는 고급인가.

"고급 블루 포션인지는 모르지만 원료가 싸니까 납품해서 위탁 판매하는데, 밭도 생겼으니까 하이 포션으로 전환할 예정이야."

"오빠! 최고의 멤버로 세팅할게! 내일 사람들한테 말할 테니까 모레로! 모레 같이 블레이드 리저드를 잡으러 가자!"

"으, 음. 나도 장비라든가 이것저것 준비할 테니까, 그래주면 고맙겠어."

받아들여주려는가 보다. 잘된 일이긴 하지만 미우가 이상하게 의욕적인 게 불안하다.

"내일은 나도 준비할 거니까 모레로. 시간은 언제든지 좋으니까 너희가 편할 때로 부탁해."

"맡겨줘! 안전하고 안심할 여행을 우리가 제공할게!"

나도 활 레벨을 올리고 싶으니까 거들어주겠다고 했더니 미우는 뭔가 생각 많은 얼굴을 했다.

"으음, 알았어!"

엄청나게 불안해졌다. 파티 사람들에게도 엄청나게 민폐가 될 것 같다. 파티 멤버에게 선물이라도 할까, 사죄의 아이템을 준비해두는 편이 좋을까? 이번 보스몹 공략과 호위의 보수, 그리고 가게 선전도 겸해서 그러도록 할까.

저녁식사 후, 모레를 위한 준비라고 해봤자 포션 원료를 사서 제작할 뿐이었다.

도전할 적은 골렘과 동급의 블레이드 리저드.

골렘에게 도전할 때 제작한 블루 포션을 거의 쓰지 않았다. 게다가 뮤우의 말을 듣자면, 현재 사용되는 회복약은 효과가 높은 블루 포션과 하이 포션인 모양이다.

뮤우 레벨의 파티라면 블레이드 리저드 정도는 하이 포션이 필요 없겠지만, 꼭 안전하다고만 할 순 없다. 포션이 있다고 공략의 성공률이 극단적으로 오르는 것도 아니지만 불안 요소는 가능한 한 없애고 싶다. 아니, 솔직하게 말해서 뮤우가 의욕적일 때면 좋은 일이 없었던 것 같으니까, 과도하다는 걸 알면서도 블루 포션을 100개 정도 만들었다.

이만큼 준비하면 더 안심할 수 있겠고, 뮤우와 아직 만나지 못한 파티 멤버들이 다른 기회에라도 쓰겠지.

그리고 이번에는 시간이 없기 때문에 수작업으로 조합하는 게 아니라 스킬로 제작했다.

[조합]이나 [합성] 스킬로 제작할 때 하나하나 발동시키면 성공률은 높지만 경험치는 별로다. 반대로 한 번에 대량으로 만들면 일부는 생산에 실패하지만 경험치가 많이 들어온다.

최근 익숙해진 덕분에 블루 포션 정도라면 아무리 많이 해도 스킬로 한 방에 만들 수 있다. 실패는 없어졌으니까 재료의 손실도 적다.

"으음, 블루 포션만 주는 것도 체면도 그렇고 재미도 없지. 여기선 조금 재미있는 걸로."

가능하면 내 가게의 선전이 될 만한 아이템이라도 주고 싶다.

인벤토리 안에 조금 재미있는 아이템이 없나 찾아보았다.

실용성을 생각하면 하이 포션과 MP 포션 같은 포션 모음 세트가 임팩트 있겠지. 무슨 명절 선물 같은 느낌으로.

"아니, 너무 살림꾼스러워. 인챈트한 링이라든가……는 무리. 그런 걸 남한테 쉽사리 줄 순 없어."

그러고 보면 소재에도 〈스킬 인챈트〉가 가능하다. 줄 아이템이 없다면 만들어보는 것도 재미. 잠깐 실험해볼까.

"어어, 이것의 키워드는 〈인챈트〉면 되겠지. 〈스킬 인챈트〉──인챈트 어택."

공격 상승 인챈트를 단순한 돌에 걸어보았다.

인챈트의 붉은빛을 띤 소재는 부서지지 않고 무사히 손안에 들어왔다.

"이름하여 인챈트 스톤이라고 할까? 발동 키는 〈인챈트〉."

손에 쥔 인챈트 스톤은 내 생각과 키워드를 탐지하여 내포된 스킬을 개방하고, 가루가 되어 그 역할을 마친다.

"그냥 중얼거리는 것만이 아니라 발동할 의사가 없으면 안 되나. 검증이 필요한 데가 많네."

완성된 인챈트 스톤과 단순한 돌의 차이에 대해 생각했지만.

"이대로라면 그냥 돌이랑 구분이 안 가고, 애초에 돌은 가지고 다니기 크지."

주먹 크기에 울퉁불퉁한 돌이다. 가지고 다니기 힘들게 생긴 돌도 있다.

"이런 게 있습니다, 라면서 그냥 주는 것도 좀 그렇지. 그래, 물질을 가공하는 데에 딱 좋은 스킬이 있었지."

나는 새로운 돌을 꺼내고 내가 가진 스킬 칸에서 〈연마〉 스킬을 선택하여 발동.

울퉁불퉁한 돌은 매끄러운 표면에 가지고 다니기 편한 크기가 되었다.

"이거야, 이거. 이 정도로 쥐기 쉬운 크기. 하지만 색깔이 그대로인 것도 좀 그러네. 인챈트는 종류별로 색깔이 붙으니까 거기에 맞춰서 염색해볼까?"

공격 상승이면 적색, 방어 상승이면 청색, 속도 상승이면 황색. 그리고 마법공격이면 오렌지색, 마법방어는 녹색으로 발광한다. 나는 거기에 맞추어서 돌을 연마하고 염색하여 종류별로 나누고, 색깔에 대응하는 인챈트를 걸었다.

"게임에는 이런 아이템이 있지. 일시적으로 스테이터스가 상승하는 아이템."

뭐, 이 게임의 경우 [조합] 센스의 상위인 [조약]으로 몬스터의 고기와 포션 등으로 만드는 약이 그런 종류라고 예전에 타쿠가 말했던 것 같기도 한데.

"게다가 왠지 [부가술]의 레벨이 올랐고……. 이거면 공격마법 같은 걸 쓰는 걸로 간주되어 레벨이 오르나? 아니, 공격마법을 넣을 수 있으면 대단하지 않아? 마법을 담은 스크롤이라든가, 딱 한 번 마법을 쓸 수 있는 아이템이라든가."

그런 아이템이 있을 것이다. MP를 쓰지 않고 괜히 긴 주문 암기 같은 걸 단축하여 발동.

백 발의 마법을 개틀링포처럼 쏴대는 건 그야말로 로망.

한 번 그런 생각이 드니 시험해보지 않을 수 없었다.

소지 SP 12

[매의 눈 Lv28] [마법재능 Lv28] [마력 Lv26] [연금 Lv18]

[부가술 Lv3]

[조합 Lv29] [합성 Lv20] [세공 Lv21] [생산의 소양 Lv19]

[지 속성 재능 Lv1]

예비

[활 Lv18] [조교 Lv1] [속도 상승 Lv11] [발견 Lv8]

비전투라서 [활]을 빼고 속성 재능을 취득했다. 왜 [지 속성]을 취득했냐 하면, 다소 인기가 없는지 지인 중 이 속성을 가진 사람이 없었기 때문이다. 아니, 인기 없다고 할 정도는 아니다. 그냥 겉모습이라든가 여러 이유로 다른 게 우선될 뿐이다.

마법을 취득했다고 바로 마법직이 되는 건 아니다. 일일이 [지팡이]라든가 [마법서]의 센스를 단련할 걸 생각하면, 처음부터 지 마법 아이템 생산 쪽으로만 좁혀서 쓰자.

"[지 속성]의 마법. 초기에는 이것 하나뿐인가?"

지 속성의 [스킬]로는 〈봄〉 하나뿐. 시험 삼아 써봤는데, 황토색 발광과 폭발. 솔직히 같은 폭발이면 화염이나 불 쪽이 분명히 더 화려하다.

"멋은 없지만, 여섯 종류 마법 속성 중에서 이것만 약할 리는 없어. 돌에 인챈트할 수 있을까?"

시험 삼아 꺼내본 돌은 깨졌다. 두세 번 인챈트해도 깨졌다.

즉, 돌은 소재로서 랭크가 부족하다. 시험 삼아 철 주괴에 인챈트를 걸어보았지만 실패였다. 철 주괴로도 안 된다. 그렇다면 그 외에 쓸 만한 아이템은 보석뿐이다.

보석도 작은 사이즈부터 시험해봤지만 틀렸다. 중간 사이즈의 합성 보석은 강도가 모자라서 붕괴. 남은 건 페리도트의 중간 사이즈 뿐.

"작은 사이즈로는 역시나 무리였어. 다음 사이즈가 무리면 오늘은 포기하고 자자. 키워드 [봄]으로 설정. 〈스킬 인챈트〉──봄."

손에 들린 페리도트 보석은 황토색 빛을 띠며 무사히 남았다.

"으음. 속성 마법은 꽤나 높은 랭크의 소재가 아니면 무리인가. 최소한의 필요 정도가 보석의 중간 사이즈 정도라면……."

아직 미확정이지만 최상급 마법 같은 걸 넣는 건 곤란, 혹은 불가능하단 소리.

게임 밸런스를 생각하면 일격필살이라든가 시간과 MP의 소비가 크고 강력한 마법을 미리 준비해서 키워드로 발동할 수 있는 건 치트라고 할 수밖에 없다. 그걸 회피하기 위해서 공격용 마법을 넣는 소재의 랭크는 높게 설정된 걸지도 모른다.

"아하하하……. 진짠가. 타당하기야 하지만."

게다가 또 하나. 내 MP 게이지다. 제일 약한 마법을 넣은 것뿐인데 3할은 줄어들었다. 일반적으로 쓰면 1할도 안 나가는데…….

인챈트 스톤 제작시에 MP 소비가 별로인 것은 인챈트 마법 랭크가 낮기 때문이거나, 애초에 [부가]의 파생이라 소비가 적기 때문이라고 여겨졌다.

가령 여기서 상위 공격마법을 넣는다면 MP가 얼마나 필요할까. 부족할 경우 실패라고 생각하는 게 타당하다면 상위 마법을 넣는 건 힘들다.

"소재에 나 자신의 MP 보유량. 그리고 자기 자신이 마법을 익혀야만 한다는 문제."

인챈트 스톤과 마찬가지로 이름을 매기자면 매직 젬이라고 해야 할까.

"매직 젬은 양산하기 어렵겠어. 뭐, 비장의 수라고 생각하면 될까."

나는 그 자리에 앉아 MP 회복 속도를 올리면서 나머지 보석에 봄 마법을 넣었다.

최종적으로 20개 정도 만들었을 때 [지 속성] 레벨이 2 올랐다.

시간이 꽤 걸리기에 마력 회복 센스도 딸까 생각했지만, 그런 실험까지 하기에는 너무 늦은 시간이었다.

오늘은 이만 자고 내일 방어구를 받으러 갈 때 마기 씨랑 상의해보자.

●

다음 날, 로그인과 동시에 밭의 관리를 맡은 고용 NPC가 말을 걸어왔다.

"아, 윤 씨?"

"응? 왜?"

NPC가 밭 문제로 이야기가 있을 때는 그쪽에서 말을 걸어온다. 하루 종일 AI랑 대화해도 질리지 않을 레벨의 대화 능력인 듯하다. 대단하잖아.

대인훈련으로 NPC와 대화하는 사람이 있을지도?

"활력수가 정착해서 열매를 맺게 되었습니다."

"고마워. 그럼 한 번 보러 갈까."

내가 대답하자 애교 있는 미소를 돌려주었다. 음, 왠지 섬세한 표정. 사실 안에 사람이 있는 거 아닌지 의심스러웠다.

그리고 안내받은 활력수는 내 가슴 정도의 높이에서 열매를 세 개 정도 맺고 있었다.

열매 모양은 완전히 마늘. 나무에 열리는 마늘이라니 초현실적이구나.

"저기, 활력수는 어디에 쓰지?"

"글쎄요? 반대로 여쭙겠는데, 윤 씨는 왜 이걸 심었습니까?"

"……씨앗이 있으니까 심었지."

"……."

그런 멋쩍은 분위기를 노골적으로 드러내지 않아도 되잖아. 사실은 사람이 조작하고 있습니다, 라는 말을 하더라도 진짜로 믿을 자신이 있어.

왠지 어색한 분위기에서 도망치듯이 나는 말을 주워 담았다.

"나, 나는 잠깐 나갔다 올 테니까 수확 부탁할게."

"예, 다녀오세요."

도망치는 거긴 하지만, 일은 분명히 있다. 마기 씨 일행에게 사전연락을 하고 무기와 방어구를 받으러 간다. 오늘은 리리의 가게로 모이면 되는 모양이었다.

시내를 빠져나가 동부 지구의 가게로. 오늘은 가게 문을 열었는지 클로드의 가게도 사람이 드나들고 있었다. 의외로 여자 손님이 많은 느낌이다.

"아니, 우연이야, 우연. 그저 가죽이나 천 장비를 하는 사람 중에 여자가 많을 뿐이야."

그렇게 스스로에게 말하면서 반대편의 리리네 가게로 들어갔다.

안에는 선객이 있는지, 경갑옷의 마법사나 곤봉을 든 사람이 있었다.

가게 안에는 보석 달린 지팡이나 활, 진기한 무기로는 봉과 봉을 사슬로 이어놓은 타격 무기인 프레일이라는 것이 전시되어 있는 등, 마기 씨네 가게와는 다른 취향의 무기라서 좋은 구경거리가 되었다.

"헤에~. 재미있네……. 무슨 파칭코 같은 것도 있고."

Y자형의 나무 사이에 신축성 있는 소재와 가죽을 달아놓

은 도구.

"어서 와, 윤찌. 활은 다 됐어."

가게 안에서 장비품을 구경하는 사람들 사이를 헤치고 카운터 너머로 리리와 마주 보았다.

가게에는 마른 얼굴의 점원 NPC도 있어서 막힘없이 운영되는 모양이었다. 리리가 나를 데리고 가게 안으로 들어갔을 때 NPC가 우리를 향해 가볍게 인사하였다. 이것 또한 리얼하다.

"다른 두 사람은?"

"크로찌는 아직 가게에 있는 모양이야. 마기찌는 안쪽에서 기다리고 있어."

"나도 들어가도 돼? 조금 보여주고 싶은 것도 있고, 다른 사람한테는 보여주고 싶지 않으니까."

"뭐야? 또 뭐 저질렀어?"

"듣기 안 좋은 소린 하지 마. 이상한 짓 한 거 아니니까."

투덜거렸지만, 눈앞의 리리는 재미있는지 웃어넘길 뿐. 오히려 내가 기죽었다.

"오, 윤 군. 안녕."

"마기 씨, 안녕하세요."

"으음, 오늘은 내가 있을 필요가 없을 것 같은데, 뭔가 있는 눈치네?"

"그건 조금 있다가 공개하는 걸로."

"아하하하, 사람 애태우네. 윤찌."

리리는 그렇게 말하면서 장궁을 꺼내어 테이블 한가운데에 내려놓았다.

"윤찌의 의뢰대로 만든 활이야. 크니까 다루기 어려울지도 모르지만, 시험 삼아 들어봐."

매끄러운 곡면을 그리는 활의 색깔은 검정. 흑단의 색깔을 떠올리게 했다.

시위는 팽팽하고, 활 전체는 묵직하다. 하지만 못 쓸 정도는 아니다. 오히려 손에 착 달라붙는 신기한 느낌이다.

검은 소녀의 장궁 [장비품]

ATK+40   추가 효과 : ATK 보너스

검은 소녀라니, 왜 소녀?

"무기는 방어구와 마찬가지로 랭크 업도, 강화 소재로 추가 효과 부여도 가능하니까. 나중에 가끔씩 내구도 회복 메인터넌스도 내가 하겠지만……. 윤찌, 그거 제대로 다룰 수 있겠어?"

"아, 무겁지만 손에 딱 붙어. 쓰기 힘들 것 같지만 이거라면 꽤 멀리까지 공격할 수 있겠어."

화살을 메기지 않고 시위만 당겼다가 놓았다. 현악기처럼 맑은 소리가 방에 울렸다.

"……대단하네, 윤 군."

"그런가요?"

"무기나 방어구 중에는 스테이터스에 안 맞는 장비를 하면 마이너스 보정이 붙어. ATK가 부족한데 금속 갑옷을 장비하면 SPEED가 극단적으로 떨어지거나, 대검의 경우는 들 수 없거나.

활에도 그런 게 있어. 그런데 그 활은 윤 군을 거절하지 않았어. 대단한 일이야."

스테이터스에 맞지 않는 장비의 마이너스 보정을 거절이라고 말하다니 그럴 듯하다.

"장궁의 마이너스 보정은 대미지의 반사. 현실에서 활을 쏘는 사람은 손이 긁히거나 해서 상처를 입잖아? 그 현상이 일어나.

DEX가 낮으면 화살을 날릴 때마다 약간씩 대미지를 입어. 하지만 내 기우였네. 현장에서 어떻게든 할 거라고 생각했는데 DEX가 충분했어."

활을 건넬 때 리리가 말을 흐렸던 건 그런 탓인가.

그렇기는 해도 설마 [활]에 내가 모르는 문제가 존재했다니. 게다가 다른 장비라도 스테이터스에 안 맞는 장비는 무리인가.

그러고 보면 타쿠는 온몸에 갑옷을 입은 것도 아니었지. 머리와 팔에는 금속 장비를 하지 않았다. 마을에서 엇갈린 플레이어들 중에 온몸에 금속 갑옷을 입은 사람이 거의 없었던 이유는 자금부족이라고만 생각했는데, 그런 원인으로 장비할 수 없는 경우도 있다니 심오하다.

"아무래도 크로찌가 온 모양이네. 안으로 들어와."

리리는 친구 통신으로 클로드와 대화한 모양이었다. 잠시 뒤 NPC 점원의 안내를 받아 클로드가 들어왔다.

"내가 마지막인가. 늦어서 미안하다."

"별로 기다리지도 않았어. 게다가 클로드는 또 그거 했잖아?"

마기 씨는 손을 살랑살랑 흔들면서 기막히다는 듯이 말했다. 그거라는 건 뭐지?

"저기, 그거란 게 뭐야?"

"블로그에 올릴 스크린 샷 촬영이다. 내 옷을 입은 플레이어를 말이지."

"……몰래카메라?"

"무슨 소리. 상세한 설명을 하고 찍는다. 얼굴도 숨겼고, 옷 자체의 소개 블로그다. 그리고 너도 내 모델 중 한 명이다."

"무슨 소리야!"

"네 그 옷은 내 걸작——CS라는 이름을 단 작품이다. 어떻게 기념을 남기지 않을 수 있지?"

"아니, 모른다니까. 됐으니까 방어구나 내놔."

"참나, 성미도 급하군."

그런 말과 함께 한숨이 돌아왔다. 아니, 내 쪽이 정신적으로 지친다.

"자, 속옷과 허리 장비다."

"어, 고마……워?"

말이 중간부터 이상해진 것도 당연하지. 속옷은 그래도 낫다. 코트와 마찬가지로 검은색에 황갈색 자수가 들어갔다. 무슨 자수인지는 모르겠지만, 문장(紋章) 같아서 멋있다. 다만 허리 장비가 문제다.

"어이, 팬티잖아, 이거!"

"이건 수영복이다. 팬티가 아니니까 부끄럽지 않아!"

"스커트는 안 된다고 했더니 수영복이냐! 더 창피하잖아."

"안심해라. 복부 장비로 허리띠를 두르면 스커트처럼……. 아니, 미안. 농담이 과했다."

마기 씨가 주먹을 쳐든 상태로 클로드를 향해 빙그레 웃었다. 손가락에 반지를 몇 개나 장비했고, 그중에는 내 트리온 링이 보였다.

분명히 ATK 강화 링이야, 저거.

"진짜는 이거다."

수영복 대신 내민 것은 핫팬티였다. 이쪽은 진녹색 바탕에, 감촉은 청바지에 가까웠다. 움직이기 쉬우려나. 뒤쪽이 좀 걱정이지만, 코트 자락이 엉덩이를 잘 가리도록 설계된 모양이었다.

"CS No.6 오커 크리에이터, 라고 하면 될까."

"그 시리즈네 넘버네 하는 게 창피한데."

"이것만큼은 양보 못 한다. 그리고 장비의 성능을 봐라."

CS No.6 오커 크리에이터 [속옷]

DEF+10 MIND+10　　　　추가 효과 : DEX 보너스

CS No.6 오커 크리에이터 [허리]

DEF+10 SPEED+10　　　　추가 효과 : DEX 보너스

"겉옷의 +16을 더하며 물리방어 합계가 36, 마법방어가 10, 속도가 10. 방어구 세 개로 이 정도다. 어지간한 금속방어구를 전신 장비한 것보다 성능이 좋겠지."

아니, 모른다니까. 비교 대상이 없으니까 전문가에게 물었다.

"그래요, 마기 씨?"

"사실이야. 오히려 속도가 상승하니까 금속 갑옷보다도 민첩성에서 앞서."

정말입니까. 뭐, 분명히 빠르게 보이니까 좋을지도.

"다른 세 군데의 디자인도 이미 되었다. 얼른 돈을 준비해서 완전 장비의 오커 크리에이터를 구경할 수 있게 해다오."

"그냥 옷만이라면 볼 수 있잖아?"

"최고의 모델이 입어야 비로소 옷이다! 입을 사람이 없는 옷 따위에 흥미는 없다!"

말은 멋지지만, 나한테 입히고 싶다는 소리잖아. 우와아, 닭살이 돋기 시작했다.

"리리, 어디서 갈아입을 수 없을까?"

"그럼 이쪽에 탈의실이 있으니까 거기서 해."

나는 안내받은 장소에서 장비를 오커 크리에이터로 바꾸었다.

착용감은 여태까지의 초기 장비 이상으로 좋고 몸이 가볍다. [속도 상승]의 은혜를 실감할 수 있었다.

"다 입었습니다."

으음. 모두가 이쪽을 응시하는구나. 어깨에 멘 화살통이나 머리칼은 괜찮을까. 뭐, 애초에 VR 안에서 복장을 신경쓰는 것도 이상하지만 일단 가볍게 손봤다.

"어울려, 윤 군. 가벼워 보이네."

"오오, 윤찌, 모델 같아."

"음. 내 눈은 틀리지 않았던 모양이군."

저마다 긍정적인 감상을 하니 기쁘긴 한데 조금 창피하다.

그것을 눈치챘는지 리리는 내게 다가와서 손을 잡아끌었다.

"그럼, 그 장비 그대로 이쪽에 와서 시험사격 해봐."

리리는 우리를 가게 뒤쪽으로 안내했다.

거기는 폭 10미터, 길이 15미터 정도의 사격장 같은 장소.

"마법과 활의 시험 사격을 위해 만들었어. 윤찌, 허수아비를 노려봐."

"그럼 조금 해볼게."

나는 15미터 앞의 판금 갑옷을 입은 허수아비를 [매의 눈]으로 바라보았다.

새로운 장궁에 화살을 메기고 시위를 당겼다. 새로운 방어구의 DEX 보정이 있어서인지, 아까 시위를 당길 때보다 다루기 쉬웠다.

일단 한 발. 똑바로 날아가는 화살은 갑옷 허수아비의 중심에 맞고 튕겨났다. 하지만 맞은 자리가 살짝 움푹 파인 것이 보였다.

이어서 오른쪽으로 걸으면서 화살을 메기고 쏘았다. 여태까지 하지 않았던 이동 사격. 방금 전과 같은 자리에 맞았다. 3번째 화살은 왼쪽으로. 또 같은 곳에 맞았지만 이번에는 파인 자국이 더 커졌다.

네 발, 다섯 발……. 마찬가지로 좌우로 움직이면서 쐈다. 여섯 발, 일곱 발, 여덟 발, 아홉 발, 열 발, 공간이 좁지만 좌우로 스텝을 밟으며 화살을 날리는데 몸의 균형이 흐트러지지 않았다.

열여덟 발째에서 판금 갑옷을 관통했다. 나는 그제야 활을 내리고 휴우 한숨을 내뱉으며 혼잣말처럼 감상을 흘렸다.

"아주 잘 만들어졌어. 전에는 철을 꿰뚫지 못했거든."

"화살만으로 철을 뚫다니. 이동 사격은 원거리 직업 중에서 난이도 높은 기술이야, 윤 군."

"그 이전에 완전히 똑같은 곳을 맞힌 걸 보면 윤찌의 DEX가 꽤 높아."

마기 씨와 리리에게 그런 말을 들으니 조금 창피하군.

그리고 혼자 팔짱을 끼고 뭐라고 중얼거리는 클로드.

REC 완료, SS 촬영 완료, 폴더 명은 검은 발키리. 완료. 비밀 저장.

들려오는 말이 조금 무섭군. 그냥 모르는 게 낫겠다. 하던 말이나 계속하자.

"리리는 무기를, 클로드는 멋진 방어구를 만들어줘서 고마워."

"마음 둘 것 없다. 그보다 모델 안 하겠나? 방어구를 싸게 해주지."

"됐어. 나는 내 손으로 만드는 게 좋을 뿐이니까."

"리리는 앞으로도 애용할게. 그리고 클로드, 남자 옷으로, 내 이름을 꺼내지 말 것, 이라는 조건으로 마음 내킬 때 해주지."

기쁜 얼굴을 하는 리리, 어깨를 으쓱이는 클로드. 그리고 그런 우리를 흐뭇한 눈치로 바라보는 마기 씨.

"그럼 내가 세 사람한테 이야기할 차례. 전에 말했던 [부가술]로 소재에 〈스킬 인챈트〉가 가능하기에 그걸 아이템으로 만들어봤어."

세 사람에게 인챈트 스톤과 매직 젬을 보여주었다.

MP 소비량은 공격마법 쪽이 크다는 사실, 또한 상위 소재가 아니면 상위 공격 마법을 인챈트 할 수 없을 가능성 등등, 개인적인 의견을 포함하여 설명하였다.

그런 설명을 다 듣고 제일 먼저 의문을 꺼낸 것은 리리였다.

"흐음. 그래서 효과는 어때? 대미지량은? 지팡이를 든 경우는 마법에 보정이 걸리지만, 지팡이 없이 인챈트한 매직 젬은 어때?"

눈을 반짝이며 쏜살같이 질문을 던져대는 리리. 목공사로서 지팡이나 마법사를 많이 본 탓에 나온 의문이겠지. 하지만 나는 그 질문에 죄다 대답할 수 없었다.

"사실 아직 이걸 시험해보질 않았어. 그러니까 이 자리에서 해도 될까?"

"그래. 저 허수아비를 노려서 쏴봐."

나는 활을 인벤토리 안에 갈무리하고, 대신 매직 젬을 열 개 꺼내어서 왼손에 들었다.

그중 하나를 오른손으로 쥐고 눈앞으로 들어 올렸다.

"──〈봄〉!"

내 키워드 발동에 따라 빛을 발하는 매직 젬. 하지만 오른손의 보석만이 아니라 왼손에 든 아홉 개의 보석도 빛을 발했다.

"이런…… 엎드려!"

클로드의 외침이 울린 직후, 내 손 안에서 모든 보석이──폭발했다.

폭발 후 뭉게뭉게 피어오르는 연기 속에서 나는 간신히 살아있었다.

폭심지 주위는 시커멓게 탔고, 가게 일부가 파괴되었다.

"콜록, 콜록……. 설마 폭발하다니."

"우우, 머리가 어질어질 해."

폭심지에 있던 나는 마법의 다중폭격에 직격당해 HP가 간당간당. 혹시 장비를 바꾸지 않았다면 분명히 죽었을 것이다.

제일 가까이 있던 리리도 나름 대미지를 입었다.

"마기 씨, 괜찮은가요?"

"괜찮아. 클로드가 머리를 눌러줬으니까."

"거기선 감싸줬다고 말해라. 거참, 성대하게 저질렀군. 잔소리는 나중이다. 자기 모습을 봐라."

"어?" 나는 얼빠진 소리를 질렀다.

내 모습을 보았지만, 겉옷인 코트는 왼쪽 절반이 완전히 날아가고 속옷과 핫팬티도 아슬아슬한 느낌으로 찢어졌다. 왼쪽 옆구리와 왼쪽 넓적다리가 완전히 노출되었다.

여성 타입인 몸이기 때문에 하얀 살의 노출은 아주 창피하다.

현실에선 남자지만, 진짜 몸이 아니라고 해도 남들 눈에 닿는 것 자체는 좋지 않다.

숨기려고 재빨리 몸을 감쌌지만, 애초에 찢어진 면적이 넓다보니 손으로는 별 의미가 없었다.

내 반응에 클로드가 더욱 응시하였다. 찰칵 하는 셔터 소리, 지금 뭘 촬영한 거야?

"리리도 옷이 찢어졌네."

"으음, 진짜네. 전신 소파(小破) 정도?"

나도 장비를 확인하니 장비한 방어구가 죄다 파손되어 있었다. 새 건데…….

"초급 마법 열 발로 방어구가 일부 파손되다니…… 말도 안 돼."

"그렇지도 않아. 같은 계통의 연쇄 보너스가 있잖아. 완전 동시 폭발이면 콤보가 발생, 한 발마다 대미지량이 증가하면 꼭 불가능한 현상도 아니야. 게다가 완전 근접거리에서 폭발했잖아. 충격만으로 나한테도 대미지가 있었어."

나는 몸을 숨기는 자세로 포션을 꺼내어 회복했다.

"옷을 갈아입을 필요가 있겠군. 둘 다 이 옷으로 갈아입어라."

클로드가 꺼낸 것은…… 해군의 세일러복과 해군 군복이었다.

"……너 설마 세일러복을 나한테?"

"아니. 세일러 쪽은 리리다. 너는 이 군복이다."

"좋아. 그럼 빌려줘. 갈아입고 올 테니까."

"괜찮냐! 너 남자잖아!"

"괜찮아~. 게임에선 바보가 되어야지."

그렇게 말하며 세일러복으로 갈아입으러 탈의실로 향하는 리리. 돌아온 뒤에는 내가 안에 들어가서 갈아입었다. 해군 군복은 전체적으로 날카로운 인상을 준다. 허리 장비가 슬랙스이기 때문에 자연스럽게 받아들일 만했고, 옷 자체의 분위기 때문인지 자연스럽게 등이 쭉 펴지는 느낌이었다.

"다 갈아입었어. 리리, 저기…… 미안해, 폭발 소동을 일으켜서."

"괜찮아, 윤찌. 방어구가 조금 망가졌을 뿐이고."

"아니, 지상 불꽃은 위험하구나. 하지만 게임이 아니었으면 못 볼 현상이야."

우리 둘은 낙관적이지만 클로드만큼은 팔짱을 끼고 말이 없었다. 미남이지만 언동이 문제인 만큼 조용히 있으면 위압감이 장난 아닙니다. 무슨 말이든 해보세요.

"하아, 슬프군. 주자마자 부숴먹다니."

"……저기, 죄송합니다."

"곧바로 너희의 장비를 고쳐주지. 윤의 겉옷은 자동수복으로 나아지지만 다른 건 수리해야지. 그리고 리리는 거기에 휘말려든 거니, 그 수리비는 네가 져라. 그러면 맞겠지."

"아니, 나는 그렇게까지……."

"아니, 됐어. 그래서 내 속이 풀려. 오히려 내가 고개 숙이고 부탁하고 싶어."

불가항력이라지만 리리가 나 때문에 이렇게 되었다는 건 분명하다. 그러니까 내가 돈을 낸다.

"좋아, 좋은 마음가짐이다. 리리의 가게 수리에 약 30만, 네 옷의 수리에 15만, 리리의 전신 방어구 수리에 35만, 합계 80만이다."

"……."

무리다. 못 내! 절대로 못 낸다고. 지금 수중에 있는 돈으

로는 좀 모자라! 식은땀이 줄줄 흐르기 시작했다.

"……돈이 모자라. 가게 준비로 돈을 써버려서 조금 모자라."

"……며칠 만에 2M을 다 쓰다니 어떤 의미로 대단해, 윤 군."

"어쩔 수 없군. 지금 입은 옷의 스크린 샷을 블로그에 올리는 것을 허락해준다면, 지금 소지금 전액으로 넘어가주지."

그런 걸로 싸게 해주는 거냐. 뭐, 한두 장 정도라면.

"……뭐, 그 정도라면."

"리리, 포즈를 취해! 윤도 등을 쭉 펴고! 납득이 갈 때까지 몇 장이고 찍겠다."

"어? 어, 어이, 잠깐……."

상황에 제대로 휩쓸려서 몇 번이나 사진을 찍었습니다. 나중에 기념사진을 보내준다고 합니다. 필요 없어!

"……휴우, 오래간만에 괜찮은 걸 건졌군."

"수고했어, 윤 군. 클로드도 적당히 좀 해."

마기 씨는 계속 우리의 촬영 쇼를 재미있게 지켜보았다. 중간부터는 나도 될 대로 되라는 마음으로 클로드가 시키는 대사를 그대로 말하기도 했다. 어라? 스크린 샷이랑은 관계 없잖아?

지금 망가진 방어구는 내 MP를 흡수해서 자동수복중인 것 외에는 클로드가 수리하고 있다. 내 지갑은 또다시 얄팍해졌다.

"어디, 본론에서 엇나갔네. 윤찌는 인챈트 스톤과 매직 젬을 어쩔 생각이야?"

"아는 사람한테 줘서 사용 감상이라도 들은 뒤에 가게의 상품으로 삼고 싶어. 하지만 매직 젬은 만들기 귀찮으니까 내 전용으로 삼을 거 같아."

"그럼 또 하던 대로 가격 결정 시간이라도 가질까. 모두가 말한 가격의 평균으로 해서 시험 삼아 팔자. 부적당하다고 생각되면 또 조정하지. 인챈트 스톤에 얼마 낼래?"

마기 씨의 한마디에 테이블을 둘러싸고 시계방향으로 가격이 오갔다.

"나는 5000."

"1."

"그럼 나도 1만. 그럼 윤 군은?"

"어? 나는…… 5000G일까?"

"그럼 인챈트 스톤은 7500이면 어때? 보스전의 소모품치고 저렴한 편이야. 지속 시간과 효과가 더 좋은 게 존재한다면 그만큼 비싸게 하면 되고."

가격에 대해선 잘 모르겠지만, 대충 그렇겠지?

"그럼 매직 젬에 얼마 낼래?"

"""""5."""""

셋의 의견이 완벽하게 일치했다.

"……내가 쓸 거니까. 나는 가격을 모르겠지만, 정말로 그 정도 가치가 있나?"

내가 만들고 이런 말도 그렇지만, 그만한 가치가 있다고는 생각되지 않는다.

"뭐, 마법 종류에 따라서 가격은 변하겠지. 봄을 한꺼번에 열 개 써서 빈사 대미지야. 후위대에게 자폭 돌격을 시키면 확실하게 처리할 수 있다는 게 크다고 생각해."

아, 50만G짜리 불꽃이 지상에서 터지는 건가.

"게다가 방어 계열 마법을 간단히 발동시킬 수 있는 점에선 즉효성이 있어서 유용하게 느껴진다. 매직 젬은 키워드를 외우고 발동까지 약 5초. 그동안에 던질 수도 있다. 보니까 마법처럼 추적 효과는 없고, 보석을 기점으로 발동하는 게 결점이군."

"으음. 나는 딱히 결점이라고 생각하지 않아. 혹시 설치해서 발동시킬 수 있으면? 지뢰나 폭탄 같은 덫을 깔 수도 있다는 소리잖아?"

지면에 굴러다니는 5만G짜리 지뢰밭 같은 건 생각도 하기 싫다. 아니, 그런 말을 들으니 몬스터랑 싸울 때보다 플레이어끼리 싸울 때 더 유용한 느낌이다.

실제로 그 뒤로 검증한 결과, 발동 전에 던질 수도, 사전 설치도 가능했다.

매직 젬은 손에서 떨어져도 소유권은 계속되는 모양이다. 편리하지만 많은 수를 동시에 다루기가 어려운 느낌이다. 폭발의 교훈을 살릴 거면 하나씩 키워드를 바꾸는 게 좋겠지만, 솔직히 말해서 귀찮다. 그리고 분명히 까먹는다.

"하아, 왠지 금전관이 변하네. 뭐, 가난뱅이니까 살 돈도 없고."

"뭐, 괜찮아. 돈이 부족해지거든 나한테로 가져와. 그러면 포션이랑 같이 인챈트 스톤도 위탁 판매할 테니까."

"그럼 몇 명에게 줘서 감상을 들어볼게요. 오늘 시간 빼앗아서 미안했어요. 그리고 같이 의논해줘서 고마워요."

나는 마지막으로 그렇게 말하고 리리의 가게를 나섰다.

여담이긴 하지만 그날 밤——난처한 표정으로 남자 군복 차림인 나(사실은 남자)와 얼굴 가득 미소를 띠면서 나를 껴안은 세일러복 차림의 리리의 투 샷 사진이 날아왔다.

엄청나게 잘 찍어서 차마 지우지도 못하고, 코스프레도 의외로 괜찮을지도 모르겠다고 생각했다.

8장 블레이드 리저드와 트레인맨

블레이드 리저드 토벌을 가기로 뮤우와 약속한 날. 나는 지난번과 마찬가지로 동문에서 뮤우를 기다리고 있었다.

[──나는 친구랑 합류해서 갈 테니까 약속장소에서 기다려.]

그렇게 해서 이번에는 내가 기다리는 차례. 뭐, 상관없지만.

인벤토리를 열고 소지품을 확인, 철화살+10이 네 세트. 그 외에는 각종 회복약이나 인챈트 스톤, 해독초나 마비 치료초 등을 확인.

그래, 몇 가지 재미있는 걸 알았다. 밭을 위해 고용한 NPC에게는 쿄코라는 이름이 있는 모양이다.

그녀와 이야기해서 안 건데, 제작한 아이템의 배달이나 NPC에게서 재료 매입 같은 것도 대행해주는 모양이다. 이제부터는 쿄코더러 마기 씨네 가게로 포션을 배달시키거나 재료를 사오라고 부탁하기로 했다.

또 하나. 오늘 아침에 밭의 수확물을 조합했더니, [조합] 레벨이 30이 되고 SP를 2 소비해서 [조약]으로 진화했다. 이제 몬스터의 고기도 약의 재료로 삼을 수 있다.

그런 내 센스 스테이터스는 꽤나 성장했다고 할 수 있다.

소지 SP 12

[활 Lv18] [매의 눈 Lv28] [속도 상승 Lv11] [발견 Lv8]

[마법재능 Lv29]

[마력 Lv27] [연금 Lv20] [부가술 Lv6] [조약 Lv1]

[생산의 소양 Lv19]

예비

[조교 Lv1] [세공 Lv21] [합성 Lv21] [지 속성 재능 Lv3]

　이건 전투용으로 조정한 센스 구성이다. [지 속성 재능] 센스보다도 전투와 관련 없는 [조약] 센스를 넣은 이유는 장비 센스의 방향성이다.

　똑같이 레벨이 낮더라도 한 단계 위의 센스 쪽이 성능이 좋고, 생산 계열이기 때문에 DEX의 상승치가 높다. 본디 마법을 주체로 하지 않는 나로서는 INT와 MIND를 올려도 별로 혜택이 없다.

　뭐, SP에 다소 여유가 있고 합계 취득 SP도 20을 넘었으니까 신규 추가 센스를 확인해보고 싶지만, 별로 매력적인 게 없다.

　끽해야 뮤우가 말했던 [뱀의 눈]. 상태 이상 내성 계열로는 각종 내성 센스.

　동작 계열 센스로는 뮤우가 획득했던 [행동 제한 해제]나 [수영], [스텝], [등산]. 그 외에도 지식 계열 센스로 [서바이

벌], [언어학]이 있다. NPC 점원에게 사용하는 [에누리]라든가 [매입가 상승]처럼 그야말로 핀포인트를 노리는 센스도 있고.

취득 가능한 센스가 늘어난 건 좋지만, 아주 한정적인 상황에서 적용되는 센스다. 흥미는 있지만 어느 것이고 급하게 필요한 건 아니었다.

"뭐, 생각 없이 센스를 취득하지 않는 게 제일이야."

나는 멍하니 하늘을 바라보면서 뮤우 일행이 오기를 기다렸다. 때때로 시선을 느꼈지만, 막상 주위에 시선을 돌려보면 다들 반대쪽 방향을 보았다. 몇 번이고 같은 일이 있었지만, 역시나 기분 탓일까. 또 별생각 없이 하늘을 올려다보았다.

잠시 뒤에 탓, 탓, 탓 하고 짧은 간격으로 발소리가 들려왔다.

"언~~~~니~~~~!"

"응? 우왓?!"

바로 옆에서 덥썩 안겨들었다. 사람 한 명의 무게를 버텨내면서 안겨든 상대에게 투덜거렸다.

"뮤우, 평범하게 좀 와라. 남들 앞에서 창피하잖아."

"하지만! 오래간만에 만났더니 복장이 바뀌었으니까! 활이나 장비도 새 거고!"

"알았어, 알았어. 네 친구들이 본다."

뮤우의 뒤에 있는 여성들이 어이없어하거나 쓴웃음을 짓

거나, 혹은 왜인지 황홀한 표정을 짓고 있었다.

"아, 언니 장비가 바뀌니까 왠지 기뻐져서."

"그건 됐고, 그 호칭 좀 그만둬."

'하지만 여성 타입의 몸인데 오빠라고 부르면 이상하잖아?'

뮤우가 내게 소곤소곤 말했다. 거기에 반론하려고 했는데……

'그래도 말이지…….'

'아니면 동생한테 이상한 가족을 두었다는 딱지를 붙이고 싶어? 그냥 언니인 것처럼 말해.'

'그럼 친구라고 소개하면 되잖아.'

'언니를 소개하고 싶어. 자랑스러운 언니입니다, 라고.'

뮤우가 날 잘 따르고 자랑하고 싶다니 거절하기도 어렵다. 어쩔 수 없으니 적당히 맞춰줄까.

"저기…… 이야기 끝났나요?"

"응. 루카, 끝났어."

"오늘은 뮤우의 지인인 생산직 분을 마을까지 데려간다고 들었는데, 그 사람이?"

"응, 현실에서 내 가족!"

"처음 뵙겠습니다. 난 윤이라고 합니다. 저기, 동생이 신세지고 있습니다."

왠지 다들 놀랐다. 역시 언동에서 남자 티가 나서 그런가.

가운데 있던 체인메일의 여성은 나와 다른 종류의 흑발을 뒤로 묶었고, 허리에 두 자루 검을 찼다. 키도 남자인 나와 비슷할 정도니까 여자치고 큰 축이다.

"안녕하세요, 루카토입니다. 친구들 사이에선 루카라는 애칭으로 불려요."

루카토와의 인사를 시작으로 뮤우의 친구들이 각자 자기소개를 했다.

눈썹이 짧고 작고 둥근 안경을 코에 걸친 마법사는 코하쿠.

양갈래로 갈라진 모자를 눌러쓴 팬시한 마법사는 리레이.

검은색 바탕의 경갑옷과 금속갑옷으로 섞어 장비한 보라색 머리칼은 토우토비.

오른쪽이 남색에 왼쪽이 붉은색이라는 오드아이, 덧니가 특징적인 소녀는 히노.

뮤우와 루카토를 합쳐서 6인 파티였다.

전원이 뮤우와 비슷한 나이에 동성인 탓에 여러모로 마음이 놓였다.

"계속 여기에 있으면 방해가 될 테니까, 이야기는 이동하면서 할까요?"

"아, 그래."

우리는 동문 밖으로 나갔다. 왜인지 등 뒤로 아쉬움 어린 선망 같은 시선을 느낀 것은 기분 탓이라고 생각하고 싶다.

"이야기는 들었는데, 뮤우의 가족이 이 게임을 플레이하신다니."

"뭐, 여름방학이라 한가하기도 했고, 맏언니를 만나려고 시작했단 느낌이야."

"맏언니란 게 세이 언니인가요?"

"응. 그렇다고 해도 게임 안에서는 한 번밖에 못 만났지만. 연락 자체가 안 되고."

생각해 보면 세이 누나와 만나려고 시작했는데 생산직이나 활에 빠져버렸다.

"세이 언니는 다른 파티에서 잘 나가나 봐요. 몇 번 엇갈린 적이 있어요."

"그런가."

뭐, 건강하다면 다행인가. 일이 있으면 친구 통신으로 연락이 오겠고.

"슬슬 친구 등록이랑 파티 결성을 할까요."

"아, 그렇지. 보스는 일곱 명 전원이서 가는 거야?"

"아뇨, 공투 페널티가 발생하니까 파티에서 한 명 빼고 대신 윤 씨가 들어가는 거예요. 실질적으로 다섯 명이서 보스를 사냥하는 거지요."

"오케이. 일단 피라미 정도는 돕게 해줘."

나도 활 레벨을 올리고 싶다. 그 마음을 헤아렸는지 루카토는 그걸 부정하지 않았다.

나는 모두와 서로 친구 등록을 마치고 파티를 짰다.

후위인 리레이가 나와 교대해서 파티에서 빠졌다.

일단 나와 포지션을 바꿔준 리레이에게 한마디 말을 건

넸다.

"잘 부탁해, 리레이라고 부르면 될까?"

"잘 부탁해요. 후후후. 만나자마자 좋은 걸 보여줘서 고마워요."

"어어……."

리레이는 나를 뜨거운 눈으로 바라보았다.

그걸 보다 못했는지, 오드아이의 소녀가 리레이의 목덜미를 붙잡고 떼어놓았다.

"신경 쓰지 마세요. 얘는 여자들끼리 얽히는 걸 환영할 뿐이니까요."

"그건……."

"이른바 백합이에요."

"새로운 소재를 발견했어. 후후후, 얇은 책이나 커플링으로……."

"뭐, 조금 자제심이 없는 게 결점이지만, 기본적으로는 착한 애에요."

쓴웃음 섞어가며 변명하는 건 덧니가 특징적인 히노였다.

좋은 미소네요, 리레이 씨. 아까 황홀한 표정으로 날 바라보았는데, 간츠나 클로드와는 다른 방향성으로 위험한 사람이라고 직감이 말하고 있다.

"그럼 갈까요."

"아, 루카토. 기다려줘, 모두에게 이걸 분배해주겠어?"

나는 출발하려던 루카토를 세우고 트레이드 화면을 열

었다.

"뭐야? 언니, 설마 돈 걱정해? 다들 언니에 대해 잘 설명했으니까 납득했어."

"신경 안 써도 돼. 우리도 친구의 부탁이니까. 뭐, 너무 업혀가는 건 사양이지만."

뮤우의 말에 이어서 말한 건 코하쿠. 사투리인가? 조금 독특한 어조다. 뭐, 나도 의존하거나 누가 날 의존하거나 하는 것도 별로다.

"일단 받아줘. 이만큼 있으면 회복은 문제없겠고, 이쪽의 아이템을 써 보고 감상 같은 걸 말해줘."

트레이드로 대량의 블루 포션과 각종 인챈트 스톤을 억지로 넘겨주었다.

"뭐, 뭐가 이렇게 많나요?!"

"응, 왜 그래?"

건네받은 아이템을 확인했는지 루카토가 다소 당황한 듯이 말했고, 히노가 걱정스럽게 말했다.

"⋯⋯고급 블루 포션 100개랑 정체 모를 스테이터스 상승 아이템."

전원이 놀랐다. 아니, 뮤우, 넌 블루 포션에 대해 알았잖아. 그러고 보면 인챈트 스톤에 대해선 모르나.

나는 인챈트 스톤의 사용법과 키워드, 그리고 다양한 인챈트 스톤의 종류에 대해 간단히 설명했다.

"고, 고급 블루 포션이나 귀중한 아이템을 이렇게 받을 순 없어요!"

"응? 그래?"

그러고 보면 스테이터스 상승 계열 아이템은 몬스터의 부위를 사용한 것이 있긴 하지만 효과가 미미. 그러니까 스테이터스 상승 계열 아이템은 값비싼 인상이겠지.

내가 보자면 싼 가격으로 만들 수 있으니까 완전히 바가지 같은데.

"이 아이템의 사용 후기가 필요해. 조만간 열 가게의 신상품 중 하나. 뭐, 오늘 호위의 답례, 그리고 앞으로 뮤우를 잘 부탁한다는 의미로."

"알겠습니다. 하지만 뮤우는 소중한 친구예요. 앞으로도 잘 지낼게요."

다들 같은 마음일까. 이렇게 좋은 친구들이 뮤우의 주위에 있어서 기쁘다.

"후후후……. 자매의 아름다운 사랑……. 그대로, 금단……."

"너는 자중 좀 해라."

왠지 한쪽에서는 만담이 벌어지고 있지만, 일단 방치하는 방향으로. 들쑤셨다간 좋은 것 못 본다.

그 뒤로 적당히 몹을 사냥하면서 나아갔다.

나는 무기의 성능이 좋은 덕분인지 인챈트 없이도 고블린이나 밀버드를 손쉽게 잡을 수 있었다. 여전히 슬라임은 쓰러뜨리기 어렵지만, 대미지다운 대미지가 들어가는 듯했다. 시간만 들이면 쓰러뜨릴 수도 있겠다.

그렇기는 해도 뮤우와 그 동료들은 대단하군. 예전에 레벨을 올리러 싸웠던 빅보어를 고작 몇 분 만에, 딱히 큰 대미지도 없이 사냥했다.

"다들 대단하네. 나도 빅보어 사냥에 한 번 가봤지만, 이렇게 간단히는 안 됐어."

그렇게 말해도 꽤나 전의 일이다. 타쿠네 파티도 지금쯤 비슷한 속도가 될지도 모르겠다.

"아뇨, 전혀 아니야. 우리 마법직은 솔로로는 사냥이 안 되서, 솔로로 빅보어를 잡는 건 전위직인 뮤우랑 토비뿐이야."

"……나는 완전 무리. 등 뒤에서 크리티컬을 노리는 비겁 전법. 더 이상한 건 뮤우 쪽이에요. 혼자서 블레이드 리저드랑 싸우니까요."

어이, 뮤우. 왜 보스몹이랑 혼자 싸우는데?

"어어, 자기 전에 하루의 마무리로 블레이드 리저드에게 도전하는 게 보통이야. 어차피 자는 동안에 데스 페널티가 해제될 거면, 죽는다는 전제로 싸워서 경험치를 쌓고 레벨 업해야지. 경험치는 행동으로 들어오는 거니까 져도 레벨은 오르고.

복잡한 움직임, 격렬한 전투만큼 레벨업에 최적인 건 없으니까."

"그런 생각 자체가 이상해! VR에서는 다소 고통이 있어. 그걸 감수한 전투라는 건 제정신이 아냐. 그 버릇, 승률 1할이나 될지 의문인데 완전 치트라고!"

내 여동생은 여럿이서 대치하는 게 전제인 보스를 상대로 그렇게 하드한 레벨업을 하고 있었나. 그리고 잠깐이간 해도 코하쿠가 내 대신 딴죽을 걸어줘서 편했다.

"어어, 뮤우가 걱정을 꽤나 끼쳐서 미안."

"뭐, 아주 든든하긴 해요."

우리는 그런 화기애애한 느낌으로 블레이드 리저드의 앞까지 전진했다.

"그렇기는 해도 뮤우한테 생산직이라고 들었는데, 제법 싸우시네요?"

"그래?"

"역시나 뮤우의 언니. 상당한 게이머였군요."

어어, 루카토의 발언을 어떻게 정정해야 좋을까. 나는 일단 언니가 아니라 오빠고, 애초에 게임은 별로 안 하는데요. 입에서 튀어나올 뻔한 말을 억지로 도로 삼키며 그럴 듯한 말을 했다.

"으음, 그거지. 활은 멀리서 공격할 수 있으니까, 거리를 지키면서 계속 쏴서 이긴다는 느낌?"

"후후후, 활이 쓰레기라도 활을 든 큐피트란 소리네. 누구부터 함락 "그만 해!""

리레이와 코하쿠가 뒤에서 만담을 벌여댔다. 하지만 리레이의 말처럼 활은 인기 없는 무기다. 하지만 루카토는 별로 마음 두지 않는 듯이 '그런가요'라는 한마디만 중얼거렸다.

"저기, 윤 씨. 질문이 좀 있는데요, 활의 사정거리는 어느 정도인가요?"

그 질문인가. 솔직히 잘 모르겠다. 여기에 오는 동안에 확인했지만, 단순한 사격공격으로 15미터 이상 닿는다.

무기의 ATK 보정, 그리고 아츠 〈원거리 사격〉과 인챈트를 병용하면 [매의 눈]의 한계인 60미터나 그 정도 거리까지 닿을지도 모르겠다.

다만 명중을 기대하지 않을 경우다. 명중시키려면 그 3분의 2나 절반 정도겠지.

"모르겠어. 시험해본 적이 없으니까."

"……그런가요."

내 '모르겠다'를 부정적으로 받아들였을까. 다소 아쉬운 표정인 루카토.

"이 거리에서 저걸 노려볼까?"

"어, 저걸요?"

나한테는 잘 보인다. 저게 블레이드 리저드겠지.

거리는 30미터 안팎. 몸을 웅크리고 잠든, 길이 2미터 안팎의 파충류의 비늘은 검처럼 날카롭다. 그 틈새는 넓지만, 비늘이 단단해 보여서 뚫기 쉽지 않겠지.

하지만 나라면 이 거리에서도 그 틈새를 노릴 수 있다.

"어디 유인해볼 테니까 전투 준비 부탁해."

"어, 여기서 말인가요?"

나는 스스로에게 삼중 인챈트를 걸고, 대각선 하늘을 향해 아츠 〈원거리 사격〉을 날렸다. 그 자세에서 날아간 화살은 활처럼 포물선을 그리고 블레이드 리저드의 등에 꽂혔다. 이렇게 쏠 때의 이점은 사격부터 명중까지의 시간을 늘려서 적과의 교전 전에 아츠의 딜레이 타임을 벌 수 있다는 점이다.

"이쪽을 봤어! 온다."

블레이드 리저드가 이쪽을 향할 때 나는 다음 화살을. 어깨의 비늘 틈새에 화살이 꽂혔다.

내 선언대로 커다란 도마뱀이 손발을 휘두르면서 전력으로 달려왔다. 나는 기계적으로 사격을 계속했다.

"——〈연사궁 2식〉."

아츠의 딜레이 타임이 끝나자 새 아츠를 발동시켰다.

내가 손에 화살 두 발을 쥐자, 순식간에 그 두 발이 동시에 날아갔다. 판타지이기에 가능한 움직임에 스스로부터가 놀랐다. 하나는 비늘에 튕겨나고, 다른 하나는 목덜미에 꽂혔다.

도마뱀이 마법 사정거리에 들어왔을 때 나는 물러나서 다른 파티원들에게 맡기기로 했다.

"휴우, 의외로 깎았군."

원거리에서 명중시킨 화살은 열 발. 도마뱀의 HP 중 1할은 깎지 않았나 싶었다.

"후후후, 멋졌어요, 윤 씨. 마치 옛날이야기에 나오는 발키리 같아요."

"고마운 말씀."

"예, 정말이지 맹렬하게 괴롭히는 "그만 못하나! 리레이!"
……코하쿠도 참. 원호는 똑바로 하고 있는데."

무시무시한 미소를 지은 채로 리레이는 전투 중인 코하쿠
에게 한 소리 들었다. 리레이와 코하쿠의 만담은 항상 있는
일이겠지. 전투 중인 히노가 코하쿠를 다독이는 여유까지
있었다.

폭주하는 리레이, 딴죽 거는 코하쿠, 다독이는 히노. 좋은
조합일지도 모르겠다.

다만 리레이가 이쪽을 뜨거운 눈으로 바라보는 게 조금
괴롭다.

나는 그걸 무시하고 블레이드 리저드와의 싸움을 응시
했다.

전위 넷이 각자 연대를 짜며 정확하게 블레이드 리저드에
게 대미지를 입혔다. 근접전에서 위험한 꼬리 휘두르기 공
격도, 다들 예비동작만 보고 정확하게 읽어내어서 코하쿠
가 타이밍 맞춰 화염 마법을 날렸다.

루카토가 다시 몹을 맡고, 히노의 망치가 옆구리를 비늘
과 함께 부수고, 노출된 살에 뮤우가 희희낙락하게 검을 휘
두르고, 약점 부위에 토우토비가 크리티컬을 노린다. 모두
가 물러났을 때 코하쿠의 지팡이가 불을 뿜는다. 안정된 포
메이션으로 대미지를 입히기 시작했다. 이거 이대로 구경
만 해도 끝나겠구나 싶었다.

"리레이! 한눈팔지 말고 똑바로 원호 해!"

"아니, 아니에요. 멀리서 뭔가가."

보스와는 반대 방향을 바라보는 리레이. 방금 전과는 표정이 전혀 달리 진지했다.

나도 같은 방향을 보았다. 아직 작지만 플레이어인 건 알겠다. 그게 서서히 커짐에 따라 등 뒤에 몬스터를 대량으로 끌고 오는 게 보였다.

"저 녀석, 몬스터를 데리고 오는데?"

"옷의 특징은 어떤가요?"

"어어…… 빨간색."

옆에 선 리레이가 나한테 물었기에 그렇게 단적으로 대답했다.

"?! 트레인맨이 왔어!"

이 자리에 있는 전원에게 들리도록 소리치는 리레이. 트레인맨이라는 말에, 한때 화제가 되었던 이색적인 연애소설의 타이틀을 떠올린 게 나 혼자만은 아니겠지.

"그쪽의 트레인이 아니야! MPK하는 PK!"

코하쿠가 내 생각에 딴죽을 넣었어?! 대단한데!

"파티를 재정비! 나와 히노는 큰 놈을 맡을게! 토우토비는 피라미의 숫자를 줄여. 코하쿠랑 리레이는 마법으로 섬멸! 뮤우는 그대로 보스를 맡아."

"내 원거리 공격이라면 지금부터도 숫자를 줄일 수 있어!"

정확하게 지시를 내리는 루카토에게 나는 그렇게 제안
했다.

"안 돼요. 혹시 지금 상태로 공격하면 공투 페널티가 발동
돼요."

"그럼 어쩌면 좋지?!"

"죄송하지만, 뮤우랑 둘이서 블레이드 리저드를 상대해
주세요! 트레인맨이랑 피라미에는 신경 쓰지 말고요."

빅보어 다섯 마리에 쥐와 새를 대량으로 달고서 저런 걸
상대할 수 있어?

"루카, 어쩔 거야? 나 혼자서도 이겨."

뮤우는 HP가 7할 남은 보스에게 혼자 이길 생각이겠지.
알았어, 너를 서포트해서 둘이서 해치울까. 즉각 파티를 재
편성, 구성은 나와 뮤우로 두 사람.

"어이, 뮤우. 진짜 우리 둘이서 이길 수 있겠어?"

"응? 나 혼자서도 이기는데?"

도발하듯이 미소를 띠는 뮤우. 하지만 그런 싸구려 도발
을 코웃음으로 넘겼다.

"뮤우, 시간이 없어. 저 애들을 도우려면 둘이서 얼른 해
치우자. 나도 아끼지 않고 아이템을 팍팍 쓸 테고."

"든든해. 등 뒤는 맡길게."

"오케이. 그럼 받아! 〈인챈트〉——어택, 디펜스, 스피
드."

나는 뮤우에게 인챈트를 걸었다. 공격, 방어, 속도의 강

화. 그리고 MP 포션을 두 개 써서 MP를 완전 회복시켰다.

내 인챈트는 아직 계속되고 있어서 다음 수를 썼다.

"자, 도마뱀 자식. 네 상대는 나다! 〈커스드〉──디펜스."

나는 비어 있는 손을 블레이드 리저드 쪽으로 뻗어 커스드를 걸었다. 방어가 약해진 데에, 인챈트로 강화된 뮤우의 검술이 딱딱한 비늘을 종잇장처럼 찢으며 HP를 깎아냈다.

"언니, 대단해! 이거!"

"필요 없는 말은 하지 마! 꼬리 조심해!"

"알았어! 몸이 깃털처럼 가벼워!"

보스의 정면에 서서 날카로운 검술을 보이는 뮤우는 때때로 날아드는 변칙적인 꼬리를 공중제비로 피하면서 반격을 날렸다. 인챈트의 은혜는 체감할 정도인 모양이다.

나는 뮤우가 활의 사선에 들어오지 않도록 이동 사격을 하면서 블레이드 리저드를 상대했다.

"뮤우, 타깃 체인지."

"오케이!"

나는 뮤우와 반대쪽으로 이동해서 신호를 보냈다. 신호와 동시에 뮤우는 공격을 늦추고 거리를 벌렸다. 나는 최대 화력을 블레이드 리저드에게 퍼부었다.

"──〈궁기(弓技) ─ 단발 꿰기〉!"

레벨 15에서 배우는 아츠는 화력을 중시한 아츠. 날아간 화살 한 발이 바람 가르는 소리를 남기고 도마뱀의 옆구리에 꽂혔다.

"타깃, 그쪽으로 갔어!"

"오케이! 체인지!"

조금 떨어진 곳에 있는 나로 타깃을 바꾸어 고개를 돌리는 블레이드 리저드. 아츠의 딜레이 타임으로 움직일 수 없지만, 블레이드 리저드의 틈을 찔러 반대쪽에서 접근하는 뮤우.

"하아아압——〈피프스 브레이커〉!"

인챈트, 커스드, 그리고 아츠. 모든 요소를 퍼부은 우리 둘의 연대가 확실하게 블레이드 리저드의 HP를 깎아내렸다.

남은 건 절반. 혼자서는 어려워도 뮤우와 둘이라면 해치울 수 있다. 그렇게 생각했을 때, 시야 구석에서 루카토 파티가 몬스터 무리와 정면충돌했다.

선두를 달려온 트레인맨이 루카토 파티의 옆을 지나칠 때 검은색의 오라가 발생했다.

저게 공투 페널티의 증거겠지. MPK하는 쪽에 발생하는 디메리트. 속도가 확 떨어졌다. 자칫하다간 그대로 트레인맨도 이 혼전에 휘말려드는구나 싶었다. 하지만——.

"뮤우, 위험해!"

내 몸이 순간적으로 움직였다. 블레이드 리저드의 타깃이 되었던 뮤우는 다른 데에 신경 쓸 여유가 없었다. 뮤우와 트레인맨 사이에 들어가서 날아드는 물체를 몸으로 받아냈다.

"큭……."

"언니?!"

복부에 꽂힌 것은 투척 나이프. 그 일격은 치명상까진 아니다.

그러니까 플레이어의 일격으로 간단히 쓰러지는 건 아니다. 그보다도──.

"한눈팔지 마!"

"어…… 꺄아아악!"

블레이드 리저드를 시야에서 놓친 뮤우가 꼬리 강타에 날아갔고, 내가 뮤우의 몸을 받은 채로 등을 나무에 부딪쳤다.

"커헉?! 이 자식…… 이상한 짓을 하고 있어."

더 없는 분노를 말에 담았다. 녀석은 왜 이런 짓을 한 걸까. 그건 트레인맨의 몸에서 나오던 오라가 사라진 것으로 이해했다.

플레이어들이 함께 싸울 때에 발생하는 게 공투 페널티다. 그걸 제거하려면 적대하면 된다. 간단한 이론이다. 그래, 지금 이 자리는 시스템상 삼파전인 상황이다.

그리고 속도를 되찾은 트레인맨은 모든 몬스터를 이쪽에 떠넘기고 숲 속으로 들어갔다.

"언니, 나……."

"됐어. 그보다도 얼른 블레이드 리저드를 해치우자."

뮤우가 방심해서 눈을 뗐기 때문에 내가 받을 필요가 없던 대미지를 받았다. 지금 나는 트레인맨과 블레이드 리저드의 공격으로 HP가 1할 남았다. 방어 인챈트가 없었으면 죽었겠고, 대미지를 입고 [기절]에 걸리지 않았던 게 행운이다.

"지금 회복할 테니까──〈하이 힐〉."

"왜 울 것 같은 얼굴을 하는데?"

"하지만 나 때문에……."

"너도 일격을 받고 장난 아니잖아. 얼른 회복해."

나보다 심하진 않지만 대미지를 입었다. 어쩔 수 없다. 비장의 아이템인 하이 포션을 뮤우에게 썼다.

나와 뮤우의 인챈트는 지금 효과가 끝났다. 루카토 파티도 어떻게든 버티고 있지만 피라미 몹이 너무 많아서 위험하다. 지금은 그녀들에게 타깃이 집중되었지만 얼른 끝낼 필요가 있다.

"뮤우, 어디로 유도할 수 없을까?"

"언니?"

"얼른 반격하자."

"으, 응! 그럼 저 나무로 유도해줘."

뮤우가 가리킨 곳은 한 그루 나무의 밑동이었다.

"조금 큰 걸 준비하지. 버틸 수 있겠어?"

"맡겨줘. 언니한테 이걸 받았으니까."

노란색 인챈트 스톤을 한 손으로 쥐고 발동시켰다. 속도가 오른 뮤우가 종횡무진으로 뛰며 블레이드 리저드를 희롱하기 시작했다. HP가 절반 이하로 내려간 보스 몹은 몸의 비늘을 곤두세워서 접근을 곤란하게 했다.

나는 지정된 장소에 매직 젬을 뿌렸다. 잘 되기를.

"뮤우, 준비됐어?"

"오케이! 따라와!"

뮤우는 전력으로 나무를 향해 뛰었다. 나는 떨어진 위치에서 화살을 메기고 대기.

그리고 뮤우는 나무를 향해 뛰었다가 박찼다.

도약과 동시에 나무줄기를 발판 삼아서 블레이드 리저드의 머리 위로 뛰었다. 이른바 삼각 점프.

인간의 한계를 넘은 그 움직임에 놀랐지만, 나는 내가 해야 할 행동을 취했다.

"터져버려, 도마뱀 자식. ──〈봄〉!"

나무에 머리를 부딪치고 뮤우를 찾는 블레이드 리저드의 발밑에서 다중 폭격이 발생했다. 한 발이라면 약한 마법이지만 동일 타이밍에서 발생하는 연쇄 공격.

폭파와 함께 함께 단숨에 HP가 줄었다. 그래도 죽일 수 있으리라곤 생각하지 않았기에 전력을 퍼부었다.

"〈인챈트〉──어택, 〈커스드〉──디펜스."

"〈피프스 브레이커〉!"

배후에 착지한 뮤우의 강화와 블레이드 리저드의 약화. 서로의 물리 스테이터스에 차이를 만들고, 뮤우의 5연격 아츠가 날카로운 비늘을 깨뜨리고 그 HP를 깎아먹었다.

우리는 블레이드 리저드를 쓰러뜨렸다.

우리가 블레이드 리저드를 쓰러뜨린 뒤에도 전투는 계속되었다.

대량의 쥐와 새, 귀찮은 빅보어 다섯 마리를 상대한 루카토 파티를 도우러 갔다.

파티도 둘로 나뉘었으니, 잘못 공격하면 공투 페널티가 발생한다. 그걸 회피하기 위해 나는 인챈트와 커스드를, 뮤우는 회복 지원에 들어갔다.

길거리에서의 힐, 지원 등은 다른 게임에서도 빈번하게 있는 행위. 이 게임에서도 이런 행동까지 공투 페널티가 발생하진 않는다.

"〈커스드〉——디펜스!"

"……〈백스탭〉!"

내 커스드가 마지막 빅보어의 방어력을 깎고, 토우토비의 단검 일격이 급소 크리티컬로 큰 대미지를 입혀 격파했다.

"끝났다~~~! 이제 싫어. 트레인맨 가만 안 둬!"

그렇게 소리친 것은 코하쿠였다. 그런 분노는 다들 똑같이 갖고 있었던 모양이다.

"난 이제 이런 혼전 지긋지긋해. 윤 씨에게 아이템을 안 받았으면 세 번은 죽었어. 뭐, 덕분에 전투 센스 레벨이 죄다 올랐어."

"그러네요. 인챈트 스톤을 써 보니 놀랐어요. 버프로 이렇게 수비가 편하고 공격이 쉬워지다니."

그렇게 말한 것은 히노와 루카토였다. 그녀들은 적극적으로 빅보어의 앞에 서서 주의를 끌어주었다. 그만큼 공격과 방어 인챈트 스톤을 실감할 수 있었겠지.

"그렇게 말해주니 준비해온 보람이 있네. 설마 그 포션들을 다 쓰게 될 거라곤 생각도 못했는데."

나는 지쳐서 그 자리에 쭈그려 앉았다. 내 인챈트, 마찬가지로 후위인 코하쿠와 리레이의 MP를 회복하기 위해서 아낌없이 MP 포션을 썼다. 이제 쓸 만한 아이템은 거의 안 남았다.

"다들 전투 센스 레벨 올라서 좋겠다. 내가 오른 건 [회복]이랑 [행동 제한 해제]뿐이야. 다음에 같은 식으로 레벨을 올리자."

"……리스크가 너무 커요. 게다가 이번에는 윤 씨의 호의로 나눠주신 아이템이 있으니까 가능했어요. 혹시 그걸 돈으로 산다면……."

뮤우의 생각 없는 레벨업 지상주의적 발언에 현실적인 대답을 하는 토우토비. 뭐, 아이디어로선 그럴 듯하지만, 다들 제발 그만두라는 느낌의 쓴웃음을 지었다.

이번 지출. 블루 포션이 100개. 다섯 종류의 인챈트 스톤이 1인당 스무 개씩. 그걸 죄다 썼다고는 생각 않는다. 또한 나는 MP 포션까지 방출하였다.

블루 포션은 개당 500G가 100개니까 5만.

MP 포션은 20개 정도 썼나? 1500G의 20배면 3만.

"……이번만으로 1M 전후의 지출인가."

순간 자리의 분위기가 얼어붙었다. 내 경우 전부 다 내가 만든 아이템이니까 시간을 들여서 재료를 모으기만 하면 갖출 수 있는 아이템이란 느낌이다. 다만 주위 분위기는 전혀 달랐다.

번쩍번쩍 눈을 빛냈다. 솔직히 말해서 무섭다.

"뭐, 뭐야? 저기, 이번에 쓴 아이템……. 전부 내 가게에서 판다면……이란 이야기였는데."

"정말인가요, 그 이야기?"

전원이 날카로운 눈으로 바라보았다. 그렇게 뜨거운 눈으로 날 보던 리레이까지도.

"어, 1M이면 너무 많아? 저기, 미안, 더 싸게는……."

"아니에요! 반대에요! 너무 양심적이에요!"

그래? 나는 가난뱅이니까 1M도 거금인데.

"파티 전원이 돈을 모아서 아이템을 그만큼 마련해서 힘든 전투로 레벨이 오른다면 효율이 좋아요! 나라면 망설임 없이 돈을 내겠어요."

그렇게 힘주어 말하는 루카토.

그런가. 1인당 16~17만G 정도 걷으면 살 수 있는 액수다. 뭐, 내 무기나 방어구의 수리비와 비슷한 가격으로 레벨을 팍팍 올릴 수 있다면 양심가란 소리인가?

"……또 제가 궁금한 건 그 폭파인데요. 블레이드 리저드에게 쓴 공격, 그건 뭔가요? 마법 같기도 하고 아이템 같기도 한데. 지뢰인가요?"

토우토비에게 지적이 들어왔다. 그렇게 성대한 이펙트를 일으켰으니 매직 젬을 못 봤을 리가 없지. 으음, 그건 아이템이지만 팔 생각이 없는데. 판다면 개당 5만. 이번에는 실험을 위해 9개의 봄을 써서 공격했다.

"기업비밀로."

간신히 쥐어짜낸 말에 토우토비는 순순히 물러났다.

"후후후, 그냥 묻는 건데 그 지뢰 치트에 돈이 얼마 들었나요?"

"어어, 45만G인데."

"사, 사십오만. 호주머니 사정상 무리네. 그리고 리레이, 지뢰 치트는 다른 의미도 있어."

리레이의 질문과 거기에 대한 코하쿠의 딴죽.

뭐, 그렇지, 블레이드 리저드의 HP를 3할 깎는 데에 40만 이상 쓰는 것도 바보 같은 이야기다. 내가 생각해도 그래.

그 이전에 지금 내 수중에 보석이 없다. 이래선 보석을 넣은 액세서리도 못 만든다. 어디서 조달해야만 하니까 가격 면으로도 개인적으로도 별로 재미가 없다.

"뭐, 물어보고 싶은 건 많겠지만 여기서 끝. 그런데 지뢰 치트란 게 뭐야?"

"……지뢰 치트란 인터넷 소설 중에서 [이건 진짜로 고르면 안 된다] 같은 것들로 적을 압도하는 이야기라고 할까요?"

토우토비 씨, 자세한 설명 감사합니다. 그야말로 나처럼 인기 없는 것만 고르는 바보 이야기로군요. 잘 알겠습니다.

"치트인지 뭔지 모르겠지만, 뮤우의 마지막 움직임이 꽤나 치트 같았어."

그거 삼각 점프였지. 조만간 벽을 이용한 입체동작 같은 것도 가능할 것 같은데. 또 닌자처럼 물 위를 달린다든가 벽에 수직으로 서서 달린다든가.

"별거 아냐. [행동 제한 해제]의 레벨이 오르면 2미터를 점프로 뛰어넘을 수도 있어."

"뮤우는 진짜 치트야. 저번에 중형 몹의 머리 위를 점프로 넘으면서 정수리 가르기를 썼지."

무슨 말인지 알아듣기 어렵지만, 간단히 말하자면──1, 점프한다. 2, 몹의 머리 위에서 종회전한다. 3, 그대로 무방비한 머리에 혼신의 공격을 가한다. 4, 배후로 착지. 라는 인간 같지 않은 동작이다. 동생아, 넌 인간을 그만두었냐?

"보스몹에게 혼자 돌격하거나 아크로배트 공격을 하다니, 네 목표는 대체 뭐야?"

"으음, 팔라딘!"

"내 상상이 정확하다면 팔라딘은 그렇게 다이나믹하지 않을 텐데."

주위에서도 동의했다. 정말이지 동생이 폐를 많이 끼치는군요.

"……하아, 또 왔네요. 어쩔까요?"

주위를 경계하던 토우토비가 제일 먼저 그걸 발견했다.

시선을 돌려 보니 그 녀석의 모습이 보였다.

새빨간 옷을 입은 경갑옷의 남자. 다시금 몬스터를 끌고 오는 트레인맨의 모습이.

너무 정신없이 몬스터를 쓰러뜨렸기에 생각할 겨를도 없었는데, 떠올려 보니 또 분노가 솟구쳤다.

"언니, 어쩔래? 도망쳐?"

"그래, 빅보어 셋에 기타 등등 다수야. 마을까지 도망치는 게 득책이겠어."

불쾌하고 직접 뭐라고 말해주고 싶지만 상대하기도 귀찮다. 몬스터와 난전 상태가 되면 또 도망칠 테고.

나는 문득 한 방법을 떠올렸다.

그래. 트레인맨의 수법은 자기 속도를 이용하여 몬스터를 모아다가 남에게 떠맡기고 자기는 그 속도를 살려서 이탈하는 방식이다.

즉 이 작전에서 중요한 것이자 약점은 스피드. 나는 가능한 한 작은 목소리로 중얼거렸다.

'잘 되어다오. 〈커스드〉——스피드.'

트레인맨을 노려서 걸었다. 제대로 발동되었는지 어두운 황색의 빛이 몸에서 나오면서 속도가 뚝 떨어졌다.

"좋아, 가자."

나는 그대로 만족한 표정으로 제2마을로 향했다. 뒤에서 남자의 비명 같은 목소리가 들린 듯했지만 자업자득이다.

"저, 저기, 언니, 뭐 했어? 왠지 재 몬스터한테 붙잡혔어!"

"어어, 다리라도 접질렸든가, 지쳐서 다리가 둔해진 거 아닐까? 자업자득이야."

"그래, 저런 녀석은 자기가 모은 몬스터한테 맞아죽어도 싸."

내 뻔뻔한 변명에 재빨리 편승하는 히노. 전부 알면서도 죽이 잘 맞는군.

"후후후, 윤 씨는 제법 멋지네요. 저 녀석을 보는 싸늘한 눈은 실로 오싹오 "너는 아직도 그 소리냐, 그만해!" ……후후후."

코하쿠와 리레이는 사이좋군.

"아깝네요, 윤 씨. 우리가 길드를 만들면 들어와줄래요?"

"그래! 언니! 우리 쪽으로 들어와."

내 팔에 매달리는 뮤우. 으음, 남자들이 부러워할 만한 시추에이션이겠지만, 은색 갑옷이 팔에 부딪치고 눌러대서 아프다.

"나는 혼자서 이 세계를 느긋하게 즐기고 싶으니까 사양하겠어."

"그런가요, 아쉽네요."

루카토는 아쉽다고 말했지만 아쉬워 보이지 않았다. 내 발언을 예상했던 모양이다.

"뭐, 농담은 그 정도로 하고 다 왔어요. 이걸로 호위 의뢰는 끝났습니다. 호위라고 했지만 전투에 끌어들였네요. 죄송합니다."

"괜찮아. 나도 레벨이 올랐고 재미있었으니까."

"그렇게 말씀해주시니 마음이 가볍네요. 그럼 제2마을에 잘 오셨습니다."

숲을 빠져나오자 넓은 방목지와 깨끗한 시냇물.

목조 단층집이 어지럽게 뒤얽힌 시골 마을.

군데군데 양달에 노인들이 모여서 차를 마시거나 아이들이 뛰어놀고 있었다.

"……푸근한 곳이군."

"제3마을이 광석 등을 다룬다면 이쪽은 천이나 가죽, 목재를 주로 다뤄요. 저희는 곧잘 근처 숲의 몹으로 레벨을 올리지요."

"하지만 보스가 너무 세서 쓰러뜨릴 수가 없어. 그러니까 제1마을의 남북쪽 공략을 시작할까 하고 있어."

루카토의 설명을 뮤우가 보충했다. 과연, 보스 이외의 몹은 소풍 정도지만, 보스만 강하니까 놔두고 다른 장소를 탐색하는 식으로 운영진이 조절한 건가. 머리 굴렸네.

"그러면 저희는 이만. 이제부터 같이 사냥 가거든요."

"그래. 많이 쓰러뜨렸으니까 아이템 듬뿍. 이걸 팔아서 회복약을 보충해야지."

"언니! 저녁시간까지 돌아갈 테니까!"

뮤우는 그렇게 말하고 일행과 나란히 걸어갔고──헤어

질 때 떠오른 것처럼 돌아왔다.

'──감싸줬을 때 오빠 엄청 멋있었어.'

나한테만 들리도록 귓가에 속삭이더니 심술궂은 미소를 짓고 파티의 뒤를 쫓아갔다. 나로선 쓴웃음 섞어 한숨이 나왔다.

그리고 나는 나대로 퀘스트 NPC [목수]를 만나러 마을을 둘러보기 시작했다.

종장　활잡이와 아트리엘

NPC [목수]와 만나서 퀘스트를 완수했지만, 무일푼이었기 때문에 나흘 동안 돈을 버느라 정신이 없었다. 결국 염원하던 가게가 완성된 것이 어제.

나는 계속해서 카운터를 쓰다듬으면서 히죽거렸다.

"윤 씨, 그렇게 기쁩니까?"

"당연하지. 내가 염원하던 꿈! 한 나라, 한 성의 주인은 남자의 로망이잖아."

"윤 씨는 여성입니다만."

그렇게 받아친 것은 NPC인 쿄코 씨. 나는 남자니까 신경 쓰지 않는다.

"뭐, 저는 고용된 몸입니다만, 윤 씨는 금전 관리가 안 됩니다. 지갑 끈은 제가 관리해야겠지요."

"어어……."

"언제까지 카운터 하나뿐인 가게의 주인이면 창피하고, 돈만 내면 확장이나 개축도 가능합니다."

"……예."

그렇다. 카운터는 훌륭하다. 반대로 카운터 안쪽의 상품 보존용 아이템 박스 선반에는 샘플용 포션들이나 인챈트 스톤이 덩그러니.

이 목조 카운터에만 30만이다. 그리고 쿄코 씨를 점원으로도 고용하느라 매달 5만G를 추가로 낸다.

농업 일에 추가 요금을 내는 형태가 되었기 때문에 일반적으로 고용하는 것보다 싼 느낌이다.

일단 목표로 삼은 점포와 거주지의 기능을 얻는 데에 3000만G──30M. 아득한 액수지만, 당면의 목표는 제대로 된 고열로와 조합 키트다. 현재의 조합 키트는 여전히 초보자용이라서 몬스터 고기, 그리고 그 활력수의 열매를 사용하기엔 도구의 등급이 부족하다.

고열로만 봐도 1M이라는 견적이다. 조합 키트를 위한 20만이 먼저겠지.

"애초에 윤 씨의 경영 방침이 이상합니다. 싸게 파는데 1인당 다섯 개까지라서, 덕분에 재고가 쌓인 상태입니다. 팔 거면 제한을 해제하고 비싸게 팔아야죠."

"의외로 재미진 부분이 있으니까 돈 벌이는 다음일까? 게다가 가격을 싸게 하면 손님도 많이 올 거 아냐. 아이템 성능이 좋으면 귀찮더라도 매일 올 걸? 매점재석을 막기 위한 방법이니까 손님은 조금씩 늘리면 된다고 봐."

일단 친구 전원에게는 내 가게를 소개했다. 조만간 친구의 친구들이 손님으로 오겠지.

"사람은 안 오겠지만 잘 부탁할게. 주의사항은 기억했어?"

"예. 주의해야할 것은 인챈트 스톤의 설명. 잊지 않고 확실히 하겠습니다."

"그렇더라도 대표 상품이 인챈트 상품뿐이면 너무 궁색맞은가?"

"초보자 포션이나 포션, 환약, 하이 포션이나 MP 포션, 스테이터스 회복약을 갖춘 가게는 이 마을에 달리 없습니다. 자신을 가지도록 하세요."

애교 있는 미소를 짓는 쿄코 씨. 미인이 미소를 보여주니까 좋구나. NPC지만.

아마 장사가 안 되는 이유는 입지다.

남부 지구는 남쪽을 공략하려는 사람이나, 밭을 가지려는 사람 이외에는 드나들지 않는다.

그리고 밭을 가진 사람도 최종적으로는 판매 목적으로 밭을 여러 개 사들인 모양이다. 주위를 봐도 내 땅만큼 푸릇푸릇하게 우거진 밭은 없었다.

때때로 신기하다는 듯 내 밭을 보는 사람이 있지만, 작물은 관계자 이외에 타깃팅할 수 없어서 그냥 배경이라고 생각한 모양이었다.

"아, [오픈 세서미]에서 온 전언입니다. 인챈트 스톤을 나눠달라고 합니다."

"기쁘네, 그렇게 말해준다면 내가 직접 말하러 가야지."

최근 며칠 동안은 마기 씨의 가게에 얼굴을 내밀지 않았다. 때때로 친구 통신으로 서로의 근황을 보고하지만, 딱히 꼭 해야만 하는 의미도 아니라서 그럴 때도 있구나 하는 느낌.

나는 돈을 벌기 위해 제2마을 주변에서 적당히 사냥이나 퀘스트를 했다. 다만 벌레 계열 몹이 많아서 벌레의 실이나 고기, 채취로는 질 좋은 목재, 낮익은 약초 등이 들어왔다.

나로서는 별로 재미가 없다 싶어서 마기 씨에게 이야기했더니, 그런 아이템은 클로드와 리리가 탐낸다고 했다. 다음에는 그런 걸 선물로 들고 만나보자.

소재 자체의 랭크도 현재 시점에서 낮은 게 아니고, [연금]으로 상위 소재로 가공한 뒤에 팔아넘길까?

그리고 다음에 제3마을 부근으로 함께 탐색을 나가자는 마기 씨의 제안이 있었다. 분명히 그 부근의 광석은 매력적이고, 저번에 주점에서 일어난 이벤트에 재도전도 하고 싶다.

이런, 여름방학도 절반이 지났는데 게임에 완전히 푹 빠졌어.

"하아~, 나도 참 즐겁게 보내는구나."

"매일 충실한 것은 좋은 일입니다. 하지만 돈도 없으니까 힘내주세요."

"그래. 그럼 다녀올게. 가게 잘 부탁해. 정시에 퇴근해도 좋아."

"윤 씨, 잘 다녀오세요."

나는 카운터의 의자에서 일어서서 장비를 확인했다.

활 챙겼고, 방어구 챙겼고, 그 외에는…… 내가 만든 철제 링, 공격 인챈트로만 강화한 게 하나. 제2마을 부근에서는 철광석이 나오지 않아서 철 주괴의 재고가 떨어졌다.

"제2마을까지 뛰어가? 도중에 철광석을 좀 주우면 좋겠는데."

그렇게 투덜거리면서 태양 밑으로 나가서 돌아보았다.

거기에는 나무로 지은 새 가게가 있었다. 길과 인접한 장소에 세워졌고, 좌우에는 아무것도 없기 때문에 평범한 외견이면서도 눈에 띄는 가게.

점포용으로 사들인 땅의 3분의 1도 쓰지 않은 작고 아담한 가게에는 훌륭한 간판이 내걸려있었다.

이 게임 고유의 조어로——[아트리엘]이라고.

공방이라는 [아틀리에]와, 플레이어를 응원한다는 의미로 [엘]을 합성한 조어.

처음 캐릭터를 만들 때의 목적——서포트에 전념한다는 마음을 떠올리게 하는 이름이다. 그리고 나를 응원해준 생산직이 있음을 말한다.

"다녀올게——[아트리엘]."

나는 그 한마디를 하늘에 던지고 길을 질주했다.

노란빛을 남기면서, 길을 가는 플레이어들을 피하며 마을 밖으로 나갔다.

오늘도 하늘이 푸르다. 즐거운 날이 되겠다.

작가 후기

처음 뵙겠습니다, 아로하자초라고 합니다.

이 책을 손에 들어주신 분, 출판하면서 신세진 담당 편집 H 씨, 부담당 편집인 A 씨, 작품에 멋진 일러스트를 준비해 주신 유키상 님. 또 출판 이전부터 인터넷에서 제 작품을 읽어주신 분들께 많은 감사를 보냅니다.

이번에 라이트노벨 작가로 후지미쇼보 판타지아 문고에서 데뷔하게 되었습니다만, 이 작품은 거대 인터넷 소설 투고 사이트 [소설가가 되자!]에 게재하였던 작품입니다. 애초에 취미로 인터넷에 올렸던 작품이 출판하지 않겠냐는 제의를 받아, 이렇게 한 권으로 책으로 나오게 되었습니다. 이렇게 후기를 쓰는 지금도 많은 일이 떠올라서 절절한 심정입니다.

애초에 인터넷에 올렸던 작품을 한 권으로 책으로 만드는 작업은 그냥 각 장별로 정리하고 끝이 아니었습니다. 당연하지요. 하지만 그 작업은 예상보다도 꽤나 골머리를 앓는 작업이었습니다.

별생각 없이 써서 올렸던 소설을 책이라는 틀로 어떻게 템포 좋게 다시 만들어낼 수 있을까, 여태까지 부족했던 부분에 손을 대고 사람을 끌어들이기 위해 연출을 늘리고, 또 필요 없다고 여긴 부분은 제 뜻이나 담당 편집자의 의견을 듣고 잘랐습니다. 그런 작업을 거듭하면서 서서히 라이트 노벨이라는 모습을 갖추었습니다.

이렇게 완성된 것이 여러분이 지금 손에 드신 책입니다. 오락을 제공하려면 눈에 보이지 않는 곳에서 많은 노력과 수고가 필요하다고 실감할 뿐이었습니다.

그런데 좋아하는 장면이나 소재 등은 버리지 않고 그대로 두었습니다.

책에서 삭제된 장면이나 소재는 인터넷에 업로드된 것을 통해 확인하실 수 있을 겁니다. 이 서적판에서 사용하지 않은 소재도 또 뜬금없이 제 작품 어딘가에서 얼굴을 내밀지도 모릅니다. 또 전혀 다른 구상이나 소재와 융합하여 새로운 작품으로 화학반응을 일으킬지도 모르겠습니다.

그런 변화가 가능하도록 매일 정진하려고 합니다.

앞으로도 저, 아로하자초를 잘 부탁드립니다.

마지막으로 이 책을 손에 들어주신 여러분들께 다시금 감사드립니다.

또 여러분과 만날 수 있는 날을 기대하겠습니다.

2014년 2월 아로하자초

≫윤

무 기	검은 소녀의 장궁
머 리	——
겉 옷	CS No.6 오커 크리에이터
속 옷	CS No.6 오커 크리에이터
팔	——
가 슴	——
허 리	CS No.6 오커 크리에이터
액세서리	거친 철 반지 (1)

장비 한계 용량 1/10

취득 센스　　　소지 SP 17

[활 Lv20] [매의 눈 Lv30]

[속도 상승 Lv14] [발견 Lv10]

[마법재능 Lv32] [마력 Lv30]

[연금 Lv22] [부가술 Lv8]

[조약 Lv2] [생산의 소양 Lv20]

예비

[조교 Lv1] [세공 Lv23]

[합성 Lv22] [지 속성 재능 Lv3]

» 뮤우

무 기	성검 [잔느]
머 리	릴리의 머리장식
겉 옷	다르크의 성갑옷
속 옷	───
팔	다르크의 성갑옷
가 슴	───
허 리	다르크의 성갑옷
액세서리	?

취득 센스

[한 손 검 Lv9] [갑옷 Lv29]

[마법재능 Lv41] [마력 Lv35]

[물리 상승 Lv4] [속도 상승 Lv18]

[광 속성 재능 Lv25] [회복 Lv20]

[장비 중량 경감 Lv2] [행동 제한 해제 Lv6]

예비

[검 Lv30] [기합 Lv19]

[회복]·············회복 계열 마법을 가능하게 하는 센스. HP의 회복과 상태 이상 회복 마법이 있다.

[장비 중량 경감]·······장비에 따른 SPEED의 마이너스 보정을 없앤다.

[행동 제한 해제]·······3차원적으로 아크로바틱한 동작에 높은 보정을 준다.

» 타쿠

무 기	용사의 장검
머 리	—
겉 옷	프로텍션 베스트
속 옷	레인저 셔츠
팔	밴드 프로텍터
가 슴	튼튼한 벨트
허 리	—
액세서리	?

취득 센스

[검 Lv36] [한 손 검 Lv8]
[경갑옷 Lv17] [마력 Lv10]
[HP 상승 Lv21] [물리 상승 Lv8]
[기합 Lv15] [파티 Lv17]
[반항심 Lv5] [검사의 소양 Lv23]

예비

[갑옷 Lv30] [마법방어 상승 Lv4] [쌍검 Lv5]

[HP 상승]·········· HP 스테이터스를 끌어올리는 센스
[기합]·········· 기합으로 물리 대미지를 미미하게 경감하고 녹백 내성을 준다.
[파티]·········· 파티 전체에 미미하게 스테이터스 상승 보정을 준다.
[반항심]·········· HP가 일정 이하로 내려가면 스테이터스에 보정이 걸린다.
[검사의 소양]·········· 검 계열 센스의 공격이나 아츠 등에 대미지 보정을 준다.

Only Sense Online 1
©Aloha Zachou, Yukisan 2014
Edited by FUJIMISHOBO
First published in Japan in 2014 by KADOKAWA CORPORATION, Tokyo.
Korean translation rights arranged with KADOKAWA CORPORATION, Tokyo.

온리 센스 온라인 1

2015년 1월   1일 1판 1쇄 발행
2017년 5월 15일 1판 7쇄 발행

저   자 아로하자초
일 러 스 트 유키상
옮 긴 이 한신남
발 행 인 유재옥
본 부 장 조병권
담당편집자 김민지
편   집 권오범 김다솜 김민지 정영길 조찬희 박찬솔
라이츠담당 오유진
디 지 털 홍승범
발 행 처 ㈜소미미디어
등   록 제2015-000008호
주   소 서울시 마포구 토정로222, 403호(신수동, 한국출판콘텐츠센터)
판   매 ㈜소미미디어
마 케 팅 박지혜
전   화 편집부 (070)7863-6246,6550 기획실 (02)567-3388
             판매 및 마케팅 (02)567-3388, Fax (02)322-7665

ISBN 979-11-5710-084-2 04830
ISBN 979-11-5710-083-5 (세트)